나는 될 놈이다

14

글쓰는기계 게임 판타지 장편소설

초판 1쇄 찍은 날 | 2020년 5월 12일
초판 1쇄 펴낸 날 | 2020년 5월 19일

지은이 | 글쓰는기계
펴낸이 | 예경원

기획 | 위시북스
편집책임 | 이은송
편집 | 위시북스

펴낸곳 | 예원북스
등록번호 | 제396-2012-000132호
등록일자 | 2012. 7. 25
KFN | 제1-533호

주소 | 경기도 고양시 일산동구 호수로 646-24 위너스21 II 빌딩 206A호 (우)10401
전화 | 031-819-9431 팩스 | 031-817-9432
E-mail | yewonbooks@naver.com

ISBN 979-11-365-2628-1 04810
979-11-6424-237-5 (Set)

※ 이 도서의 국립중앙도서관 출판시도서목록(CIP)은 서지정보유통지원시스템 홈페이지(http://seoji.go.kr)와 국가자료공동목록시스템(http://www.nl.go.kr/kolisnet)에서 이용하실 수 있습니다.

Wish Books

나는 될 놈이다

14

글쓰는기계 게임 판타지 장편소설

WISHBOOKS GAME FANTASY STORY

CONTENTS

나는 될 놈이다

CHAPTER 1

레벨이 한 번에 2만큼 오르다니. 정말 언제 한 경험인지 기억도 안 났다.

물론 강력한 보스 몬스터를 사냥하거나 대륙, 전설 퀘스트를 깨면 레벨이 한 번에 여러 개 오르는 건 일도 아니었다. 남들은 보통 5, 6. 아니면 10 넘게 오르는 사람도 있었다. 안 그러면 고난이도 퀘스트를 깨는 사람은 없었을 것이다.

하이 리스크 하이 리턴!

문제는 태현에게는 그런 게 적용되지 않는다는 것.

하이 리스크 로우 리턴!

개고생을 해야 간신히 1업을 할 수 있는 게 태현의 직업이었다. 그런데 한 번에 2업이라니.

'이 자식 대체 레벨이 몇이야?!'

태현은 깜짝 놀란 눈으로 슬라임 성문을 쳐다보았다.

'생각해 보니까 아슬아슬하게 오른 거 같긴 한데…….'

레벨 업 하기 직전의 경험치 상태에, 엄청난 경험치가 들어오니 1업을 하고 거기에 추가로 1업이 된 것. 여기 오기 전까지 올렸던 경험치들을 생각해 보면 맞는 계산이었다.

"으악! 사디크 만세! 사디크 만세! 야! 뭐 하냐! 뭐 하냐고!"

멀리서 들려오는 케인의 비명. 그제야 태현은 정신을 차렸다. 레벨이 한 번에 2가 오른 건 좀 많이 놀랐지만, 지금 중요한 건 그게 아니었다.

-뿌리치고 달려!

말과 함께 태현도 달려 나갔다.

지금 중요한 건 뭐? 성문에서 최대한 멀리 떨어지는 것.

-폭발!

[살아 움직이는 폭탄이 곧 폭발합니다. 폭발의 위력은 레벨에 비례합니다.]

꿈틀, 꿈틀-

성문의 표면이 비틀리기 시작했다.

밖에서 기다리고 있던 플레이어들은 지루한 표정으로 하품을 했다.

"왜 더 공격 안 하는 거지?"

"언데드들이 다 막혔나 봐."

"이세연이라면 뚫을 수 있지 않나? 왜 가만히 있는 거지?"

"몰라. 생각이 있겠지. 이세연이잖아."

이세연 님이 다 해주실 거야! 흔들리지 않는 굳건한 믿음!

플레이어들은 먼저 나서지는 않았지만, 그래도 도망가지도 않았다. 그것만으로 충분했다.

콰지직, 콰직-

"저 성문 뭔가 움직이지 않았나?"

"움직이긴 뭐가 움직여. 성문이 살아 있냐?"

시력이 좋은 궁수 플레이어 중 한 명이 말했지만, 다른 플레이어들은 그를 구박했다.

"아냐, 진짜 움직인 것 같았는데……."

태현이 성문을 날려 버리는 것도 모르고, 이세연은 데스 와이번 나이트 짤짤이를 계속하고 있었다.

마치 스×크래프트의 뮤×리스크를 연상시키는 짤짤이!

그 순간…….

콰콰콰콰콰콰콰콰쾅!

귀를 찢는 굉음과 함께, 성문 요새가 폭발에 휩싸였다.
마침 그 주변을 날던 이세연의 데스 나이트들도 함께!
"내 데스 나이트!!"

-말하고 터뜨렸어야지! 말하고 터뜨렸어야지!!
-미안하다니까. 나도 지금 사디크 성기사 놈들 상대하느라 정신이 없었어!

정확히 말하자면 레벨이 오르고 고급 기계공학 스킬을 찍었다는 것에 말하는 것을 잊은 것이었다. 물론 그렇게 말했다가는 이세연이 잡아먹으려고 할 테니 태현은 말을 돌렸다.

-알겠어. 지금 공격하면 되겠지?
-그러니까 고급 기계공학 스킬로 달라진 게…….
-……야. 귓속말 켜져 있거든?
-아. 미안.
-그보다 고급 기계공학 스킬? 언제 찍은 거야? 너 설마 그거 때문에 정신 팔려서 말 안 해준 건…….

태현은 귓속말을 끊고 움직였다. 옆에서 헐떡이며 케인이 달려오고 있었다.

“헉, 헉…… 잡히는 줄 알았네.”

“잘했다. 케인. 그런데 왜 표정이 그러냐?”

이유가 있었다. 난동의 대가로 얻은 스킬 때문!

[스킬 <내가 ×××의 ×××다!>을 얻었습니다.]

케인은 복잡한 표정을 지었다. 탱커 계열의 직업인 케인에게, 이런 어그로를 끄는 스킬은 언제나 좋은 스킬이었다. 그렇지만, 그렇지만…….

‘이런 짓으로 받았다는 게 납득이 잘 안 돼……!’

원래 탱커 직업으로 이런 스킬을 얻으려면 수많은 몬스터들과 싸우고 어그로를 끌어서 막아야 했다.

‘뭔가 얻는 방법이 다르다고!’

“묻지 마라……!”

“그럼 안 묻지 뭐. 별로 궁금하지도 않았는데.”

1초도 망설이지 않고 말하는 태현.

케인은 속으로 생각했다. 말을 얄밉게 하는 데 달인이라고!

“이제 어쩔 거냐?”

“밖에서 흔들어주는 동안 우리도 돌아다니자고. 챙길 거 챙기고 쓰러뜨릴 놈 챙기고.”

태현의 말에 케인은 고개를 끄덕였다. 불난 집에 도둑질하는 것만큼 쉬우고 편한 일도 없었다. 태현의 경우, 정확하게 말하자면 집에 불을 지르고 도둑질을 하는 셈이었지만…….

-와아아아아아아아!

-놈들을 막아라!

"싸운다. 싸운다."

"내버려 둬. 어차피 알아서 잘 싸울 거야."

-에반젤린! 에반젤린!

"어디서 들어본 거 같은 이름인데?"

아까운 데스 나이트를 생으로 날려 버렸지만, 이세연은 흔들리지 않았다. 폭발이 가시자, 성문 요새의 절반이 날아간 것이다. 절호의 기회!

-분노와 부정의 오오라! 언데드 광란!

함성과 함께 언데드 군대들이 달려 나가기 시작했다.

명령을 내린 이세연은 새삼스럽게 다시 놀랐다.

'저게 <고급 기계공학> 스킬의 힘?'

지금 현재 저 정도 파괴력을 가진 스킬을 갖고 있는 사람이 있는가? 아무리 생각해도 답은 NO였다.

랭커 마법사를 뛰어넘는 위력! 물론 이 폭발은 마수 슬라임의 힘 덕분이었지만, 이세연은 알 길이 없었다.

"우리도 가자!"

"기회야! 기회!"

아까까지는 뒤에서 기다리고 있던 플레이어들도 앞에 나서기 시작했다. 그들이 보기에도 지금은 기회였던 것이다. 저 튼튼해 보이던 요새의 절반이 날아가서 안쪽이 그냥 드러난 상황. 가기만 하면 날로 먹을 수 있을 것 같다!

우르르-

파티별로 모인 플레이어들이 언데드들 뒤를 따라서 돌격하기 시작했다.

"좋아. 사디크 교단 썰러 가보자!"

사디크 교단 NPC들을 상대하는 데에는 이제 이골이 난 에반젤린이 앞장섰다. 에반젤린도, 그녀의 파티도 랭커다 보니 그 돌격은 차원이 달랐다.

쾅! 콰쾅!

위에서 내려오는 화살 공격이나 사디크 신성 마법은 가볍게 튕겨내고 돌격! 돌격하다가 공격을 맞고 '힐! 힐 좀 주세요!'하고 도망치는 놈들과 비교되는 모습이었다.

스르르-

-막아라! 반드시 막아라!

성문 요새가 박살이 나자, 주변에 있던 사디크 성기사들이 전부 몰려 나온 것 같았다. 그들은 폭발로 드러난 통로에 뭉쳐서 막을 준비를 했다.

-괴수를 내보내! 다크 엘프들! 마법을 써라!

사디크의 거대한 괴수들이 성문 밖으로 뛰쳐나오고, 다크 엘프들이 사용한 암석 벽들이 구멍 주변에 생겨나기 시작했다. 그 대폭발에 대한 대응치고는 훌륭한 편이었지만, 상대가 너무 나빴다.

부우웅-

쾅!

에반젤린의 묵직한 일격이 사디크 성기사를 저 멀리 날려 버렸다.

-저, 저 뱀파이어! 사디크의 원수다!

-그 학살자다!

저주를 받기 위해 사디크 교단을 하도 집요하게 쫓아다니다 보니, 에반젤린을 알아보는 사디크 NPC들이 여럿 있었다. 사디크 성기사들이 여럿 달려들었지만, 버프와 지원을 받는 에반젤린은 오히려 그들을 밀어냈다.

곳곳에서 비슷한 일이 일어나고 있었다. 랭커가 낀 파티는 사디크의 거대 괴수도 아랑곳하지 않고 능숙하게 사냥했다.

"어그로 끌어! 내가 뒤에서 친다!"

"묶어! 한 번에 때려!"

"놈이 날아가지 못하도록 막아!"

돌격하다가 도망친 어설픈 플레이어들도 많았지만, 실력 있는 플레이어들도 그만큼 많았던 것이다. 눈치만 보던 이들이 본격적으로 나서자 싸움은 점점 치열하게 변했다.

"내가 마법으로 도움을……."

"안, 안 돼. 수혁아. 우리 그러다 PK 당해!"

"맞아!"

정수혁이 마법을 쓰려고 하자 친구들이 모두 말렸다. 그들만 있을 때면 모를까, 지금 플레이어들이 우글거리는데 잘못 마법 쏴서 팀킬이라도 했다가는……. 생각만 해도 오싹!

공적으로 몰려서 로그아웃당할 수도 있었다.

[갑자기 벌어진 프리카 대륙 공성전!]

[어째서 벌어진 것일까? 이유를 알려 드리겠습니다.]

[사디크 교단에 대해 사람들이 모르는 10가지 사실.]

[공성전에 참가한 유명 플레이어들 정리.]

게시판이 불타오르고 있었다. 프리카 투기장 리그를 기다리던 플레이어들에게는 정말 선물 같은 이벤트였다. 오랜만에 보는, 거대 규모의 전투에 사람들은 환호했다. 모든 게 가능한 판온이었지만 이렇게 많은 플레이어가 모여서 치열하게 맞붙는 건 보기 드문 일이었다. 그리고 그런 열기와 상관없는 곳에, 한 무리의 플레이어들이 움직이고 있었다.

"드디어 퀘스트를 깼어! 이제 촌장한테 돌아가면 사디크 교단의 흔적을 알려줄 거야."

"정말 고생 많았다! 지금 당장 돌아가자!"

태현한테 퀘스트를 강매당한 플레이어들! 그들의 우정은

그 짧은 사이에 끈끈해지고 있었다. 태현이라는 적 아래에 뭉친 우정!

그중 한 명이 별생각 없이 판온 사이트를 켰다. 그리고 경악했다.

"어, 저기, 애들아……."

"빨리 돌아가자! 이 지긋지긋한 퀘스트를 끝내러!"

"어, 그……."

"왜 그래? 빨리 움직이자고."

아무것도 모르는 동료들을 보니 차마 입이 떨어지지 않았다. 그러나 말해야 했다.

"지금…… 사디크 교단…… 공성전 하고 있다는데……."

갑자기 분위기가 싸늘해졌다.

"어디에 폭탄을 설치해야 할까?"

"그보다는 누구를 잡아야 할지 정해야 하지 않나?"

"그것보다는 어디 가서 뭘 털지 정하죠!"

시간은 없는데, 하고 싶은 건 너무 많았다. 각자의 의견은 또 모두 달랐다. 결국 결정하는 건 태현!

"안토니오나 기사단장, 대주교를 잡아야 권능이 나오는데……."

〈권능을 약탈하라-사디크 교단 토벌 퀘스트〉

교단의 권능 스킬을 얻기 위해 꼭 그 교단의 신을 믿어야 하는 건 아니다. 당신은 신 잡아먹는 괴물의 정수를 먹고 그의 권능을 훔쳤다. 현재 대륙에서 여러 신의 권능을 가질 수 있는 건 오직 당신! 그리고 지금 당신이 확보하고 있는 권능은 사디크의 권능이다.

지난번 전투 이후 그림자로 숨어들어 간 사디크 교단을 찾아 고위 NPC들을 처치하라.

-아탈리 국왕의 삼촌, 안토니오. / 사디크 교단의 기사단장. / 사디크 교단의 대주교.

보상: 사디크의 권능.

문제는 저놈들이 하나같이 다 강력한 보스 몬스터라는 점이었다. 아까 성문의 슬라임처럼 가만히 맞아주는 놈은 절대로 아닐 것이고. 게다가 여기는 사디크 교단의 본거지. 괜히 잡으려다가 역으로 잡힐 수 있었다.

'케인을 써먹어 볼까?'

〈살아 움직이는 폭탄〉을 쓰기 위해 태어난 사나이, 케인! 그런 태현의 눈빛에 케인은 등골에 소름이 돋는 걸 느꼈다.

'아냐. 케인은 지금 죽으면 안 되지. 일단 셋 중 하나는 잡아야 권능이 하나라도 나올 텐데. 으음……'

태현은 머리를 굴렸다. 만약 본거지가 함락된다면, 저 셋은 다시 도망칠 가능성이 컸다. 그러면 또 지루한 술래잡기의 연속이었다. 최소한 여기서 둘은 잡고 싶었다.

'만들어온 폭탄을 활용해서 한 번에 보낼 수밖에 없겠군. 좋

아. 상황을 어떻게 만들어야 하나…….'

"거기 있었구나!"

버포드의 목소리가 들려왔다. 태현은 순간 당황했다.

설마 들켰나?!

지금은 케인, 이다비하고 같이 있는 상황. 버포드가 이걸 보고 뭔가 깨닫는다면 일이 귀찮아졌다.

"정말 다행이야! 살아 있었다니!"

케인과 이다비마저도 황당하다는 표정으로 태현을 쳐다보았다. 지금 둘이 옆에 있는데도 저런 반응이라니. 둘이 플레이어라는 걸 아예 눈치를 못 챈 것이다.

-쟤 바보냐?

-저런 호구인 줄은 몰랐어요!

-시끄럽고, 둘 다 조용히 사디크 교단 NPC인 척하고 거리 벌려라.

가끔가다가 NPC와 플레이어를 헷갈리는 사람도 있기는 했다. 착용한 장비나 겉모습이 NPC와 비슷하면 착각할 수도 있는 것! 그러나 오래 이야기하면 어지간히 바보가 아닌 이상 알아차리게 되어 있었다.

사사삭-

케인과 이다비는 사디크 성기사 흉내를 내며 재빨리 거리를 벌렸다.

"날씨가 참 좋지? 사디크 님 덕분 아닐까?"

"하하! 그러네요! 사디크 님 만세!"

어색한 발연기!

태현은 미친놈 보듯이 둘을 쳐다봤지만, 버포드는 아무것도 눈치채지 못했다. 태현을 눈곱만큼도 의심 안 했기에 일어난 일이었다.

"지금 난리가 났어! 성문 요새가 아주 박살이 났다고!"

"예?! 아니, 어떻게요!? 누가 그런 짓을?!"

얼굴에 깐 철판이 이제 다이아몬드 판으로 변했다고 해도 놀랍지 않았다. 자기가 저질러 놓고 천연덕스럽게 모르는 척을 하는 태현! 버포드는 그것도 모르고 다급하게 말했다.

"아마 이세연이 분명해. 이세연이 분명 숨겨놓은 마법을 쓴 거야!"

이세연 입장에서는 억울한 소리였다. 태현이 말도 안 하고 날려 버린 덕분에 귀한 데스 나이트들만 날려 버렸으니까.

그러나 태현은 미안함이라고는 조금도 없이 이세연을 욕하는 데 기세를 올렸다.

"저런! 이세연이라니! 하여튼 세상에 나쁜 짓은 모두 다 이세연이 하고 다니죠!"

"맞는 말이야! 대체 여기 왜 와가지고 난리인지 모르겠어. 사디크 교단하고 무슨 원수를 졌다고!"

"맞아요! 이세연이 인기만 많지, 알고 보면 속 좁고 성질 더럽고 집착 심하고 하여튼 세상 안 좋은 단점들은 모조리 다……."

"아, 아니. 그 정도까지는 아닌데……."

자기보다 훨씬 더 이세연을 욕하는 태현의 모습에 버포드는 당황했다. 이세연이 여기 쳐들어온 것 때문에 화가 나고 '대체 많은 곳 중에 왜 여기 왔냐!' 싶기도 했지만, 일단 버포드도 이세연의 팬이었었다. 판온의 플레이어라면 선망하고 동경하지 않을 수 없는 대상!

그러나 태현은 그런 것에 흔들리지 않았다. 판온 모두가 이세연을 좋아해도 난 이세연을 까겠다! 따지고 보면 판온 1에서부터 유일하게 태현의 피해자가 아닌, 태현에게 가해자 입장 아닌가.

"아니라니까요! 아주 사악한……."

-저기, 태현 님?

신나서 이세연을 욕하던 태현이 멈칫했다. 이다비가 귓속말을 보낸 것이다.

-왜?

-욕 그만하시는 게 낫지 않을까요?

-왜? 지금 한참 신났는데. 너 설마, 너도 이세연 팬이었냐?

-아니요, 저는 그 정도까지는 아니고…… 저는 태현 님이 이세연보다 더 좋아요.

-이다비……!

태현은 순간 감동을 받았다. 쉬운 말이지만, 은근히 듣기 어려운 말이었던 것이다. 판온에서 '이세연보다 태현이 더 좋다'는 플레이어들은 언제나 소수파! 판온 1에서도 이상한 사람들 취급을 받았던 게 태현의 팬이었다.

판온 1에서 있었던 이세연과의 대결을 다 잊은 태현이었지만, 아직 사람들의 반응은 조금 마음에 남아 있었다. 자기가 패고 다니던 플레이어들을 생각해 본다면 당연한 것이었지만, 그건 기억에서 지운 태현이었다.

태현이 한참 감동하려고 하는데, 이다비가 이어서 말했다.

-이세연 씨는 저희 방송에 안 나와주잖아요.

태현의 감동이 순간 식었다.

-남의 집 큰 떡보다 우리 집 작은 떡을 더 소중하게 여겨야 하는…….
-너 차단한다.

태현의 '차단한다'에서는 진심이 너무 팍팍 느껴졌다.
이다비는 황급하게 고개를 숙였다.

-농담이에요! 농담! 차단하지 말아주세요!

태현은 정말 차단한다면 차단하는 사람!

-차단한 거 아니죠?

-…….

-정말 차단했어요?!

-차단 안 했다. 어쨌든 왜 욕하지 말라는 건데? 나중에 이세연 방송에 섭외하려면 욕하면 안 된다 이거냐? 응?

방금 있었던 대화를 마음에 담고 있는 모습! 평소에는 마음 넓은 게 분명한데, 이세연하고 관련된 일만 되면 이상하게 사람이 유치하게 변했다.

그러나 이다비는 당황하지 않고 대답했다.

-아뇨. 어차피 이세연 씨는 미치지 않고서야 우리 방송에는 섭외 못 하고요.

-너 요즘 은근히 나 괴롭힌다?

-오해예요. 오해. 그리고 욕하지 말라는 건 태현 님을 위해서라구요!

-왜?

-저기 있는 버포드는 아마 이번 퀘스트 끝나면 개인 방송으로 있었던 일 풀 텐데, 거기에 태현 님이 이세연 씨 욕하는 게 나올 거 아니에요.

잊고 있었다. 이런 퀘스트는 원래 개인 방송으로 공개되는 게 보통! 지금이야 버포드가 사디크 교단의 위치가 공개되기 싫어서 방송을 하지 않고 있었지만, 토벌전이 끝나면 이야기가 달랐다. 이미 수많은 플레이어가 참가한 덕분에 위치가 알려질 대로 알려진 것이다. 그러면 버포드는 있었던 일이라도 방송으로 내보낼 것이고…….

"나쁜 건 세상이죠! 이세연은 잘못이 없죠!"

-태현 님. 너무 늦지 않았을까요?

-시꺼.

이랬다저랬다 하는 태현의 모습에 버포드만 더욱 혼란스러워할 뿐이었다.

이세연을 욕하는 것도, 칭찬하는 것도 끝나자, 버포드는 본론으로 들어갔다.

"이제부터는 무조건 같이 다녀야 해!"

처음에는 무슨 소리인가 했다.

같이 다녀야 한다니. 도망치자가 아니라?

그러나 버포드는 나름 이유를 갖고 한 말이었다.

"성문 요새가 박살 났지만 아직 여기가 무너지지는 않았어. 우리도 아직 싸울 수 있다는 거지."

"그렇군요!"

"지금 성문 요새 쪽에 가면 싸움에 합류할 수 있다! 그러면 토벌대에 모인 플레이어들을 처치할 수 있지. 거기 모인 놈 중 몇 명만 처리해도 공적치 포인트가 확확 오른다고. 아이템도 덤으로 얻을 수 있고!"

버포드는 태현의 의욕을 불러일으키기 위해서 애썼다. 지금 상황이 많이 안 좋아 보이는 건 사실이었으니까.

상대는 랭커 중의 랭커인 이세연이 이끄는 토벌대. 게다가 사디크 교단의 자랑이던 성문 요새도 박살이 난 상황이었다.

'나야 익숙하지만 새로 들어온 놈은 나갈지도 몰라!'

새로 들어온 사람이 사디크 교단에 대해 실망하고 나갈지도 모른다는 생각에, 버포드는 필사적으로 태현을 설득했다.

"지금 상황이 안 좋아 보이지만 사실 이건 기회다?"

"그래요?"

난생처음 듣는 기회였다. 그렇게 따지면 태현은 버포드를 위해 기회를 몇 번이나 만들어준 셈!

-이거 쟤가 나한테 고마워해야 하는 거 아닐까?

-그 소리는 하지 마세요…….

태현과 이다비의 귓속말은 눈치채지 못한 채, 버포드는 열을 올렸다.

"그래! 기회지! 캐릭터를 성장시킬 기회! 여기서 잘만 하면 레벨 10 정도는 우습게 올릴 수 있어!"

"우와아-"

순간 영혼 없는 반응이 나와 버렸다.

레벨 10이라니. 태현에게는 너무 어이없었던 것!

'이 자식아, 레벨 2만 한 번에 올라도 소원이 없겠다.'

지금 태현은 레벨 2가 오른 것 때문에 아직까지 가슴이 두근거렸다. 게다가 고급 기계공학 스킬까지.

조용한 곳에서 달라진 걸 확인하고 싶은데 워낙 상황이 정신없다 보니 아직까지 못 보고 있는 것!

"가자! 성문 요새 쪽으로!"

그러나 버포드가 말을 끝내기도 전에 다른 사람들이 나타났다. 바로 약탈자 플레이어 파티였다.

"너희들도 살아 있었구나!"

"당연히 살아 있었지. 이 자식아."

"저건 아직도 저러고 있네."

당연하다면 당연하게 드러내는 본색. 그러나 버포드는 당황한 표정이었다. 현실을 믿고 싶지 않은 표정!

"너, 너희 왜 그래? 갑자기?"

"갑자기는 무슨 갑자기. 야, 사디크 교단이 무슨 천국이라도 되는 것처럼 이야기하던데, 기껏 들어왔더니 토벌대가 앞까지 찾아왔다. 말이 되냐? 응? 이게 무슨 꿀을 빨 수 있는 곳이야? 안 그래도 우리 지금 죽으면 페널티 큰 상황인데."

약탈자 플레이어들은 사망 시 페널티가 컸다. 다른 플레이어들을 PK 할 때마다 페널티가 더 커지는 것이다.

"이, 이런 일이 있을 줄은 나도 몰랐어! 그리고 내가 거짓말한 건 없어! 이런 것만 빼면 내 글은 다 사실……."

"아. 시끄럽고."

"우리를 이런 곳으로 데리고 온 책임은 져야지."

"맞아. 맞아."

버포드의 말은 귓등으로 흘리고, 약탈자 플레이어들은 자기들끼리 떠들었다. 그 모습에 버포드는 좌절했다.

"저런 놈들일 줄은 몰랐는데……!"

"아니, 보통 눈치 못 채는 게 이상하지 않나?"

옆에서 태현이 중얼거렸다.

사디크 교단은 악 성향 교단. 그런 교단에 들어오는 놈들은 보통 명성보다 악명이 높은 놈들이 대부분이었다.

"뭘 어쩌겠다는 거냐!"

"일단 창고로 안내해. 교단에서 네 위치 정도면 들어갈 수 있는 창고가 있을 거 아니야."

약탈자 플레이어들의 생각은 간단했다.

'밖의 상황을 보니 이 교단은 이미 망한 것 같다. 괜히 남아있다가 같이 죽지 말고, 최대한 챙길 수 있는 거 챙기고 튀자!'

그들은 원래 먹튀하려고 했다. 계획이 많이 빨라진 것뿐!

"내가 안내할 거 같냐!"

"그러면 죽을래?"

"안내하겠다!"

약탈자 플레이어들이 무기를 겨누자 버포드는 바로 굴복했다. 그걸 본 태현은 귓속말로 말했다.

-어떻게 된 게 얘는 볼 때마다 더 추락하는 거 같냐?

-원래 사람이 추락하면 밑바닥이 없는 법이지.

-역시 한번 추락해 본 놈이라 다른 추락하는 놈을 잘 아는구나, 케인.

-뭐라는 거야, 이 자식아!

버포드는 협박당해서 끌려가면서도 당당함을 잃지 않았다. 그리고 옆의 태현에게 속삭였다.

"걱정하지 마. 나한테 생각이 있으니까!"

"지금까지 했던 걸 봤을 때 별로 없어 보이는데……."

그냥 나서서 약탈자 플레이어들을 쓸어버릴 수도 있었지만 태현은 그러지 않았다. 대신 기다렸다. 상황이 어떻게 돌아갈 것인지를.

전통 없고 역사 짧은 아키서스 교단과 달리, 사디크 교단처럼 역사가 좀 있는 멀쩡한 교단들은 창고도 여러 개 있었다. 공적치 포인트가 높은 플레이어들은 일정 창고에 언제든지 들어갈 수 있게 열쇠를 받았다. 대단한 아티팩트야 당연히 다른 비밀 창고에 있겠지만, 그것만으로도 충분했다.

약탈자 플레이어들이 노리는 건 돈이 되는 아이템들! 그냥 창고를 통째로 털 생각이었던 것이다.

탁-

약탈자 플레이어들이 뒤에서 따라오고 있었지만, 버포드는 발걸음을 멈췄다.

"야. 움직여. 지금 바쁜 거 안 보이냐?"

"멍청한 놈들. 너희 같은 놈들에게 내가 속을 줄 알았냐? 너희가 그런 놈들이란 건 이미 알고 있었다! 너희는 내 함정에 빠진 거야!"

버포드의 말에 약탈자 플레이어들은 당황했다.
이 자식이 지금 무슨 헛소리를 하는 거지?
"뭐라는 거야, 이 자식? 눈치 못 챘잖아. 좋아서 실실 웃던데."
"그게 다 연기였다!"
"뭔 연기 같은 소리를 하고 있어? 말이 되는 소리를 해라."
버포드는 필사적이었다. 태현 앞에서 좋은 모습을 보여주는 것에! 오늘 태현 앞에서 너무 망신만 당했던 것이다.
들어오자마자 교단에 토벌대가 왔고, 먼저 들어왔던 플레이어들은 본색을 드러내서 배신을 하려고 하고…….
이제 플레이어 중에서 남은 건 태현뿐!
'절대 이대로 끝낼 수는 없다!'

'언제 끝나나?'
빨리 열쇠로 열어야 다음 일에 들어갈 텐데.
태현은 속으로 사디크 교단을 응원했다.
'버텨라, 사디크 교단! 쉽게 무너지지 마! 내가 일을 끝낼 때까지는 버텨!'
태현이 속으로 사디크 교단을 응원하는 동안, 버포드와 약탈자 플레이어들의 대화는 점점 긴장감이 심해지고 있었다. 물론 태현 입장에서는 별로 긴장감 넘치는 대화는 아니었다.
곧 죽을 놈들과 그다음으로 죽을 놈의 대화!
무슨 말을 하든 '아 그래 뭐 그렇게 생각할 수도 있지 나한테 맞기 전인데'라는 관대한 마음으로 들어줄 수 있었다.

"이 자식! 어디서 허세야? 봐주니까 기어오르네."

"함정 같은 소리 하고 있네. 그냥 얌전히 창고 문 열어라. 네 새로 생긴 친구하고 같이 죽기 싫으면."

약탈자 플레이어들은 버포드를 비웃으며 협박했다. 태현까지 같이 묶어서 협박하는 건, 버포드를 조금 더 밀어붙이기 위해서였다. 물론 이유야 어쨌든 간에 태현 앞에서 저러는 건 자기 무덤을 파는 일이었다. 안 그래도 공격할 생각이었는데 더더욱 공격할 이유를 만들어주는 친절함!

태현은 고개를 끄덕였다.

'아주 친절한 녀석들이야.'

저런 약탈자 플레이어들은 아무리 패도 죄책감이 들지 않았다. 상대방까지 배려해 주는 플레이어라고 할 수 있었다.

"저거 겁먹은 거 봐."

"야, 버포드. 네 옆에 있는 놈이 고개 끄덕이잖아. 허세 부리지 말고 창고 문이나 열어라."

"허세 같냐?"

버포드는 단호한 목소리로 되물었다. 그 진지한 기세에 약탈자 플레이어들은 살짝 움찔했다.

-뭐 믿는 기색이라도 있나?

-그런 게 어디 있어. 괜히 쫄지 마.

약탈자 플레이어들의 태도도 당연했다. 지금 이 주변은 사디크 교단 NPC 하나 찾기 힘들었던 것이다.

정문 요새에서 일어난 난리 덕분에, NPC들은 대부분 거기로 몰려간 상황! 몇몇 중요한 곳을 제외하고서는 NPC의 얼굴도 보기 힘들었다.

현재 그들이 있는 곳은 사디크 교단 본거지에서도 꽤나 외진 곳. 거기서 교단의 하급이나 중급 창고 몇 개 털고 빠지면 다른 NPC들과 만날 일도 없었다.

"너희는 사디크 교단을 너무 우습게 봤다. 사디크 교단은 이런 상황에서도 창고 주변 경비를 낮추지 않는 교단이다!"

"그건 자랑할 게 아닌 거 같은데……."

태현이 중얼거렸지만 버포드는 신경 쓰지 않고 외쳤다.

"성기사들! 나와라! 교단의 배신자들이다!"

그러자 창고의 뒤편에서 숨겨진 문이 열리더니 사디크 고위 성기사들이 튀어나왔다. 이런 상황에서도 하급이나 중급 창고에 성기사들을 배치해 놓다니. 그것도 고위 성기사를!

'얘네 좀 심하지 않나?'

태현은 자기가 굴리는 아키서스 교단은 생각지도 못한 채 사디크 교단을 속으로 비판했다.

"아니, 뭐 이딴 놈들이 다 있어?!"

"지금 저기 토벌대 들어온 거 안 보이냐? 미친 거 아냐?"

약탈자 플레이어들도 어이가 없었는지 손가락질을 하며 욕했다. 이런 상황에, 창고에 저런 NPC를 배치해 놓다니!

"사디크 님을 배신하다니! 너희를 불로 정화하겠다!"

사디크 고위 성기사가 눈에 불을 켜고 달려들었다. 그걸 본 약탈자 플레이어들도 무기를 겨눴다.

"둘밖에 없어! 다굴 넣으면 이길 수 있다!"

우우웅-

말이 끝나기도 전에 사디크 고위 성기사가 작은 나팔을 꺼내 불었다. 그걸 본 약탈자들의 얼굴이 검게 변했다.

저건 분명…….

"동료들까지 불렀다! 하하! 어디 한번 아까처럼 해봐라!"

버포드는 신이 나서 외쳤다. 아까 그렇게 재수 없게 굴던 놈들이 저렇게 당황한 걸 보니, 그렇게 통쾌할 수가 없었다.

"어디 누구를 호구로 보고! 야, 이 자식들아! 내가 맨날 당하고 살았다고 만만하게 봤냐! 어!"

어딘가 한이 맺힌 버포드의 말!

버포드는 고개를 돌려 태현을 찾았다. 자랑하기 위해서였다. 덤으로 이미지 회복도 하고!

"봤지? 내가, 사디크 교단이 이 정도…… 어?"

그러나 이미 그 자리에 태현은 없었다.

놀라는 사이, 약탈자 플레이어들은 각오를 굳혔다.

"오냐, 어디 한번 해보자!"

"버포드 이 자식! 이런 수작을 부리다니. 넌 오늘 죽었어!"

그들은 물러서지 않았다. 판온에서 PVP에 가장 큰 투자를 하는 게 약탈자였다. 이런 상황이 됐지만 물러설 생각은 조금도 없었다!

"잡아! 죽여!"

"재네 안 죽여요?"

"나중에 죽이지 뭐."

마치 플레이어들의 목숨을 자기 주머니에 넣어놓은 것처럼, 태현은 심드렁하게 말했다.

"죽여! 죽여!"

"스크롤 던져! 내가 뒤에서 친다!"

태현이 빠져나온 사이, 밑에서는 치열한 개싸움이 벌어지고 있었다.

사디크 고위 성기사+버포드vs약탈자 플레이어들!

착용한 장비와 사용하는 스킬들을 보니 다들 기본적으로 고렙이었다. 레벨 100은 기본으로 넘긴 모습!

이제 개나 소나 다들 레벨 100은 넘기는 모습을 보고 태현은 갑자기 우울해졌다.

'나는 레벨 2 올랐다고 이렇게 신나 했는데…… 이제 개나 소나 다 레벨 100 넘기고…….'

남들과 전혀 다른 캐릭터 성장 루트를 밟고 있는 이 기분!

"그러고 보니 케인 너 레벨 몇이냐?"

"나? 140 조금 넘겼는데."

태현을 따라다니면서 굵직굵직한 퀘스트를 몇 개나 해결한 케인은 명백히 랭커라고 할 수 있는 레벨에 도착해 있었다. 예전 레드존 길마 때보다 훨씬 더 잘나가는 모습!

케인도 그걸 잘 알고 있었다. 그렇지만 그것 때문에 태현한테 고맙다고 말하지는 않았다. 그러기에는 그가 받은 구박과 한 고생이 너무 많았던 것이다.

"이다비 너는?"

"저는 130대예요."

현재 랭커들은 보통 레벨 140을 넘겼다. 그리고 최상급 랭커들은 200을 넘보고 있다는 소문이 돌고 있었다.

그런 면에서 이다비는 거의 랭커라고 봐도 됐다. 레벨 10 정도 차이는 스탯, 장비, 직업, 스킬 차이로 얼마든지 메꿔지는 게 판온이었으니까.

"너희는, 왜, 그렇게…… 레벨이, 빨리 오르냐……?"

태현은 감정을 최대한 감추며 물었다. 그러나 숨겨지지 않는 감정!

"네? 태현 님 따라다니니까 그냥 쭉쭉 오르던데요."

이다비는 별생각 없이 말했다. 케인과 달리, 이다비는 레벨에 별 관심이 없었다. 상인 직업은 전투 계열의 직업이 아니었던 것이다. 레벨보다 더 중요한 게 아이템을 사고팔고, 골드를 확보하고…….

그런 이다비의 말이 더 태현의 가슴을 아프게 했다. 레벨 업에 별 관심이 없는데도 저렇게 쭉쭉 오르다니.

대체 얼마나 레벨 업이 쉽길래!

"그런데 태현 님은 레벨이 몇이에요?"

"한 170? 180쯤 되려나? 190은 아니겠지?"

"시끄러."

"왜, 왜 나만?!"

별생각 없이 물었다가 괜히 욕만 먹은 케인은 억울해서 외쳤다. 굳은 얼굴로 움직이는 태현의 눈동자에는 의지가 가득했다. 반드시 여기서 레벨 몇 개는 더 올리고 나간다!

성문 요새에서는 치열한 전투가 이어지고 있었다.

폭발 한 번에 날아갔을 때만 해도 플레이어들은 쉽게 갈 수 있을 줄 알았다. 그러나 사디크 교단의 저력은 보통이 아니었다. 저번 토벌 때는 괴수가 토벌당하자 성기사단장이나 대주교가 빠졌지만, 이번에는 그러지 않았던 것이다.

"사디크 교단 대주교다!"

위엄 넘치는 로브를 입고, 끝에는 타오르는 붉은색 보석이 달린 지팡이를 들고나온 사디크 교단 대주교! 멀리서 그 모습을 본 이세연은 뭔가 위험하다는 걸 느꼈다.

"일단 뒤로 물러서세요! 스킬 큰 거 올 거 같으니까!"

그러나 성문 요새 쪽에서 치열하게 싸우는 플레이어들은 그 말을 듣지 않았다.

"뭐? 지금 왜 물러서야 해?"

"지금 잘하고 있어! 어차피 스킬 큰 거 와봤자 여기 사람들 많아서 괜찮아! 막을 수 있어!"

생각보다 사디크 교단과 싸워서 나오는 보상이 좋자, 사람들의 욕심에 불이 붙었다. 이세연이 물러서라고 말해도 듣지 않고 더욱더 돌격!

"저기 다크 엘프 있다! 잡자!"

"아냐! 사디크 사제가 더 짭짤해!"

그 모습에 이세연은 고개를 저었다.

"멍청하기는."

이세연은 냉정했다. 말했는데 안 듣는다면 자기들의 잘못이었다. 그런 사람들을 위해 뭘 해줄 생각은 전혀 없었다.

"언니. 저대로 내버려 둬도 괜찮아요?"

"알아서 하겠지? 살아남으면 좋은 거고, 죽으면 언데드로 쓰지 뭐."

죽은 사람들이 많을수록 네크로맨서가 활약하기는 쉬워졌다. 게다가 저기 있는 플레이어들은 다들 레벨이 높아서 언데드로 일으켰을 때 더 효과가 좋았다.

"일단 물러서자."

"그러죠."

말을 안 듣는 사람만 있는 건 아니었다. 눈치 좋은 사람, 실력 있는 사람들은 사디크 대주교가 나선 걸 보고 슬쩍 거리를 벌렸다. 원래 저런 보스 몬스터가 쓰는 스킬은 맞아주는 게 바보! 욕심부리다가 한 번에 훅 가는 수가 있었다.

사디크 대주교가 강력한 마법을 준비하는 동안, 이세연은 작은 언데드 박쥐들을 날려서 맵을 확인했다.

"그런데 한 명이 안 보이네?"

"누구요?"

"사디크 성기사단장이랑, 대주교는 저기 있는데. 그 누구였지? 저번에 아탈리 왕국 토벌 퀘스트 때 나왔던…… 지금 아탈리 왕 삼촌 있잖아."

"아. 아마 안토니오일 거예요. 그런데 언니, 그때 토벌 퀘스트에는 참가 안 하셨잖아요?"

"응. 나중에 찾아서 봤지."

"설마 그 김태현이란 놈 때문에!"

"아니야. 그냥 궁금해서 봤어."

"평소에는 안 보시면서!"

화를 내는 동생을 달래면서, 이세연은 생각에 잠겼다.

사디크 교단에서 보스 몬스터라고 부를 수 있는 NPC는 몇 없었다. 그중 하나가 안토니오! 그가 이끄는 기사단은 매우 강력하다고 들었다. 애초에 아탈리 왕국 기사단에서 쪼개져서 나온 NPC들이니…….

'왜 안 보이지? 설마 역습? 내 눈을 속이고 뒤로 돌아서 공격하려는 건가?'

이세연은 순간 긴장했다. 지금 그녀가 있는 곳 주변에는 마법사나 사제, 궁수처럼 원거리 공격 위주의 플레이어들이 있었다. 여기서 지원을 해주니 전방에 나선 플레이어들이 부담 없이 공격할 수 있었던 것!

여기에 기사단이 돌격해 온다면 대참사가 벌어진다.

'아깝지만 스크롤이라도 써서 뒤에 방어해 놓아야겠다.'

스킬을 쓰기에는 아직 앞으로 할 일이 많았다.

이세연은 스크롤을 몇 개 써서 만약을 대비하려고 했다. 아깝기는 했지만, 괜히 구두쇠 짓을 했다가 큰 피해라도 난다면 그게 더 손해!

그러나 이세연은 알지 못했다. 사디크 교단은 그녀가 생각했던 것보다 훨씬 더 막장이라는 것을!

"아. 진짜. 좀 치기 좋게 따로 나와 있는 놈들 없나?"

"지금 성문 요새에서 난리가 났는데 무리 아니냐? 그냥 성문 요새로 가자."

"거기는 폭탄 깔기 무리야. 두 번 당하겠냐."

태현은 빈집털이를 원했다. 성문 요새가 박살 난 것 때문에 현재 교단 본거지는 비교적 한산했다.

'사디크 교단에서 높은 지위에 있는 NPC가 머무르는 곳을 찾아 거기를 폭탄으로 한 번에 날려 버린다!'

이게 태현이 원하는 것이었다.

그러나 케인과 이다비는 부정적이었다. 지금 성문 요새 쪽이 난리가 났는데, 어떤 NPC가 얌전히 본거지 쪽에 남아 있겠는가? 위험하더라도 성문 요새 쪽으로 가는 게 나았다.

그러나 태현은 미련을 버리지 못하고 계속해서 <신의 예지> 스킬을 사용했다.

'성문 요새에 가는 건 너무 위험해. 거기 사디크 교단 주력이 다 모여 있는 데다가 대주교도 있을 텐데.'

어떻게든 방법을 찾는다! 끈질기게 스킬을 사용했다.

"거기 너! 뭐 하고 있냐! 빨리 와서 도와라!"

낯선 NPC들의 부름에 셋은 고개를 갸웃거렸다. 저건 사디크 교단 성기사가 아니라, 그냥 기사 NPC였던 것. 기사들이나 입는 중갑옷을 입고서 손짓하는 NPC들!

"빨리 오지 못해? 에이, 사디크 놈들은 정말……."

"죄송합니다. 안토니오 님."

안토니오의 불평에 기사들은 고개를 숙였다.

-안토니오? 안토니오면…….

아탈리 국왕의 삼촌! 저번 국왕 암살 사건의 주모자!

태현의 눈빛이 반짝였다.

'저놈 목 가져가면 아탈리 왕국에서도 상을 주겠지?'

사디크 교단의 권능도 포식하고, 아탈리 왕국의 보상도 추가로 받고. 마치 1+1 이벤트 같은 NPC, 안토니오!

<신의 예지> 스킬이 괜히 이곳을 가리킨 게 아니었다.

태현은 그 순간 목표를 정했다. 폭탄을 쓰더라도 여기서 안토니오를 잡고 가겠다고!

'문제는 어떻게 잡느냐인데.'

안토니오는 본인도 기사 출신에 사디크 교단으로 들어갔으니 사디크 교단 스킬도 쓸 수 있는 강력한 NPC였다. 게다가 안토니오를 따라다니는 아탈리 왕국 출신 기사단! 판온에서 기사단은 보통 플레이어들이 상대하기 힘든 세력이었다.

레벨이 높은 기사들로 우글거리는 괴물들 집단!

저번 <절망과 슬픔의 골짜기>에 왔던 플레이어들이 단체로 아농 백작의 기사단에게 쓸려 나간 걸 생각해 보면 기사단이 얼마나 강력한지 알 수 있었다.

정면 승부는 무리! 그러나 태현은 성급하지 않았다. 이제까지 이런 상황을 몇 번이고 해결해오지 않았는가. 다른 플레이어들이 대규모 파티를 조직해 단체 레이드를 뛸 때 태현은 다른 방법을 찾아냈었다.

'기사단이면 함정도 잘 찾아낼 텐데. 어떤 식으로 해야 하려나…….'

"아까 그놈들은 왜 안 오는 거야? 정말 무슨 일 생긴 건 맞아?"

"아마 그럴 겁니다."

"멍청한 놈들. 경비 하나 제대로 못 서서 침입자를 허락하다니. 아탈리 왕국이었다면 있을 수 없는 일이다."

"맞는 말씀이십니다."

태현은 안토니오와 부하가 무슨 소리를 하나 했다.

그러나 금세 짐작 가는 게 떠올랐다.

버포드와 약탈자 플레이어들의 싸움! 그 싸움 때문에 여기 있던 사디크 성기사들이 그쪽으로 달려간 게 분명했다.

'고맙다, 버포드!'

버포드는 생각지도 못하게 태현에게 도움을 주고 있었다.

"빨리빨리 움직이지 못해? 당장 짐을 마차에 실어라!"

안토니오는 태현 파티를 가리키며 성질을 부렸다.

-마차에 짐을 실으라고?

-무슨 비밀 계획이라도 있나?

-아니…… 저 자식 설마 그냥 튀려는 거 아냐?

-에이, 아무리 그래도 그렇죠. 저 정도 되는 고위 NPC가 그냥 도망을 칠…….

"빨리 움직이라고 말했다! 지금 한시가 급한 상황인데 꾸물거리지 마라! 빨리 떠나야 한단 말이다!"

-……맞네요?

-저놈 뭐냐?

셋은 어이없다는 듯이 안토니오를 쳐다보았다.

지금 다른 사디크 교단 NPC들은 성문 요새에서 죽어라 싸우고 있었다. 그런데 강력한 전력인 부하 기사단을 데리고 그냥 도망치려고 하다니. 판온에서도 흔히 볼 수 없는 인성!

어이가 없었지만 셋은 일단 움직였다. 여기서 더 꾸물거렸다가는 들킬 수도 있었던 것이다. 케인은 화술 스킬도 그렇게 높지 않았다. 말이라도 걸렸다가는 위험했다.

-이거 뭐 같냐?

-몰라. 좋은 거 아닐까?

원래라면 가장 직위가 낮은 사디크 성기사들이나 부족 전사들을 부려먹었을 것이다. 그러나 지금은 곳곳에서 일어난 싸움 때문에 일손이 부족한 상황!

태현 파티는 물론이고 기사들도 불평을 하며 움직였다. 안토니오의 개인 창고에 있는 아이템이니만큼 뭐가 있는지 신경 쓰였지만, 다 상자 안에 있어서 확인할 수가 없었다.

-여, 여기서 짤랑거리는 소리가 났어요! 골드가 분명해요!

-이다비. 손 떼라. 지금 가방에 넣으면 걸리잖아.

-하지만, 하지만……!

[계속해서 무거운 짐을 날랐습니다. 힘이 오릅니다.]

[쉬지 않고 움직였습니다. 지구력이 오릅니다.]

스탯이 올랐다는 메시지창은 덤!

태현은 이다비를 진정시키며 마차 안에 짐을 던져 넣었다.

'어라? 잠깐만. 지금 폭탄을 넣으면 되는 거 아닌가?'

문득 떠오른 생각이었지만, 태현은 점점 이 생각이 괜찮게 느껴졌다. 안토니오를 보니 도망치더라도 마차 주변에서 멀리

떨어질 것 같지는 않았다.

탁-

다른 사람들이었다면 고민하고 고민했겠지만, 태현은 바로 행동에 나섰다. 결심한 순간 기회를 잡는다! 이런 빠른 결단력이 태현의 장점 중 하나였다.

'이런 미친놈……!'

옆에서 짐을 나르던 케인은 경악했다. 태현이 정말 아무렇지도 않게 폭탄을 꺼내서 마차 안에 올려 넣은 것이다.

누가 보면 짐을 올린 줄 알 정도로 태연한 모습!

"다 끝났습니다!"

"좋아. 비밀 통로로 출발한다!"

'그런 것도 있었나?'

태현은 슬슬 빠질까 생각했다. 이들은 지금 마차 안에 폭탄이 있다는 걸 모르니 멀리서도 터뜨리기 쉬울 테니까.

"따라와라! 제대로 호위를 서라!"

"어……."

-야, 어떡할 거야? 우리는?!

-태현 님 회피 스킬로 괜찮을까요?

-나도 이거 터뜨려 본 적이 없어서 자신이 없는데…….

태현은 말끝을 흐렸다. 이 폭탄이 어느 정도로 오래 터질지 파악이 안 되는 것이다. 태현이야 생존력 하나만큼은 비교도 안 될 정도로 강하지만, 케인이나 이다비는 아니었다.

-내가 시선을 끌어볼게.

"그렇게는 못 하겠다!"

태현이 나서자 둘은 당황했다. 지금 서슬 퍼런 기사들 앞에서 무슨 소리를?

"위대한 사디크 님을 두고 도망친다니! 그럴 수는 없다! 나는 가서 싸워야겠다!"

태현은 말과 함께 신호를 보냈다. 그러자 케인과 이다비는 허겁지겁 말을 보탰다.

"그, 그래!"

"우리는 가서 싸울게요!"

그러나 안토니오의 표정은 짜증으로 가득할 뿐이었다.

"이런 미친 것들이 어디서 감히! 내 명령을 거절하는 건 사디크의 명령을 거절하는 것과 같다는 것도 모르느냐?"

멋대로 사디크를 이용하는 안토니오의 모습을 어디서 본 것 같았다.

'저거 내가 했던 짓이잖아?'

-야, 무시하고 뛰어.

태현의 말에 케인과 이다비는 등을 돌리고 달리기 시작했다. 그 모습에 안토니오는 분노했다.

"미친한 것들이 감히! 당장 저놈들을 데리고 와라! 내가 다시 교육을 시켜야겠다."

"예!"

"동작 그만!"

태현은 폭탄을 넣은 마차에 가까이 다가섰다.

"사디크 님의 이름을 더 이상 더럽힌다면 이 마차를 태워 버리겠다!"

[안토니오를 협박합니다. 안토니오가 당신에게 매우 분노합니다. 더 이상 관계를 회복할 수 없습니다.]

"네가 그러고도 무사할 거 같냐! 어디서 굴러들어 온 놈이길래 감히 나를 협박해!"

"앗. 저놈!"

기사 중 한 명이 태현을 가리키며 외쳤다.

정체가 들킨 줄 알았다. 그러나 그런 게 아니었다.

"버포드와 같이 있던 놈입니다!"

"버포드? 감히!"

[안토니오가 당신에게 분노합니다. 친밀도가 대폭 하락합니다. 안토니오의 기사단에게 공격받을 수 있습니다.]

"뭐야?!"

약탈자 플레이어들과 치열하게 싸우던 버포드는 깜짝 놀랐다. 왜 갑자기 이런 메시지창이?

안토니오가 시키는 퀘스트를 꼬박꼬박 깨왔던 버포드였다.

"어딜 한눈을 파냐!"

"이 자식이……!"

그 사이를 놓치지 않고 약탈자 플레이어들이 재빨리 찔러 들어왔다. 버포드는 바로 방어 스킬을 사용하며 물러섰다.

약탈자들은 정말 만만치 않았다. 사디크 성기사들이 왔는데도 밀리지 않았다. 그러나 약탈자들도 죽을 맛이었다.

-야, 포션 몇 개 남았냐?

-3개! 스크롤도 아까 쓴 게 끝이야!

-젠장! 여기 와서 더 손해 봤어! 이 자식들 다 잡아봤자 지금까지 쓴 것보다 안 나올 텐데!

-일단 싸우고 나서 생각해! 죽으면 진짜 수습 안 된다!

약탈자 플레이어들은 보통 플레이어들보다 PVP 대비 아이템들을 많이 들고 다녔다. 지금 예상에 없던 치열한 싸움 때문에 그들은 밑천을 다 털어가면서 싸우고 있었던 것이다.

포션도, 스크롤도 이제 곧 다 떨어졌다. 적들도 많이 쓰러지기는 했지만, 여기서 더 시간을 잡아먹는다면…….

콰콰콰콰콰콰콰쾅!

교단 본거지의 뒤편에서 거대한 화염이 둥그렇게 터지더니 파도로 변해 퍼져 나가기 시작했다.

그 자리에서 싸우던 사람들도 잠시 멈추고 입을 벌렸다.

"저게 뭐야?!"

"그래! 버포드도 널 싫어할 거다!"

알아서 오해를 해주니 태현은 굳이 바로잡지 않았다.

'슬슬 거리 벌렸군.'

-터뜨린다. 스킬 최대한 사용하고 달려!

둘에게 말을 한 후 태현은 <사디크의 초급 화염 화살> 스킬을 사용했다. 그 모습에 안토니오는 경악했다.

"안 돼! 내 보물!"

그러나 태현이 하려는 건 마차를 태우려는 게 아니라, 훨씬 더 과격한 짓이었다.

[사디크와 아키서스의 신성 폭탄을 터뜨렸습니다.]

[칭호: 신성한 대장장이, 사디크 교단의 토벌자를 얻었습니다.]
[레벨 업 하셨습니다.]

-드디어 75……!
-뭐? 레벨 175 찍었어?

무심코 중얼거린 말에 도망치던 케인이 반응했다. 물론 태현은 무시했다.

[사디크 교단의 신전, 성기사 훈련소가 파괴……]

주르륵 뜨는 메시지창. 다 읽는 건 지금 무리였고, 태현은 가장 필요한 메시지창을 찾으려고 했다.
사디크의 권능! 그러나 권능을 얻었다는 메시지창은 뜨지 않았다.
'어째서지?'
안토니오를 죽였다면 분명 사디크의 권능을 하나 얻을 수 있었다. <권능 포식>이 있었으니…….

-으아악! HP 단다! HP 줄어든다!
-뛰어요! 뛰어!

케인과 이다비의 비명이 들렸지만, 태현은 아랑곳하지 않았다.

[회피에 성공했습니다.]

믿는 구석이 있었던 것!

태현은 상황을 파악하려고 했다.

권능이 뜨지 않았다는 건…….

'안토니오가 안 죽었다는 거지!'

-신의 예지!

태현은 바로 스킬을 사용하고 움직였다.

카카캉!

앞을 뒤덮을 정도로 치솟은 화염 속에서, 날카로운 검이 찔러 들어왔다.

[굳어지는 외침의 검에 당했습니다. 움직임이 느려집니다.]

직격을 피했는데도 들어오는 저주. 화염 속을 헤치며 기사 NPC가 덤벼들었다.

"너는 사디크 성기사가 아니다!"

"그걸 이제 알았냐?"

태현은 바로 기사의 옆으로 파고들며 공격을 날렸다. 원래라면 치명타가 터지고 연속으로 이어가야 할 공격이었지만…….

[태양의 기사 가호가 공격을 막아냅니다.]

주변으로 빛나는 막이 생기더니 공격 자체를 막아버렸다.

'기사도 아닌 놈들이 기사 스킬을 쓰는 건 치사하지 않나?'

기사 스킬도 쓰고, 사디크 교단 스킬도 쓰는 기사들!

보통 까다로운 게 아니었다.

물론 온갖 스킬을 사용하는 태현이 할 말은 아니었다.

'몇 명이나 남은 거지?'

태현은 기사의 공격을 피해 거리를 벌렸다. 폭탄의 위력은 굉장했다. 화염이 지금 사디크 교단의 본거지를 화끈하게 태우고 있었으니까.

문제는 지금 기사들이 아직 살아 있다는 것이었다.

'숫자를 보니 대부분은 폭발 때 쓰러졌고, 남은 건 기사단에서도 레벨 높은 놈들인가? 좋아. 은신 써서 하나씩…….'

지금 주변을 뒤덮은 맹렬한 화염은 태현에게 유리했다. 태현은 계속해서 회피할 수 있지만, 기사들은 그런 회피까지는 불가능했으니까. 방어 스킬로 버티고 있지만 계속 피해를 입을 것이다. 게다가 태현은 화염 속에 숨는 것도 가능했다.

'은신 후 치명타 스택을 쌓아서 한 번에 폭딜을…….'

그 순간, 기사들의 목소리가 들렸다.

-사디크의 화염 방어 가호!

주변을 태우던 화염들이 순식간에 밀려나기 시작했다.

화염 속에 숨으려던 태현은 모여 있는 기사들과 정확히 눈을 마주쳤다. 그 사이로 안토니오가 그을린 채 서 있었다.

"잡아라!!"

"아, 진짜 스킬 하나만 쓰자!"

대폭발 속에서도 안토니오는 살아남을 수 있었다. 기사단 중에서도 안토니오의 친위대원들이 안토니오를 감싸고 방어 스킬을 사용한 것이다. 고위 기사 스킬에, 사디크 교단 스킬까지 사용하는 그들 덕분에 안토니오는 살아남았다.

물론 그렇다고 해서 화가 나지 않은 건 아니었다.

"죽여! 저놈을 반드시 죽여!"

-케인, 도우러 올 수 있냐?

-무리야! 지금 이다비하고 버티는 것만으로도 아슬아슬하다고!

신성 폭탄은 폭발보다 그 뒤의 여파가 더 강력했다. 폭탄에서 나온 화염이 그 넓은 본거지를 절반 넘게 휩쓸고 있었다. 그것도 바로 사라지지 않고 계속해서!

덕분에 케인과 이다비도 도망치느라 아직 정신이 없었다.

-게다가 너 이 화염 안 맞아봤지?

-왜?

-이거 맞으면 이상한 효과도 따로 들어온다고! 아키서스의 불운으로! 이거 네가 만들어서 그런 거 아니냐?!

[화염에 닿았습니다. HP가 내려갑니다. 장비의 내구도가 하락합니다. 아키서스의 불운에 휘말렸습니다. 랜덤으로 저주에 걸립니다.]

태현은 어떻게 된 건지 깨달았다. 사디크와 아키서스, 둘 다 권능을 얻었기에 만든 폭탄에서도 나타난 것이다.

-아, 그런 거군. 그래서 이름이 〈사디크와 아키서스의 신성 폭탄〉인가?
-지금 그거 분석할 때냐!?
-너보다 내가 더 위험하거든?

태연하게 이야기하고 있는 것 같았지만, 태현은 발 빠르게 움직이고 있었다.

-굳어지는 외침의 검!

사방에서 날아드는 기사들의 공격. 직격을 피해도 저주가 들어오는 귀찮은 공격이었다.
'아직 방어 스킬 안 끝난 거 같은데. 일단 시간을 끌자.'
태현의 공격을 막은 걸 보면 강력한 대신 제한 시간이 긴 방어 스킬일 가능성이 높았다. 계속해서 공격이 들어왔지만 태현은 회피와 방어에만 집중했다. 스택이 쌓이듯 차곡차곡 저주가 쌓여도 섣부르게 움직이지 않았다.

'어차피 이동속도 좀 내려가 봤자. 피할 수 있다.'

태현은 스스로의 감각을 믿었다. 이동속도가 내려가면 상대방의 움직임을 먼저 읽고 피하면 된다!

남들이 들으면 '그걸 말이라고 하냐'고 욕이 나올 비법이었다.

파앗-

버티는 사이 기사들의 몸에서 빛이 사라졌다. 방어막이 사라진 것이다.

'용용이를 꺼낼까?'

태현은 순간 고민했다. 숫자가 줄었어도 기사들은 만만한 상대가 아니었다. 남은 자들은 강한 기사들이라고 봐야 했다. 하나하나가 준 보스 몬스터 수준!

그렇지만 사디크 교단의 본거지에서 용용이를 꺼내는 순간 더 이상 위장은 불가능하다고 봐야 했다. 아무리 사디크 교단이 멍청해도 용용이를 봤는데 속지는 않을 테니까!

태현이 괜히 용용이를 이제까지 숨기고 다닌 게 아니었다.

두두두두-

멀리서, 본거지를 뒤덮은 화염이 사라지기 시작했다. 태현도 기사들도 시선을 돌렸다.

누구지?

파아앗!

화염을 뚫고, 굳은 얼굴의 사디크 성기사들이 자리에 도착했다.

"성기사단장!"

태현은 혀를 찼다.

'젠장. 빠져나가야 하나?'

안토니오를 잡지 못한 건 아쉬웠지만 어쩔 수 없었다. 여기서 아깝다고 버티다가는 역으로 당할 수 있었다.

'지원은 안 올 줄 알았는데……!'

성문 요새에서 싸움이 워낙 치열해서 지원은 오지 않을 줄 알았다.

'그보다 왜 성기사단장이 오는 거야? 와도 성기사들이나 조금 와야 하는 거 아닌가?'

성기사단장이 직접 오다니.

보스 몬스터 둘에, 준 보스 몬스터 여럿.

그에 비해 태현은 하나.

지금은 그냥 빠져야 했다.

"저놈이다! 성기사단장! 저놈을 잡아!"

안토니오는 신나서 방방 뛰었다. 그럴 법했다. 이런 상황에서 성기사단이 도착하다니. 그러나 반응은 예상 밖이었다.

"……왜 잡아야 하지?"

안토니오도, 태현도 어리둥절했다. 방금 뭐라고 한 거지?

"미쳤나, 성기사단장? 저놈을 잡으라니까! 저놈이 나를 공격했어! 이 폭발도 저놈이 일으킨 거라고!"

"그걸 믿으라는 건가? 안토니오. 너무 추한 거 아닌가?"

성기사단장은 비웃음을 흘리며 안토니오를 노려보았다.

안토니오가 기가 막혀서 입을 다물지 못하는 동안, 태현은 어떻게 흘러가고 있는지 알아차렸다.

태현은 지금 사디크 성기사로 위장 중! 게다가 안토니오는 요즘 성기사단장과 대주교와 사이가 안 좋은 상태였다. 그런 상황에서 태현과 안토니오가 싸우는 모습을 목격하자, 성기사단장은 안토니오부터 의심한 것이다.

"무슨 헛소리를 하는 거냐, 이놈! 나를 의심하는 거냐!"

"의심할 수밖에. 안토니오, 왜 성문 요새로 오지 않았지?"

"그, 그건……."

입이 열 개라도 할 말이 없었다.

"이 마차들은 뭐지? 이 주변에 흩뿌려진 잔해들은?"

"그, 그건. 그게……."

성기사단장은 점점 확신을 더해가고 있었다. 그는 단호하게 말했다.

"내 생각은 이렇다. 네놈은 우리가 싸우는 동안 우리를 배신하고 도망치려고 한 거다. 이 잔해들이 그 증거지. 우리의 보물을 챙기고 도망치려고 했군, 안토니오."

여기까지는 정확하게 맞았다.

"그렇지만 모든 일이 네 생각대로 흘러가지는 않았다. 여기 이 용감한 내 부하가 너를 막은 거겠지!"

여기서부터 말이 이상하게 흘러갔다. 태현은 성기사단장을 쳐다봤지만 태현에게는 눈도 주지 않았다.

안토니오만 노려볼 뿐!

"아니다! 이놈이 날 습격한 거다! 이놈이 배신자라니까!"

안토니오가 방방 뛰었지만 성기사단장의 귓가에는 닿지 않았다. 이제는 존재만으로도 둘을 이간질시키는 태현!

태현은 흥미진진한 눈빛으로 둘의 대화를 쳐다보았다. 아무 말 안 해도 알아서 점점 격해지는 둘의 대화!

"내 부하가 이런 참사를 냈다는 걸 믿으라는 거냐?"

"정말이다, 이 멍청한 놈아!"

"하. 안토니오. 정말 추하구나. 아마 이렇게 된 거겠지. 네놈은 만약을 대비해 이 화염을 일으킬 방법을 준비한 게 분명하다. 발목을 잡히자 이 화염을 터뜨린 거겠지."

"내가 여기에 왜 화염을 지르겠냐! 정신 차려!"

"너라면 충분히 가능한 짓이지! 널 쫓지 못하도록!"

성기사단장은 더 이상 안토니오의 말을 들어줄 생각이 없어 보였다. 대신 태현에게 고개를 돌렸다.

직접 묻겠다! 저 배신자를 상대하며 여기까지 버텨준 충성스러운 부하에게!

"어때, 내가 한 말이 틀리나?"

"……조금도 틀린 부분이 없군요!"

"역시!"

[사디크 성기사단장을 설득하는 데 성공합니다. 칭호: 불화를 일으키는 자를 얻었습니다.]

더 이상 대화는 의미 없다!

성기사단장은 이끌고 온 부하들에게 명령을 내렸다.

"저 비열한 배신자 놈을 잡아라. 내가 직접 사디크 님에게 바치겠다!"

즉 태워 죽이겠다는 뜻!

성기사단장이 데리고 온 부하들은 보통 성기사들과는 겉모습부터 달랐다. 전신에서 사디크의 화염을 내뿜는, 최고위 성기사들!

'지금 성문 요새 쪽은 어떻게 굴러가고 있길래 이런 전력을 따로 빼 온 거지?'

태현이 의아할 정도였다.

안토니오와 안토니오의 친위대 기사들vs성기사단장과 최고위 성기사들! 거물들끼리 부딪히는 빅 매치!

태현은 그 순간 깨달았다.

'아, 이래서 이다비가 팝콘을 만들어서 팔자고……'

남들을 싸움 붙이고 나니 자연스럽게 생각이 났다.

"끝까지 짖어대는구나, 멍청한 놈! 오냐! 죽고 싶다면 죽여주마!"

안토니오도 설득을 포기한 것 같았다. 그는 이를 갈며 태현을 노려봤다. 아무리 봐도 저놈은 사디크 성기사가 아니었다. 평범한 사디크 성기사가 저런 폭탄을 왜 갖고 다닌단 말인가! 그런데 저 성기사단장 놈은 눈깔이 삐었는지 태현 편을 들어주고 있으니, 속이 터질 것 같았다.

[안토니오가 분노 상태에 빠집니다. 당신에 대한 적대도가 최

대치에 달합니다.]

이글거리는 눈빛으로 태현을 쳐다보는 안토니오.
태현은 시선을 피하지 않았다. 오히려 비웃었다.
안토니오는 목덜미를 붙잡았다. 지금 이 모든 상황을 초래한 놈이 저렇게 비웃다니.
"감히……! 반드시 네놈은 죽여주마! 내 명예를 걸고!"
"내 부하에게 협박하지 마라, 안토니오!"
성기사단장은 안토니오의 살기를 보더니 태현 앞에 섰다.
고생한 부하를 지켜주려는, 이 시대의 참된 리더!

-사디크의 아홉 개의 가호! 화염의 재생! 뜨거운 대지의 축복!

거기서 멈추지 않았다. 성기사단장은 태현에게 닥치는 대로 버프를 걸기 시작했다. 사제와는 다른 종류의 버프였다.
아무래도 성기사의 버프는 사제보다 약할 수밖에 없었다. 그러나 성기사단장은 레벨로 그걸 무시해 버렸다.

[화염 저항력, 물리 방어력, MP 회복 속도가 오릅니다. MP가 회복됩니다. 저주가 해제됩니다. 30초 동안 저주가 튕겨 나갑니다.]

입이 떡 벌어질 정도의 버프 연속!
성기사들이 괜히 바퀴벌레라고 불리는 게 아니었다. 교단의 성기사단장쯤 되자, 버프도 무시무시한 수준이었다.

"충성충성충성!"

"고생 많았다. 여기는 내게 맡겨라!"

"아닙니다! 저도 싸우겠습니다! 이곳을 불태운 저 사악하고 더러운 놈을 앞두고 어떻게 가만히 있을 수 있겠습니까! 사디크 님을 위하여!"

물론 속셈은 안토니오를 죽이고 권능을 먹으려는 속셈이었다. 그러나 성기사단장은 알 방법이 없었다.

태현의 말에 성기사단장은 감격했다.

"보아라! 이게 사디크의 의지다! 어떤 적들이 찾아와도, 어떤 시련을 겪더라도 사디크의 불꽃은 꺼지지 않는다!"

"와아!"

[사디크 성기사들의 사기가 오릅니다. 악명이 오릅니다.]

너무 말을 잘한 덕분에 성기사들의 사기까지 올려 버리는 태현이었다.

'뭐, 상관없지.'

지금 중요한 건 안토니오를 잡는 것!

"……쳐라!"

그리고 싸움이 시작되었다.

"와, 이건 좀……."

이세연은 당황한 표정을 지었다. 사디크 대주교가 무언가 큰 거 한 방을 노리고 있다는 건 눈치채고 있었다. 그러나 이건 그녀의 예상 밖이었다. 주변을 통째로 태워 버리다니.

"모두 후퇴! 후퇴해!"

"일단 물러서요! 회복시켜 드릴 테니까!"

뒤에 있던 플레이어들이 목청 높여 소리쳤다. 그러나 후퇴하고 싶어도 바로 후퇴할 수는 없었다.

사디크 대주교가 파괴된 성문 요새 주변에 대규모 화염 마법을 시전한 것이다.

그냥 보통 화염 마법이 아니었다. 살아 움직이는 것처럼 퍼지는 화염은 주변에 있던 모든 사람들을 공격했다.

플레이어들뿐만 아니라, 부족 전사들이나 다크 엘프 궁수들까지 같이 공격하는 무차별 마법!

덕분에 신이 나서 덤벼들던 플레이어들은 기겁해서 도망치기 시작했다.

화염에 한 번 휩싸이면 어지간한 플레이어들도 로그아웃을 각오해야 했다.

"보스 몬스터니까 저 정도는 하겠죠. 기다렸다가 다시 들어가요. 언니."

김현아는 냉정했다. 아무리 사디크 대주교가 강력한 마법사라고 해도 무적은 아니었다. 저런 마법도 분명 시간이 지나면 풀릴 테니, 그 후 다시 공격하면 됐다. 성문 요새가 파괴된 건 달라지지 않았으니까.

멍청하게 덤벼들었다가 로그아웃 당한 플레이어들만 손해를 본 셈이었다. 지금도 똑똑한 플레이어들은 재빨리 상황을 파악하고 알아서 대처하고 있었다.

"저 뒤에 한 놈 더!"

"오케이. 확인했어! 쏜다!"

접근할 수 없다면 원거리 위주로! 참가한 플레이어들의 기세가 꺾이지 않았다는 걸 깨닫자 이세연은 안심했다.

"응? 저기 요새 뒤에 불난 거 아냐?"

"에이, 언니. 저 정면 쪽의 화염이랑 착각하셨겠죠. 걔네가 왜 자기네 본거지에 불을 지르겠어요?"

"그런가? 잠깐, 아닌데? 진짜 불이야!"

이세연뿐만 아니라 다른 플레이어들도 웅성거리기 시작했다. 성문 요새 뒤로 펼쳐진 사디크 교단 본거지를 화염이 뒤덮기 시작한 것이다.

플레이어들은 당황했다. 왜 저쪽에서 불이? 물론 가장 당황한 건 사디크 교단이었다.

"무슨 일이냐!"

"확인해 보고 오겠습니다."

"왜 안토니오는 아직까지 안 보이는 거지?"

"설마 이놈이……!"

"가라, 성기사단장! 가서 확인해 봐라. 만약 안토니오가 한 짓이라면 놈의 목을 가져와도 좋다!"
"알겠습니다!"
성문 요새만 해도 정신이 없어 죽겠는데 뒤의 본거지마저 활활 타오르다니. 사디크 대주교는 분노한 얼굴로 명령을 내렸다. 지금 눈앞의 적은 일단 막았으니, 성기사단장을 보내서라도 안토니오를 벌하겠다는 의지!
태현이 터뜨린 폭탄으로 일어난 나비효과였다.

[사디크 교단, 다크 엘프, 부족 전사들의 사기가 하락합니다.]

"김태현이 한 거 같은데?"
"아니에요, 언니! 그럴 리가 없어요!"
"김태현이 아니면 저런 짓을 누가 해……."
이세연은 어이없다는 듯이 김현아를 쳐다보았다. 김현아도 할 말이 없었는지 시선을 피했다. 확실히 그녀가 생각해도 저런 짓을 저지를 사람은 한 명밖에 없었던 것이다.
"저기 부족 전사들 도망친다! 잡아!"
"미쳤냐? 참아! 저기 갔다가 같이 타죽고 싶냐?"
성문 요새 근처의 절벽으로 부족 전사들이나 다크 엘프들이 도망치는 게 보였다. 하나하나 잡으면 그게 다 경험치와 골드로 돌아왔기에, 플레이어들은 아쉬움에 입맛을 다셨다.
퍽!
그러나 이런 상황에도 나설 수 있는 플레이어들은 있었다.

"샷!"

"지수야, 스킬 안 쓰지 않았어?"

"네? 저 정도는 그냥 맞출 수 있는데요?"

주가연은 유지수의 말에 혀를 내둘렀다.

보통 궁수 플레이어들이 모두 다 활을 잘 쏘는 건 아니었다. 당연히 게임이니만큼 스킬이나 스탯을 올리면 활을 쏘는 데에도 보정이 들어갔다. 그러나 유지수는 스킬이 없어도 저 먼 거리에 있는 적을 척척 맞췄다.

이건 현실에서도 활을 잘 쏘지 않으면 불가능한 곡예!

유지수가 초보자에서 빠르게 고수가 된 데에는 다 이유가 있었다. 영웅 직업도, 길드의 지원도 있지만 궁수라는 직업과 정말 잘 맞았던 것이다.

"음. 음. 음."

유지수는 헛기침을 몇 번 하더니 각오를 한 얼굴로 이세연에게 걸어갔다. 그 모습에 주가연은 당황했다.

"지수야, 뭐 해?"

"물어볼 게 있어서요."

"뭘?"

"태현이 ㅎ…… 아니, 오빠 어디 있는지 물어보려고요."

"그걸 왜? 그냥 귓속말을 보내면 되잖아?"

"뭘 모르시네요!"

유지수의 빛나는 눈빛에 주가연은 한 걸음 뒤로 물러섰다.

유지수는 언제나 착하고 귀여운 동생이었지만 가끔 이렇게 무서운 눈빛을 보여줄 때가 있었던 것이다.

"귓속말로 물어서 찾아가면 당연하게 여겨지겠죠. 하지만 우연하게 만난다면? 훨씬 더 그럴듯해 보이잖아요!"

"이세연 씨한테 물어보면 우연이 아니잖아……?"

"진실은 중요하지 않아요!"

"그, 그러니?"

주가연은 할 말이 없었다. 유지수가 그렇다니 그러라고 할 뿐. 다만 속으로 생각했다.

'저렇게까지 해야 할까?'

그러거나 말거나, 유지수는 이세연에게 빠르게 접근했다.

"안녕하세요."

이세연은 고개를 돌려서 누군지 확인했다. 그리고 웃으며 인사했다.

"안녕하세요."

상대가 누구든지 간에 친절하게 대하는 이세연의 모습.

유지수는 다시 한번 감동했다. 그리고 동시에 슬퍼했다.

'저렇게 좋은 사람이면 안 되는데……! 태현 오빠가 저 사람을 좋아하게 되면 어떡하지?'

물론 태현이 듣는다면 기겁을 할 소리였다.

"무슨 일이세요?"

"아, 다름이 아니라…… 여기 퀘스트에 김태현 플레이어도 있다고 들어서요. 혹시 어디 있는지 아세요?"

"본거지에 있어요. 나중에 들어가면 만날 수 있을걸요?"

"아, 정확한 위치는……."

"그건 저도 몰라요. 그렇게까지 친한 게 아니라서……."

유지수가 순간 기뻐하는 표정을 보였다. 이세연의 말이 거짓말 같지는 않았던 것이다.

"감사합니다!"

유지수는 몇 번이고 고개를 숙이고 떠났다. 그걸 본 김현아는 고개를 갸웃거렸다.

"방금 대화에서 저렇게 감사할 이유가 있었나요?"

"그러게? 아. 혹시……."

이세연은 잠시 멈칫했다.

"혹시?"

"김태현한테 원한 있는 사람 아닐까?"

"잘됐네요! 가서 죽이라 그래요!"

"너도 참…… 그리고 덤비면 저 사람이 죽겠지."

김현아는 볼을 부풀렸다. 반박할 수가 없었던 것이다. 아무리 재수가 없고 얄미워도 부정할 수 없는 김태현의 실력!

"김태현한테 원한 있는 사람이면 알려준 게 좀 미안해지는데."

"누구한테요?"

"당연히 김태현한테지."

"괜찮아요, 언니! 언니는 잘못 없어요!"

"하긴, 정확한 위치도 안 알려줬으니까. 그런데 김태현은 진짜 뭐 하고 있는 거야?"

CHAPTER 2

"으핫핫핫핫핫핫!"

태현은 크게 웃고 있었다. 미친놈처럼 보이겠지만 태현은 미치지 않았다. 단지 기분이 엄청나게 좋을 뿐!

그만큼 사디크 성기사들의 지원이 빵빵했던 것이다.

태현의 강점이 전설 직업의 강력한 스킬들과 스탯-스킬 성장이 쉽다는 것이라면(스탯은 랜덤이지만), 태현의 약점은 낮은 레벨과 그로 인해 상대적으로 낮은 HP와 MP였다. 이건 아무리 스탯을 높여도 레벨 업을 할 때 올라가는 것이라 어쩔 수 없었다. 물론 그 약점을 커버하고 있었기에 태현이 강한 것이었다.

낮은 HP는 높은 행운으로 인한 미친 회피율과 태현 본인의 움직임으로 커버. 낮은 MP는 치밀한 스킬 사용과 회복 시간 계산으로. 간단해 보이지만 엄청나게 어려운 것이었다.

스킬을 언제 어떻게 사용하고, 다음 쿨타임은 언제 끝나고, MP가 언제 얼마나 소모되고, 회복하려면 얼마나 걸리고. 이걸 바쁘게 움직이면서 싸움과 동시에 머릿속에서 계산하는 것이다. PVP에 대해 잘 모르는 사람들은 단순하게 '레벨 높고 장비 좋은 사람이 이기는 거 아냐?'라고 말하곤 했다.

그러나 아니었다. PVP의 강함에는 언제나 이런 보이지 않는 것들이 숨어 있는 것!

그렇지만 최상급에 가까운 태현의 계산으로도 낮은 MP는 완벽하게 커버되지 않았다. 일대일이면 폭딜로 빠르게 적을 녹여 버린다 쳐도, 숫자가 늘어나면 여러모로 귀찮아졌다.

그런데 지금 태현은 그런 불편함을 전혀 느끼지 못하고 있었다.

-행운의 일격, 행운의 일격, 행운의 일격, 우기기, 공격의 원!

뒷일은 생각 안 하고 아낌없이 퍼붓는 스킬들의 연속!

사디크 성기사단장이 걸어준 버프 덕분에 MP가 미친 듯이 빠르게 차올랐다. 스킬을 사용하는 즉시 차오르는 MP!

[치명타가 터졌습니다! 배신한 왕실 친위대를 쓰러뜨렸습니다. 아탈리 왕국 공적치 포인트를 얻었습니다. 국왕에게 말할 경우 추가로 보상을 받을 수 있습니다.]

'와, 진짜 이런 NPC 하나 있으면 좋겠는데…….'

태현은 입맛을 다셨다.

아키서스 교단에 저런 사디크 성기사단장 같은 NPC 하나 있으면 얼마나 좋을까? 든든해도 보통 든든한 게 아니었다.

"훌륭하다!"

친위대 기사를 썰어버리는 태현의 모습을 보고 성기사단장이 감탄했다.

[사디크 성기사단장의 평가가 오릅니다. 사디크 교단 내 공적치 포인트가 오릅니다.]

아무런 의미 없는 공적치 포인트! 어차피 태현이 쓸 기회도 없을 테지만 포인트는 올라갔다.

"저 멍청한 놈이! 정말로!"

안토니오는 분통을 터뜨렸지만 성기사단장은 귓등으로 흘렸다. 하나둘씩 친위대원이 쓰러지자 안토니오는 포기하고 돌아섰다. 더 있다가는 정말 죽을 거라고 생각한 것이다.

"놈이 도망친다! 반드시 잡아!"

"못 지나간다!"

안토니오의 친위대는 길을 막아섰다. 안토니오가 도망칠 수 있도록 막아선 것이다.

"잡아야 합니다!"

"그래! 당연하지!"

태현의 뜨거운 목소리에 성기사단장도 뜨겁게 반응했다.

서로 의기투합한 둘! 누가 보면 몇 년간 같이 손을 맞춰온 동지인 줄 알 것이다.

"크아악! 이 버러지 같은 사디크 놈들이!"

"내가 왕실에 있었다면 너희 같은 놈들은 한칼에……!"

친위대의 각오는 대단했지만 이미 싸움은 태현 측으로 기울어진 지 오래였다. 아키서스와 사디크의 신성 폭탄에 맞은 상태로 최고위 사디크 성기사들과 맞서 싸웠으니, 오래 버티는 건 무리!

[배신한 왕실 친위대를 쓰러뜨렸습니다. 아탈리 왕국 공적치 포인트를 얻었습니다.]

[아이템을 얻었습니다.]

마지막 기사를 쓰러뜨렸을 때, 안토니오는 이미 사라진 상태였다. 그러나 성기사단장은 흔들리지 않았다.

"놈이 갈 곳을 안다. 나를 따라와라!"

태현은 신이 나서 성기사단장을 따랐다. 아주 가려운 곳만 골라서 긁어주는 NPC!

"저 비열하고 더러운 쥐새끼 같은 놈이 향할 곳은 한군데뿐이지."

"그게 어디입니까? 단장님!"

"바로 뒤편의 탈출로다. 놈은 아까도 그곳으로 탈출하려고 했을 테니까!"

이런 가파른 산맥의 뒤에 탈출로가 있다니. 아마 무슨 일이 생겼을 때를 대비한 길 같았다.

'부숴 버려야겠군!'

마침 사디크 교단의 재료로 만든 폭탄이 좀 남아 있는 참!

사디크 교단의 재료를 훔쳐 사디크 교단을 날려 버리는 폭탄을 만드는 사악함!

탈출로는 생각보다 크고 잘 만들어져 있었다.

산맥의 바위를 통째로 깎아서 만든 통로! 성기사단장이 마법으로 통로의 문을 열지 않았다면 밖에서 알아차리기도 힘들었을 것이다.

"저기 놈이다!"

멀리, 말을 타고 달아나고 있는 안토니오가 보였다.

퍼퍼퍽!

사디크 성기사들이 창을 던지자, 불타는 창이 쏜살처럼 날아가 안토니오의 말에 맞았다.

쿠당탕!

바닥을 구르던 안토니오는 욕설과 함께 칼을 뽑았다. 사디크 교단의 힘을 사용할 수 있는 NPC들끼리의 싸움!

"이 하찮은 쓰레기들이 정말……!"

화염이 사방으로 날아들고 통로 주변을 태우기 시작했다. 안토니오는 욕설을 퍼부으며 덤벼들었지만 이미 완전히 포위당한 상태였다.

"너희는 속고 있다니까! 이놈이 사디크 성기사로 보이냐!"

"어디서 이간질을! 단장님, 저놈의 혀를 태워 버려야 합니다!"

[화술 스킬이 오릅니다.]

안토니오는 환장할 지경이었다. 저놈이 한 짓이 다 자기가 한 짓으로 둔갑되다니. 사디크 교단을 버리고 도망치려고 하기는 했지만, 자기가 왜 본거지를 불태우겠는가?

[안토니오가 광란 상태에 빠집니다.]

안토니오가 갑자기 방어를 포기하고 미친 듯이 반격하기 시작했다.

쾅! 콰쾅! 콰쾅!

검에서 오러가 쏟아져 나오고, 사디크의 화염까지 연달아서 터져 나오는 심상치 않은 기세! 그 기세에 성기사들은 일단 방패를 앞세우고 물러서려 했다.

그러나 태현은 역으로 덤벼들었다.

이미 많이 맞은 놈. 지금이야말로 끝낼 기회!

"물러서라! 놈은 위험하다! 천천히 몰아붙여야……!"

"아닙니다! 사디크 님을 모욕한 저놈을 용서할 수 없습니다!"

[도발에 성공합니다. 안토니오의 광란 상태가 더욱 심해집니다.]

'딱히 도발하려고 한 건 아니었는데……!'

안토니오의 공격을 회피로 받아내며 태현은 가까이에 접근했다. 상태는 최상이었다. 계속해서 싸웠지만 사디크 성기사단장의 버프가 연속으로 걸린 덕분에 스킬을 닥치는 대로 퍼부어도 괜찮았다.

-공격의 원, 연타, 급소 공격, 마법 차단!

안토니오의 자잘한 공격은 회피로 받아내고, 강력한 마법은 먼저 끊어내고, 태현은 연타를 퍼부었다.

[치명타가 터졌습니다!]

'지금이다!'

-치명타 폭발!

"크아아아악!"
차원이 다른 공격에 안토니오는 비명을 질렀다.

[아탈리 왕국의 왕족, 안토니오를 쓰러뜨렸습니다.]
[레벨 업 하셨습니다.]
[검술 스킬의 레벨이 오릅니다. 중급 검술 스킬이 고급 검술 스킬로 변합니다. 가타콰 검법의 숨겨진 스킬을 배울 수 있습니다.

비전 검술 스킬, <완벽에 가까운 연격>을……]

안토니오는 무릎을 꿇었다. 태현이 기쁜 얼굴로 메시지창을 다 확인하기도 전에, 안토니오는 마지막 말을 내뱉었다.

"너, 너는…… 아키서스의…… 첩자구나……!"

갑자기 분위기가 묘해졌다. 또 레벨을 올린 데다가, 검술 스킬까지 드디어 고급으로 달성해서 기쁨의 눈물을 흘리려던 차에 싸늘해진 분위기!

'아오. 곱게 죽을 것이지 마지막에 엿을 먹이고 가네.'

태현은 속으로 안토니오를 욕했다. 레벨 업에 검술 스킬, 게다가 아탈리 왕국 공적치까지 여러 가지로 챙겨주는 친절한 NPC라고 생각하고 있었는데 저런 말을 남기고 가다니!

물론 태현 기준에서나 그렇지, 안토니오 입장에서는 당연한 일이었다. 마지막 순간에야 자신이 누구를 상대하고 있는지 깨달았으니 그걸 남기는 건 당연한 것!

'지금 얻은 스킬이 뭐가 있지? 일단 검술 고급 찍었고. 보상으로 비전 스킬 하나 들어왔고. 가타과 검법 새로 열렸고. 거기에 사디크 권능은 뭐가 들어왔지?'

<화염 재생>

사용 시 화염에 대미지를 입지 않고 화염을 흡수합니다. 흡수한 만큼 회복합니다.

회복 계열 스킬! 태현에게 회피나 공격 계열 스킬만 있다는 걸 생각했을 때, <화염 재생>은 매우 요긴한 권능이었다.

"……잠깐 이리 와보도록."

성기사단장의 목소리가 들렸다. 굳이 스킬을 써서 확인하지 않아도 태현은 느낌으로 알 수 있었다.

성기사단장이 의심하고 있다!

계속해서 화술 스킬로 밀어붙일 수도 있었지만…….

'저놈이 뭔가 숨기고 있는 게 있는 거 같아.'

성기사단장 정도 되면 스킬로 태현의 신분을 확인할 수도 있을 것이다.

"왜 그러십니까! 단장님! 설마 저 배신자 놈의 말을 믿으시는 겁니까!"

물오른 연기! 태현은 억울하다는 듯이 외치며 <사디크의 화염>을 사용했다.

손에서 타오르는 사디크의 불꽃!

"이 불꽃이! 보이지 않으십니까!"

동시에 사용하는 <화염 재생>.

[화염 재생을 사용합니다. 흡수한 화염만큼 전체 상태가 회복됩니다.]

단순히 HP가 아닌, HP나 MP부터 시작해서 흡수한 화염 양만 많으면 저주까지 해제해주는 강력한 회복 스킬! 이 주변은 마침 치열한 싸움 덕분에 화염이 넘실거리고 있었다.

"믿는다. 믿어. 그러니까 잠시 이리 와보도록. 네 결백을 확인할 방법이 있다."

[성기사단장을 설득하는 데 실패합니다.]

다른 말이었다면 화술 스킬로 성공했을 것이다. 그러나 아키서스라는 이름이 제대로 맞아 들어갔다.

사디크 교단에서 이름만 꺼내면 일단 욕부터 나오는 이름! 사디크 교단이 조각상까지 만들어서 따로 태울 정도의 이름!

아키서스!

"알겠습니다. 단장님."

"그래. 가까이 와보도록."

성기사단장은 몰랐다. 지금 그의 말 때문에 태현이 결심을 굳혔다는 것을!

'저런 말을 한다는 건 아키서스와 관련이 있는지 없는지 알아볼 방법이 있다는 거잖아?'

치이익-

태현은 남은 폭탄을 일제히 꺼내 양옆의 불꽃으로 집어 던졌다. 그리고 전력을 향해 앞으로 달려 나갔다.

-그림자 잠수, 그림자 도약, 완전한 도주!

오랜만에 등장한 도주용 스킬 3종 세트! 태현은 공격을 포기하고 오로지 회피에 정신을 집중했다.

"이, 이놈……!"

"설마!"

"어떻게 아키서스의 첩자가 사디크의 권능을!"

놀라는 성기사들의 반응을 뒤로 한 채, 태현은 빠르게 통로를 달려 나갔다.

콰직!

그 순간 통로의 바닥이 뒤집어지더니, 저 멀리 있던 성기사단장이 나타났다. 태현의 앞을 가로막은 성기사단장!

"어딜 가려고 하는 거지?"

성기사단장의 눈빛이 타올랐다. 분노가 극에 달한 모습!

[당신의 위장이 발각되었습니다. 사디크 교단의 공적치 포인트가 소멸됩니다. 사디크 성기사단장이 <죽음의 결의>를 시전합니다.]

무슨 스킬인지는 몰라도 더럽게 불길한 이름!

"저기 밖에 불 켜놓은 걸 잊어서 끄러 갑니다."

"놈! 아키서스의 첩자가 사악한 수법으로 안토니오를!"

"아니, 안토니오를 죽이려고 한 건 그쪽이잖아. 나는 처음에는 가만히 있었는데."

"놈!"

[사디크 성기사단장이 극도로 분노합니다.]

사실만 말했는데도 성기사단장은 매우 분노했다. 그러나 태현은 태연했다. 보스 몬스터와 준 보스 몬스터들이 여기 있었지만……. 태현은 무기를 바꿔 들었다.

<고대의 망치>.

"내가 옆에 뭐 던졌는지는 못 봤나?"

콰콰콰콰콰콰콰쾅!

폭발과 함께 통로가 무너지기 시작했다.

태현은 망설이지 않고 망치를 휘두르며 달려 나갔다. 앞에 천장이 박살 나서 떨어지면 고대의 망치를 휘둘렀다. 단단한 바위는 그냥 무른 두부처럼 으깨 버리는 강력함!

"이놈!!"

뒤에서 성기사단장의 목소리가 들려왔다. 태현이 오싹해질 정도의 살기!

그러나 바로 쫓아오지는 못했다. 그들은 폭발을 막아내고 떨어지는 잔해들을 막아내느라 발이 묶인 것이다.

"나중에 또 보자고!"

권능을 얻으려면 잡기는 해야 했다. 지금은 무리지만!

태현은 빠르게 통로를 빠져나갔다. 이제 처음의 목적은 달성한 셈이었다. 교단의 거물을 쓰러뜨려서 권능을 얻는 것!

이제 케인과 이다비와 합류한 다음, 성문 요새 쪽으로 향할 생각이었다.

'대주교를 같이 레이드할 수 있으면 레이드한다.'

권능을 하나 얻었으니 본전. 하나 더 얻으면 대박이었다.

달려가는 태현의 눈에 무언가가 들어왔다. 그것은 바로 치열하게 싸우는 버포드와 약탈자 플레이어들!

"헉, 헉헉……."

"이제 끝이다. 이 호구 자식. 그냥 얌전히 창고 문을 열어줬으면 됐을 텐데 이렇게 귀찮게 만들다니!"

"너 때문에 우리가 얼마나 손해를 본 줄 알아? 죽어라. 이 자식아!"

싸움은 거의 끝나 있었다. 사디크 성기사들은 전부 쓰러졌고, 버포드 혼자 남아서 헉헉댈 뿐!

원래라면 사디크 성기사들이 유리한 싸움이었다. 아무리 약탈자 플레이어들이 포션에 스크롤에 밑천을 탈탈 털어가며 싸워도 숫자에서 차이가 났으니까.

상황이 뒤집힌 이유는 하나. 갑자기 웬 화염 폭발이 그들을 덮친 것!

그 폭발 덕분에 사디크 성기사들이 쓸려 나가 버렸다. 운 좋게 폭발의 직격을 피한 약탈자 플레이어들은 신이 나서 상황을 역전시켰다. 이제 남은 것은 버포드 하나!

버포드는 원통한 표정으로 그들을 노려보았다.

"너희들을 믿었는데……!"

"믿을 놈을 믿어라. 멍청아. 그러니까 김태현한테 당하지."

"에반젤린한테도 당하고."

"닥, 닥쳐!"

아무리 불리한 상황이라도 저렇게 아픈 곳을 찔러대자 참을 수가 없었다.

타타타탁-

뒤에서 누군가가 달려오자 약탈자 플레이어들은 고개를 돌렸다. 어디서 많이 본 모습! 아까 사라진, 버포드를 따르던 새로 온 플레이어였다.

"너!"

"죽은 거 아니었냐?"

"이 자식. 어디 있다 온 거야?"

약탈자 플레이어들은 잘 됐다 싶어서 태현을 쳐다보았다. 그들은 태현에게 손짓했다.

"야. 여기로 와라."

무시하고 달려가려던 태현은 멈칫했다. 아까 안토니오도 잡았고, 지금 뒤에서 성기사단장이 죽어라 쫓아오고 있을 테니 그냥 넘어가 주려고 했었다. 그런데 저렇게 불러주다니.

'뭐 자기가 무덤을 파고 싶다는데 넘어가 주면 안 되겠지!'

바쁘지만 저놈들 잡을 시간은 충분했다.

"야. 여기로 오라니까? 안 들려? 확……."

"너희 근데 왜 세 명밖에 없냐?"

태현은 그들에게 걸어가면서 물었다. 아까의 조심스럽고 겁 많은 태도와는 전혀 다른 모습이었다. 그 모습에 약탈자 플레이어들은 뭔가 위화감을 느꼈다.

"뭐?"

"너희 왜 세 명밖에 없냐고."

당당하게 말하며 다가오는 태현에게 압도된 플레이어 중 한 명이 입을 열었다.

"싸우다가 로그아웃……."

"야, 너는 그걸 왜 말해줘?"

"미, 미안."

말 한마디 잘못했다가 다른 약탈자 플레이어들에게 구박을 받는 그! 그걸 보며 태현은 고개를 저었다.

"뭘 그런 걸 가지고 구박을 하고 그러냐."

"그, 그치?"

"그렇지. 말해줄 수도 있지."

태현이 전혀 겁을 먹지 않은 것 같자, 한 플레이어가 화를 내며 말했다.

"이 자식이 왜 자꾸 헛소리야? 저기 호구 옆으로 가서 서라. 한 대 맞기 전에."

"시간 없으니까 짧게 가자. 내 말 들을래 아니면 로그아웃 당할래?"

"이게 미쳤……."

퍼퍼퍼퍼퍽!

태현은 말이 끝나기도 전에 검을 뽑아서 빠르게 찔러 넣었다. 경쾌한 연속 공격이 약탈자 플레이어 몸에 작렬했다. 행운의 일격으로 뻥튀기된 공격이 작렬하자 약탈자 플레이어는 그대로 무너졌다.

"……!!"

자리에 있던 모든 플레이어가 입을 떡 벌리고 태현을 쳐다보았다.

방금 뭘 본 거지?

그러거나 말거나 태현은 검의 방향을 바꿨다. 두 번째 약탈자 플레이어를 향해서.

"내 말 들을래 아니면 로그아웃 당할래?"

"이, 이 자식이!!"

약탈자 플레이어는 단검을 뽑아 들고 태현한테 덤벼들었다. 방금 로그아웃 당한 동료처럼 그냥 당하지만은 않겠다는 의지!

-반격의 원!

그러나 세상일은 원래 마음대로 흘러가지 않는 법. 덤벼들던 플레이어는 반격의 원을 맞고 뒤로 물러났다. 비틀거리며 몸을 추스르기도 전에 태현의 공격이 이어져 들어왔다.

-완벽에 가까운 연격!

검술 스킬을 고급 찍고 나서 보상으로 받은 비전 검술 스킬! 연속 공격을 넣으면 넣을수록 대미지가 일정량 증가하는 스킬이었다. 누가 비전 검술 스킬 아니랄까 봐 꽤나 난이도가 높았다.

처음 대미지는 약하고, 계속해서 연속 공격을 쌓아가야 대미지가 증폭되는 형식의 스킬! 연타가 끊기면 거기서 스킬도 끝났다. 쓰기 까다롭다고 할 수 있었지만, 이 정도도 못 쓴다면 태현은 여기까지 오지도 못했다.

퍼퍼퍼퍼퍼퍽!

치명타 폭발 스킬을 쓰기도 전에 두 번째 플레이어도 로그아웃 당해 버렸다.

"어, 어, 어……."

순식간에 두 명을 삭제해 버린 태현!

그 강함에 마지막으로 남은 플레이어는 기겁했다. 그냥 멋모르고 사디크 교단으로 들어온 놈인 줄 알았는데…….

'이, 이 자식 괴물이잖아!'

약탈자 플레이어인만큼 보는 눈은 있었다.

태현이 보여준 모습은 최소 랭커급! 아니, 랭커 중에서도 저렇게 순식간에 두 명을 보내 버릴 수 있는 랭커가 몇 명이나 되는지 의문스러울 정도였다.

태현이 빙글 돌아섰다.

"내 말 들을……."

"들을게! 듣는다고! 들으면 되잖아!"

말이 끝나기도 전에 플레이어는 다급하게 대답했다.

"말이 짧다?"

"듣, 듣겠습니다!"

"그래. 좋은 모습이야."

멍하니 지켜보던 버포드는 그제야 정신을 차렸다.

"너, 너……!"

'내가 김태현인 걸 알아차렸나?'

버포드가 태현을 가리키며 경악하자, 태현은 속으로 생각했다. 방금 보여준 폭딜과 아까 일어난 아키서스와 사디크가 섞인 폭탄. 그 두 가지를 엮는다면 태현을 떠올릴 수 있었다.

"고수였구나!"

그러나 버포드는 그러지 못했다. 태현은 안쓰러운 눈빛으로 버포드를 쳐다보았다.

'이렇게 멍청해서 앞으로 판온을 어떻게 하려고 하냐…….'

"정말 잘했어! 이 자식들이 나를 얼마나 욕했는지……! 야, 아까처럼 말해봐! 뭐? 호구라고? 이제 누가 호구냐!"

버포드는 신이 나서 외치며 달려들었다. 태현이 왜 얌전히 있었는지, 아까 왜 갑자기 사라졌는지, 이런 의문들은 안 풀린 상태였다. 그래도 죽기 직전 상황에 나타나 준 것만으로도 감사!

"어허."

그러나 태현은 손을 뻗어서 버포드를 막았다. 그리고 약탈자 플레이어 옆을 가리켰다.

"여기 서라고."

"왜, 왜 그래? 왜 갑자기……."

아까까지 친하던 태현이 냉정하게 선을 긋자 버포드는 당황했다. 그러나 아직 놀라운 일은 시작도 하지 않았다.

"내 말 들을래 아니면 로그아웃 당할래?"

아까 들었던 말! 직접 듣게 되니 등골에 소름이 돋았다.

"내, 내가 뭘 잘못했다고……."

"그러게 왜 남의 반지를 가져가고 그러나?"

"반, 반지? 뭔 반지?"

자기가 뺏긴 건 1년이 넘어도 잊지 않는 마음!

물론 버포드는 당연히 알아듣지 못했다. 이 상황에서 반지란 걸 듣고 태현의 반지를 떠올린다면 그게 더 대단한 일이었다. 아니, 버포드는 애초에 그 반지가 태현이 얻어야 할 보상이라는 걸 알고 있을지 의문이었다.

"자. 움직여!"

"저…… 어디로 가는 겁니까?"

"성문 요새 쪽으로 간다."

표정이 동시에 변했다. 약탈자 플레이어는 '왜 지금 그런 죽기 딱 좋은 곳으로 가나' 생각했고, 버포드는 '무슨 생각으로 사디크 성기사들이 우글거리는 곳으로 가나' 생각했다.

그러거나 말거나 태현은 그들을 재촉했다.

"발걸음 멈추면 찌른다. 달려! 달리라고!"

"도착했다! 여기야!"

"그…… 런데 왜 다른 플레이어들이 안 보이지?"

"글, 글쎄? 그렇지만 분명 여기가 맞아."

"앗? 저기 위에서 연기 나는데? 화염도 보여!"
"사디크의 불꽃이다!"
성문 요새에서는 치열한 싸움이 벌어지고, 본거지 안에서는 태현의 깽판이 벌어지는 동안, 다른 한 곳에 도착한 플레이어들이 있었다.
그들은 바로 태현의 영지를 습격했다가 강제로 퀘스트를 받은 플레이어들! 사디크 교단의 위치를 찾기 위해 퀘스트를 깨다가, 갑자기 토벌대 퀘스트가 떴다는 걸 듣고 달려온 그들이었다. 그러나 너무 급하게 달려온 나머지 정확한 위치로 오지 못했다. 성문 요새로 이어지는 정면 출입로가 아닌, 옆으로 난 험난한 절벽 쪽으로 도착한 것!
당연히 토벌대 플레이어들과 만날 수가 없었다.
"먼저 들어간 거 아닐까?"
"아니, 근데 이 절벽을 기어올랐다고? 그 많은 플레이어가?"
"사람 많으니까 충분히 가능했겠지."
"아닌 거 같은데……."
"야, 지금 망설일 때가 아니야. 만약에 우리가 도착하기도 전에 여기 토벌이 끝나 버리면 어떻게 되겠어?"
자리에 있던 모든 플레이어의 얼굴이 굳었다.
그랬다. 여기서 퀘스트를 깨지 못한다면 이 지긋지긋한 저주를 계속 달고 판온을 해야 하는 것!
"안 돼! 절벽을 오르자!"
"그래! 이미 여기 올라간 플레이어들도 있는데 우리가 못 할

게 뭐가 있겠어?"

그런 플레이어들은 없었다. 그러나 자리에 모인 플레이어들은 결연하게 절벽을 기어오르기 시작했다.

"으악! 함정이다!"

[다크엘프 식 밧줄 함정을 건드렸습니다.]

물론 그냥 오를 수 있는 건 아니었다.

절벽 곳곳에 설치된 침입자를 막기 위한 함정! 기어오르다가 뭐 하나만 잘못 건드려도 우르르 함정이 쏟아져 내렸다.

그나마 다행인 건, 절벽 위에서 지키고 있는 적이 없다는 것! 만약 적이 있었다면 그들은 정말 오르지 못하고 이 절벽에서 로그아웃 당했을 수도 있었다.

"헉, 헉헉……."

"내가 밧줄을 던질 테니까 잡아! 그러면 더 편할 거야!"

"너희들……!"

그들의 우정은 더욱더 끈끈해지고 단단해지고 있었다.

온다. 놈이 온다.

"지금!"

유 회장의 눈이 번뜩였다. 그 순간 손에 들고 있던 낚싯대가 번개처럼 휘둘러지더니, 용암 속에서 튀어나온 물고기를 그대로 꿰뚫었다.

"오오오!"

"광산에 처음 들어온 낚시꾼이 저 정도라니!"

"저 신입은 전설의 낚시꾼이 될 자질이 있어!"

뒤에서 떠드는 NPC들의 말을 흘려들으며, 유 회장은 다음 낚시를 준비했다.

원래라면 이 던전에서 유 회장은 바로 죽었을 레벨이었다. 초보자나 다름없었으니까.

그러나 유 회장은 죽지 않았다. 그에게는 현질이 있었던 것이다.

용암 물고기한테 얻어맞고 죽을 상황이 되면 값비싼 포션을 아낌없이 사용했다. 포션을 다 쓰면 망설이지 않고 바로 구매했다. 쓸만한 스크롤이 있다? 그냥 샀다. 장비든 소모성 아이템이든 지금 쓸 수 있을 것 같으면 아낌없이 질러댔다. 이 던전에서만 쓴 돈이 벌써 수천만 원을 훌쩍 넘겼다.

광기의 현질! 예전에 '게임에 무슨 돈을 쓰냐'라고 말했던 유 회장과는 전혀 다른 모습!

아는 사람이 봤다면 말도 안 된다고 했을 것이다. 그러나 지금 유 회장은 의지로 불타고 있었다.

'반드시 여기서 빠져나가서 저 얄미운 놈의 낯짝에 낚싯대를 휘둘러 주겠다!'

"조심해! 큰 놈이 온다!"

뒤에서 들리는 목소리. 유 회장은 예전처럼 당황하지 않았다. 오히려 눈을 감았다.
눈을 감아도 알 수 있었다. 뒤에서 놈이 오고 있다는 것을!

-연속 낚싯바늘 찍기!

쿠어엉!
거대한 용암 물고기가 낚싯바늘에 걸려 비명을 질렀다.

[레벨 업 하셨습니다.]

유 회장은 가방을 확인했다.
할당량은 이미 넘긴 상태. 지금 말하면 나갈 수 있을 것이다. 그러나 유 회장은 그냥 나갈 생각이 없었다.
'저 사디크 성기사 놈은 용암 속에 처박고 나가주마!'
유 회장이 꿈꿨던 폼 나고 멋진 낚시를 박살 낸 원인 중 하나! 저 뒤에서 감시하고 있는 사디크 성기사한테는 복수하고 나갈 생각이었다.
'내가 저놈을 이길 수 있을까? 레벨이 엄청나게 많이 오르기는 했지만…….'
유 회장은 자신의 레벨을 확인했다.
69. 고렙 던전에서 현질로 폭발적인 레벨 업을 한 결과!
그러나 유 회장은 지금 그가 사디크 성기사를 이길 수 있는지 알지 못했다.

'이길 수 있을 거 같기도 하고…… 아니야. 레벨 좀 더 올리고 덤벼보자!'

"진짜 성문 요새로 가는 거냐?"

"말이 짧다는 건 네 목숨도 짧아지고 싶다는 거겠지. 그래. 잘 알겠다."

"진, 진짜 성문 요새로 가는 겁니까?!"

약탈자 플레이어는 황급히 말을 고쳤다. 무슨 말 한마디 잘못했다고 찔러 죽이려 한단 말인가. 그도 나름 거칠게 플레이하는 플레이어긴 했지만, 태현 같은 놈은 정말 본 적이 없었다. 처음 봤을 때 얌전하고 겁 많던 모습은 어딘가로 사라지고, 지금 있는 건 닳고 닳은 늑대였다.

사람을 어떻게 다뤄야 할지 아는 놈!

버포드가 조심스럽게 입을 열었다.

"성문 요새로 가서 같이 싸우려는 거면 굳이 나한테 이렇게 할……."

"아, 말 더럽게 많네. 말할 시간에 움직여."

태현은 버포드의 말에 대답하지 않고 그들을 걷어찼다.

"멈춰라!"

성문 요새에 가까이 접근하자, 보초를 서고 있던 사디크 성기사가 태현에게 외쳤다. 같은 사디크 성기사 복장을 하고 있어도 경계를 늦추지 않는 모습! 성문 요새가 박살 나고 본거지에 폭탄이 터졌으니 당연한 모습이었다.

태현은 버포드와 약탈자 플레이어를 두고 앞으로 움직였다. 그리고 작은 목소리로 말했다. 뒤에 들리지 않도록.

"이번 소란을 일으킨 범인을 데리고 왔습니다."

"뭐라고?!"

사디크 성기사는 놀란 눈으로 두 명을 쳐다보았다.

"저놈들이?!"

"예! 대주교님을 뵙게 해주십시오! 직접 뵙고 말씀드리겠습니다!"

[사디크 성기사를 설득하는 데 성공합니다.]

"알겠다. 대주교님은 저 위쪽에 계신다. 강력한 마법을 쓰신 덕분에 쉬고 계시지. 이봐! 저 둘을 감시해라!"

주변에 있던 사디크 성기사들이 몰려왔다. 이 근처에 있던 전력들이 전부 성문 요새 쪽으로 왔기 때문에 성기사들은 넘쳐났던 것이다.

"어, 어? 왜 그래?"

"시끄럽다. 배신자 놈들! 입 닥치고 가만히 있어라!"

약탈자 플레이어는 자기가 배신하고 버포드를 공격한 게 걸린 줄 알았다. 그래서 얌전히 입을 다물었다. 뭘 말하는 건지도 모르는 채. 그러나 버포드는 아니었다.

"아니, 나는 아니야! 이놈만이라고!"

"시끄럽다고 했을 텐데!"

"나는 아니라니까! 나는 이놈을 막으려고 했을 뿐이라고!"

그러는 사이 태현은 성기사를 따라 위로 걸어 올라갔다. 멀리서 대주교가 보였다. 주변에는 다른 사디크 고위 사제들이 있었고, 또 그들을 호위하는 고위 성기사들이 있었다.

막강한 경비!

마법사나 사제는 근접전에 취약하니 필요한 대책이었다. 대주교나 사제들은 딱히 태현을 경계하는 눈빛으로 쳐다보고 있지 않았다. 이 정도 경비가 되어 있으니 어떻게 보면 당연한 일이었다.

"무슨 일이냐? 소란의 원인을 알아 왔다고?"

"예! 안토니오와 손을 잡은 배신자들이 불을 질렀습니다!"

"역시! 안토니오 그놈이!"

안토니오와 사이가 안 좋다는 걸 증명이라도 하듯이, 대주교는 안토니오부터 의심했다.

태현은 한 발짝 다가섰다. 대주교만 잡고 여기를 빠져나간다면 이번 퀘스트에서는 더 바랄 게 없었다.

'지금 달려 들어가서 찌를 수 있으려나?'

-야! 성기사단장 왔다!

다급한 케인의 목소리. 이다비와 케인은 성문 요새 쪽에 먼저 도착해서 주변을 보고 있었던 것이다.

-엄청 살벌해! 저렇게 무서운 놈이었냐?

케인은 성기사단장을 보며 질린 목소리로 말했다.
누구 한 명은 반드시 죽이겠다는 의지가 느껴지는 살벌함!
태현은 시간이 얼마 없다는 걸 깨달았다. 망설였다가는 성기사단장이 올라온다!
"어쨌든 범인을 찾아오다니 훌륭하다. 무릎을 꿇어라. 내가 너를 축복해 주마."
사디크 대주교는 태현에게 말했다. 태현은 냉큼 무릎을 꿇었다. 아까 성기사단장에게 버프를 받았던 것처럼, 주는 버프는 굳이 거절할 이유가 없었다.

[사디크 대주교의 축복을 받았습니다. 모든 상태 이상이 해제됩니다. HP와 MP가 최대치로 회복됩니다. 스킬들의 쿨타임이 초기화됩니다.]

"감사합니다!"
"그래. 앞으로도 정진하도록. 그 두 명을 내 앞에 데리고 와라."
대주교는 태현에게 축복을 내린 다음 관심을 껐다. 밑의 두 명을 직접 보고 싶어 하는 모양이었다.
꿈틀-

태현은 꿇었던 무릎에 힘을 주었다.

무릎을 꿇은 건 추진력을 얻기 위해서!

쾅!

태현이 덤벼드는 순간과 동시에 밑에서 성기사단장이 나타났다. 악마 같은 얼굴을 하고 있었다.

"놈을 막아라!"

그러나 이미 그 순간 태현은 대주교 앞에 도착해 있었다.

이미 행운의 일격은 가능한 최대치로 걸어놓은 상태.

할 수 있는 가장 강력한 공격을 한 방에 때려 넣는다!

대주교가 태현의 레벨의 몇 배는 되는 보스 몬스터기는 했지만, 사제 직업이었다. 그렇다면 HP는 비교적 낮을 것!

푸욱-

[치명타가 터졌습니다! 사디크 대주교의 몸을 영원한 불꽃이 뒤덮습니다. 공격할 수 없습니다.]

'……텄군.'

태현은 메시지창을 보고 직감했다. 지금 무슨 스킬을 쓴 건지는 모르겠지만, 여기서 대주교까지 잡는 건 실패!

"이놈!!"

"아, 단장님 오셨어요?"

반갑게 인사하는 태현!

성기사단장은 온몸에 화염을 두르고 태현에게 돌진했다.

"죽여 버리겠다!"

그러나 태현은 성기사단장과 정면으로 싸울 생각이 조금도 없었다.

-아키서스의 신성 영역!

태현은 일단 광역기로 주변 사제들의 공격을 막았다. 여기서 사제들과 성기사들의 공격을 같이 맞으면 아무리 태현이라도 위험!

-나와라, 용용아! 튈 시간이다!

"김태현이다."

"네? 어디요?"

"저기서 싸우는데?"

이세연은 마법으로 계속 사디크 쪽을 염탐하고 있었다.

웬 사디크 성기사가 나타나더니, 대주교가 있는 쪽으로 가더니, 기습을 하고…… 성기사단장에게 공격까지 당했다.

누군가 했는데 하는 짓을 보니 확실했다. 김태현이었다.

"가자. 나도 이제 슬슬 움직여야지."

"네? 언니, 지금 가면 위험해요! 다른 플레이어들이 더 싸우고 나서……."

"아냐. 지금이 딱 좋은 때야."

이세연은 다시 와이번을 꺼내서 위에 올라탔다. 대주교는 공격을 받아서 회복하느라 움직이지 못하고, 성기사단장도 저 소란 때문에 정신이 팔린 상황.

"슬슬 끝내볼까?"

"이세연! 이세연! 이세연!"

이세연이 직접 움직이려고 하자 토벌대 플레이어들이 환호성을 내질렀다. 그걸 보며 속으로 생각했다.

'사람들 앞에서 확실하게 매듭도 짓고…….'

태현은 갑자기 소름이 돋는 걸 느꼈다.

-주인이여, 왜 그러나?

"아, 아니. 뭐지? 뭔가 위험한 걸 느꼈는데."

-당연한 거 아닌가, 주인이여! 지금 뒤를 봐라!

위험한 게 아니냐는 태현의 질문에 용용이는 어이없다는 듯이 대답했다. 뒤에서 미친 듯이 공격을 날려대는 사디크 교단 NPC들! 특히 사디크 성기사단장의 눈빛은 태현도 섬뜩할 정도였다.

-영원히 추적하는 화염의 화살! 지옥의 화염 벽!

허공으로 도망치려던 태현 앞에 순식간에 장애물들이 생겨났다.

"저놈! 저놈 김태현이다!"

"찢어 죽일 놈! 태워 죽일 놈!"

매우 생생한 저주를 뒤로 들으며 태현은 고개를 내저었다.

"속이 좁은 놈들이군."

자기가 한 짓은 싹 기억에서 지운 뻔뻔한 모습!

"김태현 백작! 당장 멈춰라! 멈추지 않는다면 네 동료들을 죽이겠다!"

"뭐?!"

태현은 깜짝 놀랐다.

동료라니. 케인과 이다비가 잡혔단 말인가?

'아니, 이 멍청한 것들은 제대로 숨어 있지도 못하나?'

태현은 당황해서 고개를 돌렸다. 사디크 성기사들이 버포드와 약탈자 플레이어를 붙잡고 칼을 겨누고 있었다.

"김태현 백작! 영웅이라고 불리는 사람이 동료를 버리면 되겠나! 당장 멈추지 않으면……."

"죽여!"

1초도 망설이지 않고 나온 대답!

"……뭐, 뭐라고?"

"죽이라고!"

태현은 아랑곳하지 않고 용용이에게 신호를 보냈다. 그러자 용용이가 입에서 강력한 번개를 토해내기 시작했다.

-드래곤의 연쇄 번개!

그에 맞춰서 태현도 <고대의 망치>로 갈아 끼우고 닥치는 대로 휘둘러 댔다.

마법으로 만들어진 장애물도 일격에 부수는 강력함!

그러는 사이 뒤에서 공격이 날아왔다. 태현은 그때마다 반격의 원 스킬을 사용해 튕겨냈다.

-주인이여, 이러다가는 끝이 없다! 뚫고 나가야 한다!

-알겠어. 축복 걸어줄 테니까 회피로 뚫고 가자.

그 순간 사디크 대주교는 강력한 마법을 준비하고 있었다.

이미 상황 파악은 끝난 지 오래! 사디크 성기사단장의 보고를 듣자 오늘 일어난 이 소동의 원인이 누구인지 알 수 있었던 것이다.

절대로 살려 보내지 않겠다! 태현에 대한 사디크 교단의 원한은 이제 하늘을 뚫고 우주를 향해 날아갈 수준이었다.

[사디크 대주교가 <영원한 지옥의 업화>를 준비합니다.]

[피하십시오!]

'뭐야?'

태현은 당황했다. 보통 저런 메시지창이 뜨는 마법은 엄청나게 강력한 마법이었다.

보스 몬스터가 한 방을 준비할 때 쓰는 마법!

저런 게 뜨면 일단 무조건 피해야 했다. 문제는 지금 저 마법을 태현 하나한테 조준하고 있는 것!

보스 몬스터도 저런 걸 연속으로 쏠 수는 없었다. 성문 요새 주변에 다른 토벌대들이 우글거리는데 그걸 지금 태현한테 쏜다고?

"아니, 저 주교 놈은 상황 파악을 못 하나?"

-주인이 너무 싫은 거 아닐까?

"용용아, 맞는 말은 적당히 해라. 속도 올려!"

-지금 최선을 다하고 있다! 놈들이 내가 도망치지 못하도록 저주를 날리고 있다!

용용이가 다급하게 말하는 걸 보니, 다른 사디크 사제들이 속도를 높이지 못하도록 저주를 날리고 있는 모양이었다.

태현은 순간 망설였다.

'용용이 위에서 뛰어내릴까?'

이대로 같이 날아가다 둘 다 맞는 것보다는 그냥 용용이를 두고 뛰어내리는 게 더 나을 것 같았다. 영원한 지옥의 업화가 무슨 마법인지는 몰라도 스킬만 믿고 버티기에는 좀 불안한 것이다.

-주인이여, 왜 대답이 없나? 설마 날 버리고 도망칠 생각은 아니지?

"……."

-진짜였나!?

"하하, 아니야. 용용아. 왜 그런 생각을 하고 그래?"

생전 처음 듣는 태현의 다정한 목소리! 용용이는 그 목소리에 기겁했다. 이건 아무리 봐도 버리고 갈 것 같은 목소리!

-에잇! 주인은 여기서 못 내린다!

날개를 위로 올려 태현이 못 내리도록 붙잡는 용용이!

"야, 이러면 안 되지!"

-정말 날 버리고 도망가려고 한 거였나?!

웅웅웅-

둘이 투닥거리며 다투는 동안, 사디크 대주교 주변에서 강렬한 열기가 뿜어져 나왔다. 거의 다 완성된 마법!

태현은 그걸 깨닫고 혀를 찼다. 이제 피하기에는 늦었고 막을 수밖에 없었다.

'가능한 스킬 모두 다 쓰고 여차하면…… 아. 생각해 보니까 아까 대주교한테 축복받은 덕분에 스킬 쿨타임 다 끝났지? 부활도 다시 할 수 있겠는데?'

대주교의 아낌없는 보상 덕분에 한 번은 죽어도 되는 상황! 그걸 떠올리자 태현은 안심했다. 생각해 보니 그렇게 최악은 아니었다.

-주인이여! 저걸 막을 방법은 있는 거겠지!?

"응? 아. 난 괜찮을 거 같아."

-주인만?! 나는?!

"나보다 레벨도 높은 놈이 엄살은. 파이팅!"

-소, 소환 해제! 소환을 해제해다오!

"에이, 괜찮을 거야. 널 믿고 쭉 날아가!"

그 순간 허공에서 목소리가 들려왔다.

-연속 어둠의 창, 앞을 뒤덮는 어둠, 간이 텔레포트!

이세연이 도착한 것이다.

도착한 이세연은 랭커 네크로맨서의 진정한 힘을 제대로 보여주기 시작했다. 단순히 언데드를 소환하고 강화하는 것만이 네크로맨서는 아니었다.

저주나 흑마법도 네크로맨서의 영역!

먼저 하늘에서 폭격하듯이 투사체 마법을 연속으로 날려 사디크 교단 NPC들을 견제. 그다음 용용이를 노리던 사제들에게 역으로 저주를 걸어서 혼란 상태에 빠뜨리고, 용용이를 통째로 순간이동 시켜서 대주교의 마법 타깃에서 벗어나게 만들었다. 간단한 연계로 태현을(정확히는 용용이를) 위기에서 구하는 깔끔한 실력!

-대단한 마법사다! 대단한 마법사다!

"성격은 더러워. 속지 말라고."

-주인보다 더러울 리가…….

"용용아. 네 주인은 나잖아."

-방금 날 버리고 가려고 했지 않나!

"오해라니까 그러네."

이세연이 나서준 덕분에, 상황은 농담을 할 수 있을 정도로 여유가 있었다. 게다가 혼자 온 게 아니었다.

"지금이다!"

"달려들어! 올라가!"

이세연이 나서는 걸 보자, 토벌대에 참가한 플레이어들이 모두 총공격에 나선 것이다. 이세연이 나설 정도면 지금 그들도 나서도 될 거 같다!

이렇게 모인 사람들은 분위기에 휩쓸리기 쉬웠다. 그들은 사람들이 공격을 당해도 아랑곳하지 않고 덤벼들었다.

"막아! 괴수들을 불러내!"

사디크 교단은 필사적으로 움직였다. 갑자기 시작된 총공격에 당황한 것이다.

"다크 엘프들! 그쪽을 막아라!"

-화염의 정령 소환! 강철 이빨 표범 소환!

"크르르……."

아직 남아 있는 다크 엘프들과 부족 전사들도 바쁘게 움직였다.

쉭! 쉭!

부서진 잔해 사이에 숨어, 다크 엘프들이 날카롭게 화살을 날려왔다. 제대로 맞으면 치명타가 터지는 위험한 공격들!

"화살 날아온다! 탱커들 앞으로!"

"마법사들은 뒤로 빠져!"

"원거리 되는 사람들은 저기에다가 공격 좀 넣어줘요!"

퉁-

유지수는 냉정한 눈빛으로 저 먼 곳을 쳐다보았다. 주변에서 마법이 터지고 화살이 날아들고 온갖 스킬들이 사용되고 있었지만, 유지수는 당황하지 않았다. 단련이 된 것이다.

'지금!'

-삼중 맹독 화살!

"크악! 커억!"
유지수의 공격에 다크 엘프 궁수들이 그대로 쓰러졌다.
"잘했어!"
아군들의 활약에 기뻐하며, 에반젤린이 돌격했다.
쾅! 쾅! 콰쾅!

[피의 격노를 사용합니다. 받는 대미지가 50% 감소합니다.]
[붉은 눈의 습격자를 사용합니다. 적의 명중률이 급격히 감소합니다.]

다크 엘프들 사이에 돌입하는 데 성공한 에반젤린이 날뛰기 시작했다. 막강한 방어력과 다양한 흡혈 스킬로 HP 회복이 가능한 에반젤린은 걸어 다니는 요새 수준이었다. 게다가 뒤에서 계속해서 덤벼드는 플레이어들은 덤!
"대주교 레이드할 사람은 이쪽으로 오세요!"
이세연의 목소리가 울려 퍼지자 모두가 고개를 들었다.
"갈까?"
"나는 좀…… 가봤자 방해만 될 거 같은데."
"그래도 한번 껴본다!"

"좋아! 나도!"

어느 정도 실력에 자신 있는 플레이어들은 발 빠르게 움직였다. 혼자라면 절대 하지 않았겠지만 지금은 수많은 동료가 있는 것이다. 이때 아니라면 언제 저런 보스 몬스터를 레이드해 보겠는가!

허공을 날며 마법을 퍼붓던 이세연은 당황했다.

[영원한 지옥의 업화가 날아옵니다.]

태현이 집중포화를 맞고 있어서 구하러 오기는 했는데, 대주교가 이런 대마법을 준비하고 있는지는 몰랐던 것!

-야! 말 제대로 안 해?!

태현한테 항의함과 동시에 이세연은 스킬을 사용했다. 이세연 정도 되는 플레이어는 생각하기도 전에 먼저 몸이 움직이는 법!

-차원문 개방!

이세연의 몸이 어둠과 함께 사라지더니, 밑에 지상에서 다시 나타났다.

화르르르륵!
그리고 허공을 가로지르는 거대한 화염!
이세연이 타고 있던 언데드 와이번이 그대로 녹아버렸다.

[4번 와이번이 파괴됩니다.]

"복, 복구는? 그래도……."

[복구할 수 없습니다.]

워낙 강력한 마법에 맞아서 다시 살리는 것도 불가능!
'여기 와서 대체 손해를 얼마나 보는 거야?!'
착지한 이세연은 속으로 투덜거리며 주변을 둘러보았다. 토벌대에 참가한 플레이어들은 총공격을 가하며 밀어붙이고 있었다. 상황을 보니 어지간해서는 이길 것 같았다.
'대주교는…….'
저 너머에 대주교와 사제단이 보였다. 방금 강력한 마법을 써서 그런지 휴식을 취하고 있었다. 잡는다면 바로 지금!
"대주교 레이드할 사람은 이쪽으로 오세요!"
가장 먼저 도착한 사람은 태현이었다.
허공에서 둘의 눈빛이 부딪혔다. 하고 싶은 말들은 엄청나게 많았지만 서로 기회만 엿보는 두 사람의 눈빛!
"앗! 김태현이다!"

“이세연하고 같이 있어!”

“둘이 친하다는 소문이 사실이었나 봐!”

움찔-

플레이어들의 목소리를 들은 태현이 움찔했다. 그걸 본 이세연이 사악한(태현한테만 그렇게 보이는) 미소를 지었다.

태현은 직감했다. 힘든 싸움의 예감이 든다고!

“아니, 그렇게 친한 건…….”

태현은 플레이어들에게 말해서 헛소문을 고치려고 했다.

그 순간 이세연한테 귓속말이 날아왔다.

-방금도 누가 구해줬는데? 와, 정말 너무한 거 아니야?

-구해달라고 말 안 했…….

-지금 너 때문에 내가 데스 나이트하고 와이번을 얼마나 날린 줄 알아?

-물어주면 되잖…….

-토벌대 뺄까? 대주교 혼자 잡을 수 있어? 응?

태현이 말 한마디를 할 때마다 끝내기도 전에 찌르고 들어오는 이세연!

“……맞지!”

피눈물을 삼키며 태현은 인정했다.

“우리 친한 거 맞아요!”

“오오! 역시!”

“랭커들은 다들 친하니까!”

"그치? 친하니까 같이 투기장 대회도 나가는 거겠지?"

태현은 속으로 생각했다. 진실을 말하고 싶다고! 지금 사람들은 이세연한테 다 속고 있었다!

이세연은 태현의 어깨에 팔을 둘렀다. 그러고는 말했다.

"이번 토벌 퀘스트 끝나고 투기장 가서 연습할 건데, 보고 싶은 분들은 오셔도 괜찮겠네요."

"와! 정말요?!"

"꼭 보고 싶습니다!"

"그런데 아직 팀 다 안 정해지지 않았나요?"

"사람이야 어떻게든 구할 수 있지 않겠어요?"

태현은 이세연이 두른 팔을 밀어내려고 애썼다. 그러나 이세연은 쉽게 밀려나지 않았다.

'얘 네크로맨서 아냐? 힘이 나보다 높을 리가 없을 텐데?'

스킬까지 써가면서 버티는 이세연! 태현은 그걸 알지 못하고 당황했다.

"혹, 혹시 연습하실 때 저도 들어갈 수 있을까요?"

"야, 너는 왜 그런 걸 부탁하고 그래?"

"맞아. 주제 파악 좀 하라고!"

말 한마디 꺼냈다가 구박이 사방에서 날아왔다. 말을 꺼낸 플레이어는 고개를 숙였다. 그러나 이세연은 웃으며 말했다.

"만약에 사람 다 못 구하면 부탁드릴게요."

"정, 정말인가요?!"

"그러면 저도!"

"너 방금 나한테……."

"저도! 꼭 저도 부탁드리겠습니다!"

먹이를 원하는 새처럼 손을 들고 간절하게 외치는 사람들!

그 모습에 태현은 심드렁하게 말했다.

"근데 우리 대주교 사냥은 언제 해?"

"하하하하!"

"태현 님은 농담도 잘하시네요!"

"아이고 배꼽이야!"

진심으로 말한 거였는데 농담인 줄 아는 토벌대 플레이어들! 태현의 이마에 혈관 하나가 돋아났다.

그걸 눈치챈 이세연이 말을 돌렸다.

이미 원하는 건 얻어낸 상황. 여기 있는 플레이어들이 증인이 되어준 것이다. 게다가 태현과 친하다는 소문이 퍼지는 건 덤! 생각지도 못한 덤을 받은 덕분에 이세연은 기분이 좋아졌다. 옆에 있는 태현이 좌절한 표정을 짓는 걸 보자 더더욱 좋아지는 기분!

"이제 슬슬 잡으러 가죠."

"예! 출발합시다!"

이세연이 말하자 다른 플레이어들은 바로 고개를 끄덕였다. 그 모습이 태현의 혈압을 다시 한번 올렸다.

"헉, 헉…… 안 늦었지?"

"저희 왔어요!"

그사이 케인과 이다비가 도착했다. 토벌대 플레이어들이 총

공격한 덕분에 쉽게 빠져나올 수 있었던 것이다.

"너무 늦게 온 건 아니…… 헉! 이세연!"

케인은 이세연을 보고 깜짝 놀랐다. 이세연은 싱긋 웃으며 손을 흔들어주었다.

"저번에 한 번 봤었죠?"

"네, 넵! 봤었습니다!"

케인은 흥분해서 태현에게 외쳤다.

"이세연이 날 알아봤어! 날 기억했다고!"

"아, 어쩌라고. 죽이려고 기억한 거겠지."

"아니야! 이세연은 그런 사람 아니라고!"

"아니긴 뭐가 아니야. 저번에 이세연이 결국 왕관 못 얻은 거 기억 안 나냐? 너라면 그 원한을 쉽게 잊을 거 같냐?"

"나, 나라면 안 잊겠지만…… 그래도 이세연이니까……."

말하던 케인은 자신이 말하고서도 설득력이 떨어진다는 걸 느꼈다. 태현과 같이 다니면서 이세연을 방해하면 방해했지 도와준 적은 없었던 것!

그걸 잘 알았기에 태현은 케인을 괴롭혔다.

"너는 이미 나하고 같이 이세연의 살생부에 올라갔어 임마! 이세연이 너한테 잘해 준다고 속지 말라고! 기회만 생기면 너 죽인 다음 언데드로 부활시킬 테니까!"

"아니야! 이세연은 그런 사람이 아니야! 흑흑! 투기장도 같이 팀 됐다구!"

태현이 케인을 괴롭히는 동안, 이세연은 이다비와 마주쳤다.

“안녕하세요?”

“네! 안녕하세요!”

거리를 벌리는 이다비! 누가 봐도 경계하는 모습.

이세연의 미소가 더욱 짙어졌다.

“해치지 않으니까 안 도망치셔도 되는데요.”

“괜찮아요! 저는 여기가 편해요!”

태현이 이세연의 험담을 한 덕분에 이다비의 경계심은 최대치였다.

“파워 워리어 길마셨죠?”

“그건 어떻게……?”

“유명하시잖아요? 저도 많이 들어서 알고 있어요.”

“파워 워리어는 이세연 님 길드에 비하면 별거 아닌데…….”

“아니에요. 파워 워리어처럼 사람 많은 길드 찾기 힘들잖아요. 초보자들도 차별 없이 받아들여서 평가가 좋다고 들었어요.”

성을 함락시키려면 주변의 성벽을 무너뜨리고 해자를 메워야 했다. 지금 이세연이 하려는 것도 비슷했다. 태현을 손에 넣으려면 주변 사람들부터 공략할 필요가 있는 법!

이세연이 유명하다고 해주자 이다비가 부끄럽다는 듯이 얼굴을 붉혔다. 파워 워리어 길드를 저렇게 말해주는 플레이어는 드물었고, 랭커는 더더욱 드물었다.

보통 파워 워리어 길드는 ‘그 길드’로 불려고 길드원들은 ‘어딘가 좀 이상한 사람들’ 취급을 받았던 것이다.

“파워 워리어 길드가 평가가 좋다는 건 처음 듣는…….”

"쉿. 지금 칭찬하잖아요."

이다비가 팔을 뻗어 태현의 입을 막았다.

이다비가 넘어오는 것 같자, 이세연은 회심의 미소를 지었다. 그리고 확실한 추가타를 넣었다.

"나중에 같이 방송이라도 같이해요."

태현은 이세연을 쳐다보았다. 이다비한테 저렇게 말하다니. 이다비가 완전히 넘어갈 수밖에 없는 제안!

파워 워리어 방송을 돌리는 이다비에게 방송을 나가주겠다는 이세연의 제안은 혹할 수밖에 없었다. 그러나 이다비는 망설이더니 대답했다.

"약속이 꽉 차 있어서요. 마음만 감사히 받겠습니다."

"그래요? 그러면 어쩔 수 없고요."

이세연은 잠깐 놀란 표정을 지었지만 더 이상 말하지 않고 물러섰다. 더 놀란 건 태현이었다.

"너 왜 거절했어?"

"어라? 받아들여야 하는 거였어요?"

"그건 아니었지만……."

"딱 봐도 흑심이 있는 거잖아요. 나가자고 했으면 태현 님도 같이 나가게 됐을걸요."

"이다비……!"

태현은 감동한 얼굴로 이다비를 쳐다보았다. 저기서 '이세연 만세!'를 외치고 있는 케인과는 차원이 다른 모습!

"우리는 파트너잖아요. 안 그래요?"

“그렇지.”

감동받은 목소리로 대답하던 태현은 순간 이다비의 손이 꽉 쥐어진 채로 부르르 떨리는 걸 발견했다.

아쉬움을 숨기지 못하는 손!

“……너 아쉬워서 이러는 거야?”

“……네.”

머리로는 받아들여도 마음으로는 받아들이지 못하는 사실!

태현은 이다비의 등을 토닥였다.

“내가 나중에 길드 방송에 나가줄게.”

“태현 님보다 이세연 님이 더 인기 좋잖아요…….”

“아무렇지도 않게 팩트로 패지 마…….”

태현과 이다비가 떠드는 동안 이세연도 자리로 돌아왔다.

김현아는 매서운 눈빛으로 태현 파티를 노려보았다.

살기 넘치는 눈빛!

“만만치 않네.”

“누가요?”

“저기 파워 워리어 길마.”

“저런 사람이 뭐가 대단하다고……!”

“현아야, 내가 사람 겉만 보고 판단하지 말라고 했지?”

김현아가 볼을 부풀렸다. <파워 워리어>라는 길드 이름은 얕잡아볼 수밖에 없는 이름이었다. 그러나 이세연은 그렇게 생각하지 않았다.

“생각보다 머리가 잘 돌아가. 하긴, 어떤 길드든 저 정도로 유지하려면 길마가 능력이 있어야지."

"저런 건 아무나 해요!"

"아무나 못 해. 특히 파워 워리어 같은 길드는 더더욱. 저런 길드 중에 오래 간 다른 길드가 있어?"

파워 워리어처럼 일단 사람들을 많이 모아 무언가를 해보려는 길드들은 많았다. 그러나 그런 길드 중 오래 가는 길드는 거의 없었다. 길드란 건 제대로 이끌어주는 사람이 없다면 쉽게 무너져 내리게 마련!

그런 면에서 파워 워리어를 아직까지 이끌고 있는 이다비의 능력은 대단하다고 봐야 했다. 게다가 파워 워리어 길드원들은 다들 어딘가 이상한 사람들! 길드가 파워 워리어만 아니었어도 이다비의 평가는 훨씬 더 올라갔을 것이다.

"흥. 이다비라는 사람은 대단하다고 쳐요. 그래도 저 케인이라는 사람은 아니죠!"

"응. 나도 케인은 별로 대단하다고 생각 안 하는데."

의견이 일치한 둘!

"그냥 김태현 따라다녀서 저 정도 된 거 아닐까? 저 정도 플레이어는 흔하잖아. 특이한 게 있다면 좀 바보 같을 정도로 김태현을 따른다는 거 정도?"

"그렇게 챙겨줬는데 그렇게 따르는 게 당연하죠."

"하긴, 그렇지?"

자기 욕을 하는 것도 모르고 케인은 신이 난 상태였다. 투기장 대회를 앞서고 이세연한테 인정받은 것 같은 기분이 든 것이다.

"대주교 잡으러 가자!"

"가즈아!"

플레이어들은 신이 나서 외쳤다. 김태현도, 이세연도 토벌대에 있었다. 아무리 대주교가 강한 보스 몬스터라도 두렵지 않았다.

콰콰쾅!

"커헉!"

굉음 소리와 함께 대주교가 자리에서 밀려났다. 대주교 주변에 쳐 있던 몇 겹의 방어막들은 벌써 너덜너덜해져 있었다. 삼십 명 가까이 되는 플레이어들이 대주교를 둘러싸고 호시탐탐 기회만 노리고 있었던 것이다.

숨 쉴 틈도 없는 연계 공격!

이 자리에 낀 플레이어들은 다들 기본적으로 실력에 자신이 있는 플레이어들이었다. 합을 맞추지 않아도 기본적으로 이런 대규모 보스 레이드에 익숙한 플레이어들!

[치명타가 터졌습니다!]

플레이어들 중에서도 태현은 유난히 돋보였다.

남들과는 차원이 다른 공격력!

같이 싸우던 플레이어들도 감탄을 하며 혀를 내둘렀다.

"사디크의 이름이 내게 힘을 주시고……."

그러는 도중 사디크 대주교와 사제들이 주문을 외우기 시작했다. 그걸 본 플레이어들이 외쳤다.

"장판 깐다! 빠져!"

저렇게 주문을 외우는 건 사디크 대주교가 강력한 마법을 펼친다는 신호였다. 곧 대주교 주변으로 강력한 범위 공격이 가해질 것!

벌써 저 마법에 당해서 로그아웃당한 플레이어들이 몇몇 있었다. 워낙 대미지가 셌기에 잘못 휘말리면 사제들의 지원도 받기 전에 그냥 죽어버렸다. 그러나 한 명 제자리에 남아 있는 플레이어가 있었다.

"태현 님!"

"빠지세요!"

플레이어들이 당황해서 외쳤다. 태현이 지금 빠져야 한다는 걸 모르는 초보도 아니고, 왜 저러는지 알 수 없었다.

"왜 저러시는 거지?"

"빠지셔야 한다니까요!"

쾅! 쾅쾅!

그러거나 말거나 태현은 맹공을 퍼부었다. 대주교를 막고 있던 방어막이 거의 깨져나가고 있었다. 아무리 사제들이 계속해서 방어막을 쳐도 공격하는 속도가 앞섰던 것이다.

태현의 속셈은 하나였다.

'대주교는 내가 잡는다!'

권능도 권능이지만, 보스 몬스터를 잡았을 때 경험치나 아이템 배분은 공로가 가장 높은 플레이어부터 갖게 되어 있었다. 만약 처음부터 파티를 짰다면 아이템 배분 방식을 따로 설정할 수 있었겠지만, 지금 모인 플레이어들은 그런 게 전혀 없는 플레이어들!

즉 좋은 보상을 얻기 위해서는 그만큼 공을 세워야 했다.

'대미지와 막타를 챙기면 어지간하면 1위 찍는다!'

흑심으로 가득!

그런 속셈도 모르고 플레이어들은 당황해서 걱정할 뿐이었다. 태현의 속마음을 눈치채기에는 태현의 이미지가 너무 고고했던 것!

"혹시 장판을 막으려고 저러는 거 아닐까?"

"응?"

"아까도 못 피해서 한 명 로그아웃 당했잖아. 그거 때문에 저러시는 거 아냐?"

"그런 거구나!"

"재네 뭐라는 거냐?"

케인은 어이가 없다는 듯이 작게 속닥였다. 뭔가 크게 오해하고 있는 것 같은 플레이어들!

"태현 님! 그러실 필요 없어요! 물러나셔도 괜찮아요!"

"맞습니다! 우리가 피할 수 있습니다!"

'뭐라는 거야?'

뒤에서 들리는 소리에 태현도 의아해했다.

뭔 소리를 하는 거지?

-강격, 연타, 급소 공격, 마법 차단!

[마법 차단이 실패했습니다. 사디크 대주교의 마법이 계속해서 진행됩니다.]

순간 사디크 대주교가 눈을 부릅뜨고 태현을 노려보았다.

"김태현 백작! 우리의 원한은 절대 사라지지 않는다! 내가 죽더라도 성기사단장이, 성기사단장이 죽더라도 그 뒤가 너를 쫓아 죽일 것이다!"

파직!

그 소리와 함께 태현은 대주교의 방어막을 박살 내는 데 성공했다.

-치명타 폭발!

이제까지 치명타 스택을 쌓으면서 기회만 엿봤던 건 지금 같은 순간을 위해서였다. 무방비가 된 사디크 대주교에게 제대로 한 방을 먹일 수 있는 순간!

콰아아아앙!

태현의 손끝으로 묵직한 손맛이 느껴졌다. 굳이 메시지창을 보지 않아도 알 수 있었다. 몇 대만 더 때리면 대주교는 끝난다!

'추가타를…….'

[마법이 완성됩니다. 사디크 대주교가 순간이동합니다.]

아무리 태현이라도 당황할 수밖에 없었다. 갑자기 대주교와 사제들이 붉은빛에 휩싸여 사라진 것이다.

"뭐야?!"

"드디어 다 올라왔다!"

"야, 근데 지금 사이트 보니까 토벌 다 끝난 거 같은데……."

"안 돼! 뭐라도 잡아야 해!"

가파른 절벽을 뚫고 올라온 플레이어들! 바로 태현한테 강제로 퀘스트를 받은 플레이어들이었다. 절벽에 설치된 함정 때문에 그들은 너덜너덜한 상태였지만, 그래도 멈출 수 없었다. 여기서 멈췄다가는 저주를 풀 수 없었던 것이다.

"뭐라도 잡아야…… 어?"

"저거 사디크 사제들이다!"

"잡자!"

멀리서 붉은 빛과 함께 사디크 대주교와 사제들이 나타났다. 마법을 사용해 태현의 공격에서 벗어난 그들! 물론 절벽을 기어 올라온 플레이어들은 그들이 누군지 알지 못했다.

그저 뭐라도 잡아야 한다는 절박한 마음뿐!

"잡아!"

토벌대들을 벗어난 대주교에게는 그야말로 재앙이었다. 연속으로 이어진 전투 때문에 MP도 바닥, 게다가 태현한테 받은 공격 때문에 HP도 바닥!

"크아악! 안 돼!"

[사디크 대주교가 쓰러졌습니다. 사디크 교단의 사기가 대하락합니다.]

갑자기 뜬 메시지창!

대주교를 레이드하던 플레이어들의 얼굴이 동시에 굳었다.

이게 무슨 개 같은 상황?

"이런 ×××!"

"어떤 ××가 이런 짓을 한 거야! ××××!"

상황 변화를 받아들이지 못하고 욕부터 튀어나오는 플레이어들!

당연했다. 고생이란 고생은 그들이 다 했는데 갑자기 어떤 놈이 나타나서 대주교를 먹튀한 것이다.

"이거 어떻게 된 거야?!"

"대, 대주교가 순간이동한 걸 누가 잡은 거 같은데?"

"어떤 개××가 상도덕도 없이 그런 짓을 해?!"

"찾아! 잡아서 죽여!"

사실 지금 가장 분노한 건 태현이었다. 이들은 그저 아이템을 못 얻고 경험치나 손해를 보지만, 태현은 달랐던 것이다. 사디크의 권능을 하나 얻을 수 있는 귀한 기회를 그냥 날려 버린 것!

그런 것도 모르고 절벽을 기어오른 플레이어들은 기뻐서 날뛰고 있었다.

"야! 우리가 대주교를 잡았대!"

"이게 어떻게 된 일이야!"

"흑흑, 그렇게 고생을 했더니 복이 오는구나! 역시 세상은 공평해!"

지금 근처에서 수십 명의 플레이어가 이를 갈고 있다는 건 상상치도 못하는 그들! 알았다면 당장 내뺐을 그들이었다.

"어? 저기서 사람들 오는데?"

"토벌대에 참가한 플레이어들이겠지. 인사나 해주자."

그들은 천진난만한 얼굴로 손을 흔들었다.

그런데 뭔가 좀 이상했다. 멀리서 오는 사람들의 표정이 모두 살기로 가득 차 있던 것!

"저놈들 맞네! 저기 사제들 쓰러져 있잖아!"

대주교 레이드에 참가한 플레이어들은 순식간에 그들을 빙 둘러쌌다. 일단 도망치지 못하도록 포위망을 만든 것이다.

아직 상황을 파악하지 못한 플레이어들이었지만 그래도 뭔가 이상하게 돌아가고 있다는 건 깨달은 모양이었다.

"어, 왜 이러는 거지?"

"뭐야? 뭐야?"

당황한 플레이어에게 싸늘한 목소리의 질문이 들어왔다.

"지금 그쪽이 대주교 스틸한 거 맞죠?"

포위당한 플레이어들의 입이 벌어졌다. 저 질문에 무슨 상황인지 바로 깨달은 것이다.

'우리가 남이 레이드하던 거 스틸했구나!'

'그것도 거의 다 잡은걸!'

대주교 정도 되는 보스 몬스터가 저렇게 쉽게 죽을 리 없었다. 갑자기 떨어진 행운에 미처 못 떠올렸지만, 생각해 보니 당연한 것! 포위당한 플레이어들의 얼굴이 굳어졌다.

-야, 어떡하지?

-분위기 장난 아닌데?

원래 판온에서 남이 사냥하는 걸 스틸하는 건 PVP를 해달라는 뜻이나 마찬가지였다.

완벽한 도발!

물론 포위당한 플레이어들이 그렇게 착한 플레이어들은 아니었다. 애초에 태현의 영지에 쳐들어갈 정도였으니까.

남의 사냥감을 스틸한다고 엄청나게 미안해하는 플레이어

들은 아니었지만, 지금은 상황이 달랐다. 그들과 비슷하거나, 그들보다 더 강한 플레이어들이 수십 명!

그런 플레이어들이 그들을 둘러싸고 눈을 부라리고 있었다. 당장에라도 무기를 뽑을 것 같은 얼굴들!

누구라도 알 수 있었다. 여기서 말 잘못 하면 바로 로그아웃 당한다!

"왜 대답이 없습니까? 대주교 스틸한 거 맞아요, 아니에요?"

"아, 아니. 그게 아니라……."

"뭐가 아닌데? 어? 뭐가 아닌데?"

"우리는 여기 올라왔는데 갑자기 나타나서……."

"토벌대 참가한 플레이어들은 우리가 대주교 레이드하는 거 다 알고 있는데 무슨 헛소리야?"

"우리는 늦게 와서…… 그게……."

"늦게 왔으면 마음대로 스틸해도 돼? 어?"

변명은 전혀 통하지 않을 분위기!

포위당한 플레이어들은 점점 주춤거리며 뒤로 물러섰다.

그러나 도망칠 곳은 없었다. 그 순간 그들의 눈에 익숙한 플레이어가 들어왔다. 바로 태현이었다.

"김태현! 김태현!"

"우리야! 우리라고!"

사실 따지고 보면 이 모든 일의 원인은 태현이었지만, 궁지에 몰린 그들에게 그런 생각은 떠오르지 않았다. 지금 그들에게 태현은 이 상황에서 그들을 구해줄 유일한 사람으로 보일 뿐!

그러나 그들은 모르고 있었다. 여기서 그들 때문에 가장 피해를 본 게 태현이라는 것을!

"너희가 누군데?"

1초도 고민하지 않고 나온 차가운 대답! 플레이어들은 순간 당황해서 말문이 막혔다.

"야! 네가 시켰잖아!"

"내가 시키긴 뭘 시켜. 내가 언제 내가 잡던 대주교 뺏어가라고 시켰냐?"

플레이어들은 깨달았다. 태현이 왜 저렇게 냉정한지를.

지금 태현도 대주교를 잡다가 뺏긴 것이다!

"아니, 아니, 아니. 그래도 그건 아니지!"

포위당한 플레이어들은 필사적으로 태현에게 매달렸다. 그들을 포위한 플레이어들은 날카로운 눈빛으로 그들을 쳐다봤지만, 뭐라고 말하지는 않았다. 일단 태현과 아는 사이 같으니 태현이 어떻게 하나 지켜보려고 한 것이다.

그 분위기를 포위당한 플레이어들도 눈치챘다.

'이 토벌대에서 김태현의 위치가 생각보다 엄청 높다!'

'김태현이 말만 잘 해주면 빠져나갈 수 있을 것 같다!'

상황을 판단한 그들은 태현의 발목을 붙잡고 늘어졌다.

"놔라. 이것들아."

"김태현! 제발 우리 말 좀 하고 가자! 너 그냥 가면 우리는 죽어!"

"며칠 쉬고 재접속하면 되겠네. 잘 가라."

"야! 제발! 네가 하라는 대로 했잖아!"

"아, 내가 언제 대주교를 잡으라고 했는데. 어? 너희들은 머리가 없냐? 너희 초보도 아니잖아. 갑자기 앞에 대주교가 나타났으면 '어? 저게 왜 갑자기 저기에 나타났지?' 하는 생각부터 해야 하는 거 아니냐?"

태현은 발목을 잡은 플레이어를 퍽퍽 걷어찼다. 그러나 플레이어는 끈질기게 놓지 않았다.

"뭐든지 할게! 우리 좀 도와줘라!"

"너 그냥 가면 우리 진짜 죽는다고!"

그걸 본 태현은 작게 말했다.

"사실 나도 너희들 공격할 때 낄 생각이었는데."

"……."

"농담이야."

등골에 소름이 돋는 걸 느꼈다. 저건 100% 진심!

"그래서…… 오늘 나한테 입힌 피해를 갚기 위해 내 밑에서 개처럼 일하겠다고?"

"아, 아니. 그런 소리를 한 건 아닌데……."

"그럼 죽던가."

"일할게! 일하면 되잖아!"

"그래. 그런 너희들을 위한 퀘스트가 또 있지."

플레이어들의 얼굴이 창백하게 변했다. 퀘스트라면…….

'안 돼! 또 아키서스 저주냐?!'

"너희들이 나름 고생했으니까 보상은 2골드로 올렸다. 받아

라. 왜? 받기 싫어?"

"아, 아니야……."

"받기 싫은 얼굴인데?"

"아니라니까! 받고 싶다고!"

"여러분. 용서해 줍시다."

토벌대에 참가한 플레이어들은 충격받은 얼굴로 태현을 쳐다보았다.

"하, 하지만 태현 님. 저놈들이 우리가 그렇게 고생해서 잡은 걸 스틸했는데…… 태현 님도 많이 고생하셨잖아요!"

"그렇죠. 저도 아쉽지 않은 건 아닌데 어쩌겠습니까. 이미 잡은 건데. 이 사람들을 잡아봤자 대주교가 돌아오는 건 아니잖아요? 고의는 아니었을 테니까 용서해 줍시다."

자리에 모인 사람들은 깜짝 놀랐다. 저걸 용서해 주다니!

보통 그냥 두들겨 패도 아무도 뭐라고 하지 않을 상황!

사람들은 태현의 넓은 마음과 자비심에 감탄했다.

'소문으로 들었는데 훨씬 더 그릇이 큰 사람이었구나.'

'누가 저런 착한 사람한테 헛소문을 퍼뜨린 거야? 성격 더럽고 깐깐하단 건 다 거짓말이었네.'

사람들이 감격하는 동안, 이세연은 더 놀라고 있었다.

-너 왜 그래?

-뭐가?

-너 그런 사람 아니잖아!

-그래. 내가 생각해 봤는데, 내가 예전에 했던 것들이 다 업보 같더라고. 그래서 좀 착하게 살 생각이야.

-……그걸 내가 믿으라고 하는 소리는 아니지?

-싫으면 믿지 말든가.

태현은 이세연의 귓속말을 깔끔하게 끊어버렸다.

오늘 이 토벌대를 상대하면서 느낀 건 하나였다.

이세연의 이미지가 너무 좋다는 것! 덕분에 이세연이 말 한마디 하면 사람들은 일단 믿고 보았다.

'대체 왜 이세연의 말을 믿는 거지? 세상에서 제일 믿을 수 없는 말인데.'

태현 빼고는 모두가 좋아하는 이세연! 그런 이세연을 상대하기 위해서는 태현도 좀 좋은 이미지를 더 만들 필요가 있었다. 물론 지금 태현한테 새 퀘스트를 강제로 받은 플레이어들에게 해당되는 말은 아니었다.

'×××××××××!'

'×××××××××××××!'

속으로 태현의 욕설만 1분 넘게 하는 그들! 간신히 사디크 교단 토벌 퀘스트라는 대형 퀘스트를 깨나 했더니, 바로 하나가 더 떨어진 것이다.

'김태현 죽이고 싶다! 정말로 죽이고 싶다!'

그러는 동안 케인은 태현에게 말을 걸었다.

“그러면 사디크 교단 토벌은 다 끝난 거야?”
“대충 그렇다고 봐야지. 기사단장은 튀었지?”
“안 보인다던데.”
“대주교는 잡혔고 기사단장은 튀었고…… 그래. 여기서 할 수 있는 건 대충 다 했다고 봐야겠네.”
본거지에 남은 사디크 성기사들과 사제들이 있기는 했지만, 그들은 토벌대에 참가한 플레이어들이 착실하게 털어먹고 있었다. 보스 몬스터들이 쓰러지고 사라진 이상 곧 무너질 그들!

[사디크 교단이 몰락합니다. 남은 사디크 교단의 NPC들은 지하로 숨어듭니다. 그들은 교단의 부활을 위해 움직일 것입니다.]
[사디크 교단을 부활시킬 수 있습니다.]

‘응?’
태현은 순간 잘못 본 줄 알았다. 뭘 할 수 있다고?

[사디크 교단을 부활시키기 위해서는 사디크의 권능을 더 모아야 합니다. 교단을 부활시킬 경우 예전 사디크 교단 NPC들이 찾아올 수 있습니다.]

태현은 어떻게 된 건지 알아차렸다. 사디크 교단이 몰락한 상황에서 권능을 갖고 있으니, 부활시킬 자격을 얻은 것!
‘내가 무너뜨리고 다시 짓는다니 이게 뭐 하는 건지…….’

어이가 없었다. 물론 태현은 사디크 교단을 다시 세울 생각은 조금도 없었다. 아키서스 교단과 달리 교단을 세우는 즉시 공격이 들어올 테니까!

사디크의 권능만 더 얻는 게 가장 이상적이었다.

"그러고 보니 성기사단장은 왜 도망친 거지? 대주교는 여기 있는데."

"몰라. 살고 싶었나 보지."

"뭐 하려는 게 있는 게 아니라?"

"하려는 거면……."

태현은 멈칫했다. 생각해 보니 복수밖에 할 게 없지 않나?

아까 성기사단장이 노려보던 건 태현도 섬뜩할 정도였다.

'아, 여기서 잡았어야 했는데.'

태현은 입맛을 다셨다. 여기서 대주교하고 성기사단장까지 잡았다면 사디크의 권능 2개가 그냥 굴러들어왔을 것이다.

그러나 이미 끝난 상황. 더 이상 아쉬워하지 않기로 했다. 이미 이 정도만으로도 충분히 잘 풀린 셈이었으니까.

"안 돼!! 저주가 풀렸어!!"

저 멀리서 어디서 많이 들어본 것 같은 여자의 목소리가 들렸다.

CHAPTER 3

[사디크 대주교가 쓰러졌습니다. 사디크의 저주가 풀립니다.]

"안 돼!!"

에반젤린은 비통한 목소리로 외쳤다.

슬금슬금-

그 모습에 거리를 은근슬쩍 벌리는 파티원들!

"애, 애들아? 우리 친구지? 친구잖아?"

"친구지! 그렇지만 좀 떨어져서 걷자!"

에반젤린은 여전히 좋은 친구였지만, 그렇다고 그녀 가까이에 붙어서 불운 페널티를 그대로 맞을 생각은 없었다.

경계심 가득한 파티원들!

"야! 너무한 거 아니야!?"

"너 가까이 있으면 내구도가 떨어지는데 어떻게 해!"

"으윽……!"

생각해 보니 사디크 대주교가 쓰러지면 그 저주도 사라지는 게 당연했다.

에반젤린은 성했다. 왜 당연한 생각을 못 했을까!

"흑흑…… 흑흑흑……."

땅을 치며 후회하는 에반젤린!

태현은 그 모습을 어이없다는 듯이 쳐다보았다.

"너, 거기서 뭐 해?"

"이거 어떻게 할 거야! 저주가 풀렸다고!"

"어…… 축하해?"

"그게 아니야!"

저주가 풀렸다니 태현은 일단 축하부터 해줬다.

물론 에반젤린의 속은 더 뒤집어졌을 뿐!

에반젤린은 태현의 멱살을 잡으려고 들었다. 물론 태현은 그냥 잡혀주지 않았다. 대신 케인을 방패로 내밀었다.

[불운에 휘말립니다.]

케인은 갑자기 뜨는 메시지창에 깜짝 놀랐다.

"왜 나를?!"

"내가 당할 수는 없…… 아, 어차피 상관없긴 했네."

생각해 보니 태현은 딱히 에반젤린이 페널티에 영향을 받지 않았다.

"흑흑! 기껏 친구들하고 같이 판온을 하나 했는데……."

"괜찮아. 친구는 없어도 돼."

"그런 소리가 아니잖아!"

태현은 위로로 사람을 더 열 받게 만드는 재주가 있었다.

에반젤린은 체념한 목소리로 말했다.

"신세 져서 도와주러 온 내가 바보지."

에반젤린이 너무 우울해하는 것 같아서 태현은 일단 동의해 주기로 마음먹었다.

"그래. 나도 그렇게 생각해."

"너 진짜 죽을래?!"

"동의해 줬는데 왜 화를 내?!"

"어휴, 진짜……."

에반젤린은 고개를 내젓더니 자리에서 일어섰다.

이제는 현실을 받아들여야 할 때!

아무리 울고 현실을 부정해도 달라지는 건 없었다.

"<고대 뱀파이어의 저주> 때문에 고생하던 걸 끝났다고 생각했는데……."

"긍정적으로 생각하자. 싸울 때 붙으면 추가로 페널티가 들어가잖아. 얼마나 좋아. 닿기만 해도 불운이 팍팍!"

PVP 좋아하는 태현에게는 탐나는 장점! 친구들과 같이 파티 플레이하는 것에 별 관심이 없었기에 더더욱 괜찮았다.

"그런 거 필요 없으니까 그냥 파티 플레이하게 해줘……."

에반젤린은 가라앉은 목소리로 중얼거렸다.

"그러고 보니 너 아키서스 교단 세웠다고 하지 않았어?"

"그랬지."

에반젤린과 헤어진 지 오래됐지만 태현이 아키서스 교단을 세웠다는 것 정도는 들어서 알고 있었다. 플레이어 중에서는 최초로 교단을 부활시킨 것!

당연히 판온 대부분의 플레이어들이 알고 있었다.

"행운 관련 신이지?"

"그렇지?"

"혹시 거기 들어가면 행운 올려주는 그런 것도 있어?"

"있긴 있는데 네 행운 -999를 커버할 정도는 안 될걸. 내 교단 사제들은 하급이나 중급 정도라서 축복해 봤자……."

오스턴 왕국에서 잔뜩 고용한 아키서스 교단 사제. 그리고 새로 영지에서 고용한 사아키서스 교단 사제. 이 NPC들은 플레이어들에게 이런저런 사소한 일일 퀘스트를 내주고, 그에 따른 보상을 해주는 것 같은 잡일을 맡고 있었다.

물론 아키서스 교단에 가입한 플레이어들에게 축복을 내려주는 것 같은 평범한 역할도 맡고 있었기에, 태현도 그들의 축복이 어느 수준인지 들어서 알고 있었다.

행운을 조금 올려주거나, 아니면 랜덤으로 특별한 효과를 주는 정도의 축복 수준! 물론 그 정도도 도박, 아니, 제작에 눈이 먼 플레이어들에게는 충분히 큰 효과였다. 게다가 희박한 확률을 뚫고 성공한 플레이어들의 경험담은 다른 플레이어들을 솔깃하게 만들었던 것이다.

그러나 교단의 탑인 태현은 사제들의 수준을 냉정하게 파악하고 있었다. 플레이어 중 가장 아키서스 교단을 잘 파악하고 있는 게 태현이었다.

'다른 교단에 비하면 고위 NPC들이 너무 없지. 그나마 있는 놈들도 어딘가 다 이상한 놈들이고…….'

쫓겨난 기사에, 도박꾼에, 전직 대도둑에, 필사꾼에…….

아키서스 교단의 가장 큰 약점 중 하나가 NPC 부족!

대륙 단위 왕따를 당하는 사디크 교단도 사디크 대주교나 성기사단장 같은 강력한 NPC들을 데리고 있는 걸 생각해 보면, 아키서스 교단이 어느 수준인지 답이 나왔다.

"그런가……."

에반젤린의 어깨가 축 처졌다.

"아, 생각해 보니까 아티팩트면 가능할지도 모르겠다."

"있어!?"

"아니, 아직은 없고…… 퀘스트 깨야 만들 수 있을 것 같은데."

"깨러 가자! 도와줄게!"

에반젤린은 다시 기운을 차리고 외쳤다. 그러나 태현은 고개를 저었다. 물론 에반젤린 같은 랭커가 공짜로 도와준다는 건 태현한테 매우 편한 일이었지만…….

"투기장 가야 해."

"맞다…… 그랬지……."

선약이 있었던 것!

태현은 그래도 나중에 에반젤린을 써먹기 위해 친절하게 말했다.

"투기장 끝나고 바로 깨러 갈 테니까 걱정하지 마. 그때 부를게."

"정말 고마…… 잠깐만, 네가 이렇게 친절할 리 없는데?"

에반젤린이 멈칫했다. 절망한 것 때문에 판단력이 흐려졌지만 그래도 이건 너무 이상했다. 그러자 태현이 정색했다.

"와, 도와줘도 이러냐? 됐어. 나 빈정 상했어."

"아, 아니야. 안 도와준다는 게 아니라…… 네가 친절한 게 이상해서……."

말은 공손해도 안에 담긴 뜻은 변하지 않았다. 자업자득!

그러나 태현은 끝까지 표정 하나 변하지 않고 뻔뻔하게 말했다.

"나 도우러 왔다가 이렇게 됐으니까 친절한 거지. 사실 원래 대주교를 잡았으면 해결했을 수도 있었을 텐데……."

에반젤린의 눈빛이 변했다. 절벽을 기어올라서 대주교를 스틸한 플레이어들에게 보내는 살기 섞인 눈빛! 사람들 없으면 당장에 덤벼들어서 도륙을 내버릴 눈빛이었다.

"어쩌겠어. 이렇게 된걸. 나중에 퀘스트 하면 부를 테니까 오라고."

"그래. 그러면 투기장에서 보자."

"뭔 투기장에서 봐?"

태현은 왜 에반젤린이 투기장에서 보자는지 이해를 하지 못했다.

"그야 나도 투기장 대회 나가니까?"

"예선?"

"아니. 본선으로 바로. 캐나다 초대 팀. 잠깐만…… 너도 방송국 초대받아서 바로 본선 참가하는 걸로 알고 있는데? 왜 몰라?"

에반젤린은 고개를 갸웃거렸다. 아예 대회를 참가 안 하는 사람이면 모를까 태현은 방송국의 초대를 받고 본선으로 바로 참가하는 사람이었다. 본선 참가가 결정된 캐나다 대표 팀인 에반젤린을 모를 이유가 없는 것!

"설마 너 참가 명단도 안 보고 있었던 건 아니지? 아무리 그래도…… 잠깐, 맞네. 안 본 거지?!"

"하하. 이름 봐서 뭐 하게. 알지도 못하는 사람들인데."

"네가 나가는 대회인데 관심 좀 가져라!"

에반젤린은 태현을 타박했다.

"어쨌든 본선에서 보자."

"너 근데 행운 -999인데 팀플레이가 되냐?"

아픈 곳을 정확하게 찌르는 말! 에반젤린은 태현의 말을 무시하고 움직이려고 했다. 떠나려는 에반젤린을 보던 태현은 문득 궁금해지는 게 있었다.

"그러고 보니 너 사디크 교단하고 싸우다 얻어낸 반지는 갖고 있냐?"

태현은 우울한 표정으로 사디크 교단의 폐허 옆에 앉아 있

었다. 에반젤린에게 반지 이야기를 들은 것이다.

-응? 반지? 아. 그거? 잘 쓰고 있지. 옵션이 이렇게 달려 있는데 진짜 쓸 만하더라!

-그, 그 반지는 원래 내 ㄱ…….

-그래서 반지는 지금 뱀파이어 장로한테 맡겼어. 반지 업그레이드 퀘스트가 나왔거든. 여기에 추가로 혈석 넣어서 강화할 생각이야.

생각하면 생각할수록 괘씸한 버포드!

'아, 그러고 보니 이런 게 있었지.'

태현은 <사디크의 성물 반지>를 확인했다. 예전 버포드를 쓰러뜨리고서 얻어낸 것! 사실 따지고 보면 버포드가 가져간 것보다 뜯긴 게 더 많았지만, 태현이 그런 걸로 납득할 리 없었다.

'잠깐, 생각해 보니 권능도 권능인데 이거 내가 갖고 있어서 교단 부활할 수 있다고 뜬 건가?'

태현은 사디크의 성물 반지를 보며 생각에 잠겼다.

이걸 어떻게 써야 잘 썼다고 소문이 날까?

"저기요."

누군가 태현의 어깨를 톡톡 치며 말을 걸어왔다. 태현은 고개를 돌렸다. 김현아였다.

물론 태현은 김현아가 누군지 몰랐다. 왜 김현아가 태현을 노려보는지도 당연히 몰랐다. 그러나 당황하지 않았다.

처음 보는 사람이(태현 기준에서) 태현을 죽일 듯이 노려보는 건 이제 숨 쉬듯이 자연스러웠다.

태현은 태연하게 물었다.

"그래. 너는 뭘로 나한테 원한이 있냐?"

김현아는 당황했다. 정말 생각지도 못한 반응!

덕분에 말을 더듬었다.

"그, 그…… 언니와 친하게 지낸다고 우쭐대지 마요!"

태현은 고개를 갸웃거렸다. 김현아가 저렇게 말할 정도로 친한 사람이 있었나?

"네 언니가 누군데? 어? 혹시 이다비 동생인가?"

"이세연 언니요!"

"친하긴 누가 친해!"

태현은 울컥해서 반응했다. 태현에게서 보기 드문 모습!

"같이 어울리고 싶은 생각 전혀 없거든? 걔가 나 쫓아다니면서 괴롭히는 거거든? 어이가 없네."

"언니하고 같이 다니는 거에 불만이라도 있어요?"

"불만이라도 있냐니. 불만밖에 없거든?"

김현아는 정말 크게 충격받은 얼굴이었다. 이세연하고 같이 다니는 걸 싫어하는 사람이 있다니! 그녀의 상식에서는 존재할 수 없는 사람!

"그리고 내가 이세연 싫어하는 게 너한테는 잘된 거 아닌가? 내가 이세연하고 어울리는 걸 싫어하는 거 같은데."

"그, 그렇긴 한데요……."

"잘됐네. 협력하자. 나도 이세연하고 어울리기 싫어!"

김현아는 뭔가 속고 있는 것 같은 느낌을 받았다. 그렇지만 생각해 보면 태현의 말이 맞았다. 태현은 이세연과 같이 어울리기 싫어하고, 김현아는 태현이 이세연과 같이 어울리는 걸 싫어했다. 서로의 뜻이 일치!

"이세연한테 잘 말해서 나 좀 내버려 두라고 해! 제발!"

"선배님!"

"너도 왔었냐?"

뒤늦게 도착한 정수혁 파티를 보고 태현은 놀랐다.

여기에 대체 몇 명이나 온 거야?

"도와드리려고 왔습니다! 친구들도 선배님을 도와드리고 싶어서 왔고요."

"그래? 그냥 투기장이나 하지 그랬어."

정수혁은 태현이 그들을 배려해서 그런 말을 한 거라고 생각했다.

"아닙니다! 받은 게 있는데……."

"아니, 너희 없어도 여기는 깼을 테니까 그냥 투기장 해서 아키서스 교단 명성이나 올리란 뜻이었는데."

배려가 아니라 그냥 진심으로 한 소리!

"어, 어차피 아직 시간이 많이 남았으니 괜찮습니다."

"그래? 잘할 수 있겠어?"

"최선을 다해보겠습니다. 선배님이 저번에 주신 조언이 엄청나게 도움이 되었습니다!"

"그…… 내가 변장하고 참가해서 도와줄 수도 있는데."

"하하하! 선배님 농담도 참!"

정수혁은 웃음을 터뜨렸다. 태현이 진심으로 한 소리라는 건 전혀 눈치채지 못한 모습!

"제 긴장을 풀어주시려고 농담하신 거군요?"

"어? 그게 아니라……."

"하지만 저희는 저희 나름대로 최선을 다해보겠습니다! 선배님의 마음만 받겠습니다!"

이쯤 되자 태현도 '너희가 이겨야 교단 명성이 올라가잖아! 내가 가면 끼고 들어가서 다 패줄게!'라고 말할 수가 없었다. 저렇게 성실하게 노력하는 타입에 언제나 약했던 것!

"그, 그래…… 열심히 해라……."

"네!"

신나서 돌아가는 정수혁이 뒷모습을 보며 태현은 입맛을 다셨다.

탁-

이세연이 태현의 어깨에 손을 올렸다.

"이제 갈 시간이야. 그만 시간 끌고 가자."

"시간 끈 적 없거든?"

"그리고 현아한테 이상한 소리 하지 마."

태현은 순간 당황했지만 내색하지 않았다.

"무슨 소리?"
"아까 둘이 이야기하는 거 봤어."
'젠장. 눈치는 빨라 가지고.'
"너 지금 속으로 내 욕했지?"
태현은 화제를 돌렸다.
"그보다 투기장 남은 팀원은 언제 정해지는 거야? 빨리 정해야 하지 않아?"
"관심도 없었으면서. 마침 잘됐네. 피디한테 연락 왔거든."
"뭐? 벌써?"
"벌써라니. 오히려 늦은 편이지."
지금 본선에 참가하는 팀들이나, 참가하려는 팀들은 예전에 팀원을 확정 짓고 호흡을 맞추고 있었다. 지금에 와서야 다 정한 건 정말 늦은 편!
"그런가? 그래서 어떻게 뽑았는데? 제비뽑기?"
태현을 쳐다보는 이세연의 눈빛이 점점 어이가 없다는 듯이 변했다.
"제비뽑기로 뽑을 리가 없잖아. 애초에 이 팀을 구성한 이유가 뭔데."
"네가 날 괴롭히려고?"
"하하. 누가 들으면 오해하겠어! 이상한 소리를 하고 그래!"
"맞잖아."
이세연은 주변을 두리번거리며 들은 사람이 있나 확인했다. 다행히 태현과 이세연이 단둘이 대화하는데 옆에서 어슬렁거리는 간 큰 플레이어는 없었다.

"조용히 해라. 응? 지금 누구 때문에 여기 와서 이 고생 중인데."

"고생은 다른 플레이어들이 했지."

불리해질 것 같자 이세연은 말을 돌렸다.

"으흠. 어쨌든 이유는 하나야. 화제 때문이지."

판온 1에서 한 번 망했던 투기장 대회. 그 투기장 대회를 다시 여는 방송국도 불안할 수박에 없었다.

철저하게 계산을 세우고, '이번에는 확실하게 된다!'라고 생각해도 숨길 수 없는 불안! 그래서 섭외한 게 태현과 이세연으로 이루어진 팀이었다.

국내 플레이어들 중 화제성으로 따진다면 언제나 톱에 드는 둘! 한 명은 판온 1에서부터 실력으로 유명한 랭커 중의 랭커. 다른 한 명은 판온 2에서 갑자기 나타나(사실은 판온 1도 했지만) 굵직굵직한 퀘스트들을 최초로 해결해 다른 플레이어들의 관심과 호기심을 한 몸에 받는 플레이어.

아직도 수많은 플레이어가 태현이 어떤 직업인지 추측하고 있었다. 그런 둘이니 방송국의 히든카드가 된 것!

당연히 다른 플레이어들도 인기와 화제성을 신경 써서 뽑아야 했다. 물론 케인은 덤에 가까웠지만.

"화제라……."

"너 다른 플레이어들 방송은 좀 봐?"

"아니, 안 보는데."

즉답하는 태현! 이세연은 별로 놀라지도 않았다.

"그래. 그럴 것 같았어."

"나중에 또 랭커 사냥할 일 있으면 그때 보겠지."

"……농담이지?"

"그렇지."

태현이 농담이라고 해도 왠지 농담처럼 느껴지지 않았다.

"안 보면 모르겠네. 네 번째 멤버는 김철수야."

"누구야?"

"사제 플레이어. 성격 좋은 사람이고 실력도 검증됐으니까 문제는 없을 거야."

태현은 몰랐지만 김철수도 나름 유명한 플레이어였다. 국내 사제 플레이어 중에 나름 괜찮은 실력을 갖고 있고, 방송도 나름 재미있게 하고 있다는 평가를 받고 있고…….

여러모로 '나름'이 잘 어울리는 플레이어! 사제들은 보통 파티 플레이가 필수다 보니 성격 좋은 이들이 많았다. 그런 면에서 김철수는 경험이 많았기에 이세연은 안심했다. 한 성격 하는 태현과 같이 팀을 해도 절대 충돌이 일어나지 않을 플레이어였던 것.

설명을 다 들은 태현은 고개를 끄덕이며 말했다.

"한마디로 평범하다는 거지?"

"……너 내가 한 말 안 들었지?"

"국내에서도 사제 톱이 아니면 평범한 거지. 너 솔직하게 말해봐. 네가 국내 네크로맨서 톱이라고 생각해, 안 해?"

"생, 생각하지만……."

태현의 질문에 이세연은 말을 더듬었다. 사실 태현의 기준으로 따진다면 대부분의 플레이어가 평범했다.

"팀으로 뽑힐 정도면 적어도 국내 사제 플레이어 중에서는 톱이라고 불리는 플레이어가 올 줄 알았는데."

"어쨌든 그런 소리는 그 사람 앞에서는 하지 마."

"내가 그런 소리를 왜 하겠어?"

"네가 일부러 망칠까 봐……."

"아. 그런 방법이!"

"너 진짜 일부러 망치기만 해봐. 내가 게임 쪽 기자들 불러서 기자회견 열 거야!"

이세연도 만만치 않았다. 태현은 입맛을 다시며 물러섰다.

서로가 서로의 약점을 잘 알고 있는 둘!

사실 다른 쟁쟁한 사제 플레이어들을 제치고 김철수가 뽑힌 이유는 하나였다. 정말 실력 있는 사제들은 이미 팀을 맺고 진지하게 본선 진출을 노리고 있었던 것!

당연히 MBS 측에서는 길드에 들지 않은 솔로 플레이어 중에서 고를 수밖에 없었고, 그 결과가 김철수였다. 솔로로 활동하는 플레이어면서, 나름 실력 있는 사제 직업에, 나름 인기까지 있는 플레이어!

"알겠어. 그 김민수라는 사람과 만나면 예의 바르게 대하도록 노력하지."

"……김철수야."

"그게 그거지. 그래서 마지막 남은 한 명은 누군데?"

"그게 문제인데……."

다섯 명. 이세연, 김태현, 케인, 김철수, 이 네 명은 태현과 마찰을 일으키지 않을 플레이어들이었다. 즉 팀플레이를 하는 데에도 문제가 없는 플레이어들이라는 것!

그러나 마지막 플레이어는 아니었다.

"도동수라고 알아?"

도동수. 판온 1에서 두 가지로 유명했던 도적 랭커 중 하나였다. 태현과 싸우기 전에는 뛰어난 국내 도적 랭커로 태현과 싸운 다음에는 '대장장이한테 1:1로 싸워서 진 도적ㅋㅋㅋ'로!

당연히 당사자는 이를 갈고 갈고 또 갈고 있었다. 어느 정도냐면, 도동수의 개인 방송의 채팅창에서 '김태현', '태현', '대장장이' 같은 단어들을 꺼내면 강퇴시킬 정도!

이세연은 도동수가 판온 2에서 플레이하는 모습을 한 번 본 적 있었다. 멀쩡하게 잘 싸우던 도동수였지만, 뒤에서 대장장이 플레이어가 수리를 위해 접근하자 화들짝 놀라서 칼을 겨눴다. 뼛속 깊이 각인된 트라우마!

물론 당사자인 도동수한테 태현 이야기를 꺼내면 불같이 화를 내니 아무도 그런 이야기는 하지 않았지만…….

"모르는데? 그게 누구야?"

"역시 잊고 있었구나…… 네가 이겼던 랭커 중 하나야."

물론 이세연이 말한다고 해서 태현이 바로 떠올릴 사람은 아니었다. 떠올릴 사람이라면 애초에 그 정도로 원한을 쌓고 다니지도 않았을 것!

"그 도동수가 마지막 팀원으로 결정됐어."

"그래?"

"그래? 가 아니지! 좀 당황해라! 안 당황스러워? 상대방이 널 얼마나 싫어하는데!"

"음, 나는 다른 사람이 날 싫어하면 더 확실하게 싫어하도록 만들어주는 편이라서."

철판을 깔고 말하는 태현의 모습에 이세연은 기가 막혔다.

"자랑이다!"

"그보다 그렇게 날 싫어하는 놈이면 뽑은 방송국 잘못 아닌가? 그리고 걔는 내가 나인지 모를 텐데?"

"방송국도 사정이 있었겠지. 도동수는 인기가 엄청 좋은 편이니까."

"그래?"

"도적 중에서는 톱 수준이야. 1보다 실력이 올라갔어."

도동수의 실력이 올라간 데에는 태현에 대한 원한이 있었지만, 그것까지 이세연이 알지는 못했다. 실력이 확실한 데다가 인기투표에서도 압도적인 표를 얻은 도동수를 뽑지 않는 것은 MBS 쪽에서도 꽤나 부담 가는 일이었다.

게다가 도동수는 길드에 들지 않은 솔로 플레이어!

도동수의 원한을 모르는 방송국 쪽 간부들이 '그냥 도동수 넣어라', '도동수 말고 뭐 얼마나 대단한 플레이어를 찾을 수 있겠냐'고 압력을 넣었고, 결국 뽑히게 된 것이다.

"그리고 물론 네가 판온 1의 김태현이라는 건 모르겠지만…… 도동수 그 사람이 널 좀 심각하게 싫어해서……."

태현의 ㅌ자만 들어도 발작을 일으키고 대장장이가 뒤에서만 다가가도 먼저 선공을 날릴 정도!

"그런 의혹이 있다는 것만으로도 충분히 까칠하게 굴걸?"

"제카스가 참, 사람 귀찮게 만드는군."

태현은 어깨를 으쓱거렸다. 그리고 뒤에 작게 덧붙였다.

"그 자식도 빨리 찾아서 족쳐야 하는데……."

"?!"

"어쨌든 그게 전부지? 김철수는 나 안 싫어하고, 도동수는 나 싫어하고. 간단하네."

아무리 생각해도 간단하지 않은 내용을 간단하다고 하는 태현! 그 모습에 이세연은 점점 불안해지는 것을 느꼈다.

'저거 사고 치면 안 되는데…….'

"너 진짜 사고 치면 안 된다?"

"아, 안 친다니까. 믿어."

서로 다른 생각을 하며, 둘은 투기장으로 떠날 준비를 마쳤다.

"언니, 저 괜찮죠?"

"그 질문 지금 열 번째거든……? 어차피 판온 외모는 알아서 커스터마이징 되는데 뭐가 그렇게 불안한데?"

"그, 그래도…… 이 갑옷이 나을까요, 이 갑옷이 나을까요?"
주가연은 참을성 있게 유지수의 질문에 대답해 주었다.
다른 사람이라면 벌써 짜증을 냈어도 몇 번은 냈을 것!
기껏 사디크 교단 토벌에서 공을 세워놓고 유지수는 망설이고 있었다.
어떻게 나타나야 가장 극적일까! 어떻게 나타나야 가장 인상에 깊게 남을까!
그 결과가 바로 지금 상황이었다. 주가연을 붙잡고 계속해서 질문을 던지는 것!
"지수야, 제발! 너 정말 예쁘니까 그냥 가도 괜찮다니까?"
"그, 그래요? 그러면……."
유지수는 몇 번 헛기침하더니 태현이 있는 쪽으로 걸어갔다. 그러나 거기에는 이미 아무도 없었다.
유지수는 고개를 갸웃거렸다. 현실을 받아들이지 못한 모습!
결국 그 주변에 있던 플레이어를 붙잡고 물었다.
"김태현 플레이어 어디 갔어요?"
"그 새…… 아니, 김태현 님은 이세연하고 같이 와이번 타고 날아갔는데요."
태현한테 뭔가 많이 당한 것 같은 플레이어는 둘째 치고, 유지수는 예상을 벗어난 상황에 멍해졌다.
여기 와서 개고생을 한 이유가 완전히 사라진 것!
옆에서 그 말을 들은 주가연은 고개를 절레절레 저었다.
어쩜 재수가 없어도 저렇게 없을 수가 있을까!

"말, 말도 안 돼……."

절망에 빠져 있는 유지수의 앞에 덜컥! 소리가 들렸다.

지금 사디크 교단의 본거지는 완전히 토벌된 상태. 호기심 많은 플레이어가 이곳저곳을 돌아다니며 '뭐 숨겨진 창고 같은 거 없을까?' 하고 수색을 할 뿐!

갑자기 이런 소리가 들릴 이유가 없었다.

"뭐지?"

주가연도 긴장해서 활을 꺼내 들었다. 그 순간 저 앞의 폐쇄된 광산의 문이 부서졌다. 거기서 걸어 나온 건 유 회장!

"김태현 이놈 어디 갔어! 나와!"

저번에 봤을 때와는 너무나 달라진 겉모습!

저번에는 누가 봐도 '나 게임 처음 시작한 초보자입니다' 같은 겉모습이었다. 그러나 지금의 분위기는 게임을 몇 년은 넘게 해온 백전노장의 분위기를 풍겼다.

"아저씨 거기서 뭐 하세요?"

유 회장은 당황한 얼굴로 유지수를 쳐다보았다.

왜 손녀가 여기 있단 말인가?

이미 태현의 이름을 말하면서 뛰쳐나온 이상, 어설픈 거짓말은 할 수 없었다. 유 회장은 있었던 일들을 그대로 말할 수밖에 없었다. 다만 정체는 최대한 숨긴 채!

"그러니까 그놈이 아주 나쁜 놈이라니까!"

"오빠는 그럴 사람이 아니에요."

단호하게, 칼 자르듯이 대답하는 유지수의 모습에 유 회장은 명치를 한 대 맞은 기분이었다. 싸늘한 분위기!

'김, 김태현 이놈……!'

가슴 속을 맴도는 건 억울한 마음뿐!

그러나 어쩌겠는가. 이미 콩깍지가 제대로 씌었는데.

유 회장은 속으로 피눈물을 흘리며 말을 바꿨다.

"아, 아니…… 그놈이 속이 깊기는 하지. 나 레벨 업 하라고 거기 넣어줬으니까. 그냥 밖에 있었으면 싸우다 죽었을지도 모르고."

"그렇죠?"

태현의 칭찬을 하자 금세 풀어지는 유지수의 분위기였다. 그 모습에 유 회장의 가슴은 한층 더 타들어 갔다.

"그래. 그러면 나는 이만……."

더 있다가는 속이 더 타들어 가거나, 정체만 들킬 것 같아서 유 회장은 일단 거리를 벌리려고 했다.

그런데 유지수는 의외로 관심을 보였다.

"어디로 가시려고요?"

"투기장으로 가려고 하는데."

태현이 투기장으로 갔다고 했으니, 유 회장도 투기장으로 갈 셈이었다. 내가 반드시 네놈의 등짝에 낚싯대 한 방은 후려갈겨 주고 말겠다!

"같이 가실래요?"

생각지도 못한 제안에 유 회장은 멈칫했다. 물론 눈에 넣어도 아프지 않을 손녀딸과 같이 움직이는 건 좋았다.

그렇지만…….

'지수하고 같이 가면 김태현 그놈을 잡을 때 눈치가 보일 텐데…….'

유지수가 옆에 있다면 태현한테 욕 한 번 시원하게 할 수 없는 게 현실!

"싫으세요?"

"아, 아니야. 당연히 고맙지. 흠흠. 잘 부탁하네."

그럼에도 불구하고 유 회장은 유지수의 제안을 거절할 수 없었다. 손녀에게는 한없이 바보인 그였으니까!

'끙…… 일단 투기장 경기를 보면서 생각을 해야겠군.'

유 회장은 일단 기다리기로 했다. 유지수와 같이 있더라도 태현에게 욕할 기회는 있을 테니까!

그리고 투기장 경기에 호기심이 가기도 했다. 저번 타이럼 주변 산에서 만난 김준수, 김준형 플레이어들도 그렇게 프리카 투기장 이야기를 했다.

유지수도 그렇고, 김태현도 참여하는 투기장!

판온에 슬슬 본격적으로 관심을 가지게 된 유 회장이었다. 당연히 호기심이 갈 수밖에 없었다.

'한번 경기를 봐야겠어. 어떻길래 다들 그러는지…….'

유 회장은 알지 못했다. 오늘 보게 될 경기 때문에 그가 얼마나 판온에 빠져들지를!

"크흑흑흑……."

버포드는 또다시 살아남았다. 사디크 성기사들한테 첩자로 오해받아서 붙잡혔던 게 오히려 행운으로 돌아온 것이다.

장비를 벗고 얼굴을 가리자 토벌대 플레이어들은 버포드가 그냥 사디크 교단에게 붙잡힌 플레이어라고 생각하고 넘어갔다. 그러나 버포드는 기뻐할 수 없었다.

통째로 날아간 본거지! 게다가 더 큰 문제는 사디크 교단이 완전히 사라졌다는 것이었다.

버포드도 메시지창을 봤다. 사디크 교단이 망했다는 메시지창! 마른하늘에 날벼락 같은 소리였다.

〈사디크의 투사〉 직업을 갖고 있는 버포드에게 교단은 꼭 필요한 것이었다. 교단이 없다면 퀘스트부터 시작해서 성장 방법 자체가 막혀 버리는 것!

아무리 기다려도 〈교단의 다음 본거지로 향해라〉나 〈교단의 숨겨진 본거지〉 같은 퀘스트는 뜨지 않았다.

대신 다른 퀘스트가 떴다.

〈교단을 부활시켜라-사디크 교단 부활 퀘스트〉

사디크 교단은 커다란 타격을 입고 그림자로 숨어들었다. 그러나 모든 신도들이 사라진 것은 아니다.

사디크 신도들을 모아 힘을 합친다면 멸망한 교단을 다시 부활시킬 수 있을지도 모른다. 힘을 모아 교단을 부활시켜라!

-사디크의 성물 반지. 사디크의 권능을 가진 사람을 적어도 세 명 이상 모을 것.

보상: 사디크 교단의 부활, 상위 직업으로의 전직, ??, ???

'이걸 내가 어떻게 찾아?!'

사디크 대주교는 죽었고, 사디크 성기사단장은 어디로 사라졌는지도 모르는 상황. 게다가 사디크 성기사단장을 찾아간다고 해도 괜찮을지 의문이었다. 버포드를 태현의 스파이로 여기고 있었으니까!

'안 그래도 안토니오 파였는데, 김태현한테 협박당해서 인질 역할을 한 덕분에 더 확실하게 찍혔겠지…….'

버포드는 우울한 얼굴로 자리에 털썩 주저앉았다. 암살에 실패했을 때에도, 성물 반지를 뺏겼을 때에도 이 정도로 막막하지는 않았다.

'아예 전직을 해버릴까?'

버포드는 직업을 바꾸는 것에 대해 진지하게 고민하기 시작했다. 그러나 쉽게 답이 나오지 않았다.

사디크 교단 직업을 갖고 있는 버포드는 다른 교단으로 전직하는 건 거의 불가능하다고 봐야 했던 것이다.

'어디 전직할 수 있을 만한 곳이…… 어…….'

고민하던 버포드의 머릿속에 생각 하나가 번득였다. 미친 생각 같지만 점점 생각하면 생각할수록 끌리는 그런 생각!

'아키서스 교단……!'

"퉷!"

도동수는 태현과 만나자마자 옆에 침을 탁 뱉었다.

이세연은 바로 태현의 뒤로 돌아가 양팔을 붙잡았다.

선명하게 보이는 1초 뒤의 모습!

"패면 안 돼! 여기서 PVP 하면 안 된다고!"

"……나 가만히 있거든?"

그러나 태현의 목소리는 침착했다. 그 목소리에 이세연은 민망한 표정으로 팔을 놓았다.

"난 네가 바로 덤빌 줄 알았지……."

"난 가끔 네가 날 어떻게 생각하는지 궁금할 때가 있어."

태현은 그렇게 말하고 도동수의 위아래를 훑어보았다. 화려한 장식이 달린 붉은색 세트 장비를 갖춰 입고서, 거만한 표정을 짓고 있는 도적 플레이어! '나 랭커야'라고 온몸으로 뽐내고 다니는 것 같았다.

'근데 진짜 어디서 봤더라?'

물론 그렇다고 해서 도동수를 떠올리지는 못했다. 한 번 두들겨 팬 놈은 기억에서 지워 버리는 태현!

'한두 번이어야 기억을 하지……'

태현은 눈썹을 찌푸리며 기억을 되살리려고 노력했다.

그러자 오히려 도동수가 초조해졌다. 대놓고 도발을 했는데, 상대방은 아무 말도 하지 않고 인상만 쓰고 있는 것이다.

"뭐냐? 왜 아무 말도 없어? 겁이라도 먹은 거냐?"

"어? 미안. 다른 생각을 좀 하고 있었거든."

옆에서 둘의 기 싸움을 지켜보던 케인은 감탄했다. 태현은 정말, 남을 도발하는 데는 타의 추종을 불허했다.

말을 해도, 하지 않아도 남을 도발할 수 있는 재능!

실제로 도동수는 지금 허를 찔려서 얼굴이 붉으락푸르락하고 있었다.

"겁, 겁을 먹었으면서 다른 소리를……."

"뭐라는 거야. 다른 생각 하고 있었다니까. 귀가 막혔냐?"

도동수의 도발은 전혀 먹히지 않았다. 애초에 기 싸움은 도동수가 압도적으로 불리한 상황이었다.

태현은 도동수를 두들겨 패놓고 이름도 잊은 상태였지만, 도동수는 태현 이름만 들어도 부들부들 떨 정도였으니까!

서로의 입장이 너무 달랐다.

"그리고 싸우고 싶으면 깃발 꽂을까? 난 상관없는데."

태현의 말에 도동수는 깜짝 놀랐다. 도발 좀 했다고 바로 깃발 꽂자고 나오다니!

보통 어느 정도 급이 되는 랭커들은 랭커들끼리 PVP를 하는 걸 꺼렸다. 자기보다 완전히 약한 상대면 모를까, 랭커들끼리 싸운다면 승부는 알 수 없는 것이다. 구경하는 사람들만 신날 뿐, 당사자들은 잃을 게 너무 많았다.

그런데 태현은 도발 몇 마디 했다고 바로 깃발 꽂자고 나왔다. 자기 캐릭터를 생각하고, 이익을 생각하는 다른 랭커들과는 차원이 달랐다.

기분 나쁘면 일단 깃발부터 꽂고 보는 호전성!

이 주변은 투기장을 구경하러 온 플레이어들로 우글거렸고, 방송국 직원들도 많았다. 그런데도 싸우자니.

'크……! 그렇게 자신이 있다는 거냐?'

도동수는 속으로 입술을 깨물었다. 원래 태현과 만나서 싸울 기회가 있다면, 바로 싸울 생각이었다.

그러나…… 입이 떨어지지 않았다.

'그래, 깃발 꽂자 ×××야!'

라고 말이 나오지 않았다.

딱딱하게 굳은 것처럼 움직이지 않는 입!

도동수는 그제야 깨달았다. 겁을 먹고 있다는 것을!

아무리 아닌 척해봐도 몸은 정직한 것이다.

"뭐 해? 깃발 꽂자니까. 싫냐?"

"그만해. 지금 대회 앞두고 뭐 하는 짓이야?"

도동수의 목숨을 구해준 건 이세연이었다.

"도발을 하잖아."

"그렇다고 지금 싸우면 안 돼! 사람들 안 보여? 이거 보면 뭐라고 생각하겠어?"

"재네들은 실전으로 연습하나 보다 생각하겠지. 그리고 오히려 좋아할걸?"

"그게 좋은 뜻으로 좋아하는 거겠어? 어쨌든 싸우지 마. 그리고 도동수 씨. 같은 팀으로 대회에 나가는 거면 예의 좀 지키시죠. 판온 1 김태현을 싫어하는 건 아는데 여기 김태현은 이름만 같을 뿐 아무 상관도 없으니까요."

이세연이 끼어든 덕분에 도동수는 간신히 한숨 돌릴 수 있었다. 개망신을 당하지 않고 물러날 수 있었던 것이다.

"훙. 내가 누구 친구인 줄 아나?"

"친구가 있었어?!"

도동수의 주먹이 더 불끈 쥐어졌다. 이세연은 태현의 옆구리를 찔렀다.

-도발 좀 그만해!

-아니, 시비 먼저 건 놈은 저놈이잖아!

-네가 판온 1에서 그렇게 팼잖아!

아무리 태현이라도 이 말에는 딱히 할 말이 없었다.

"김태현, 잘 봐라. 난 제카스의 말을 믿는다."

판온 1의 김태현이 태현이라는 제카스의 말. 그 말을 믿는다는 건 한 가지 의미였다.

"거, 그놈 나한테 당해서 속 좁게 발목 잡는 거라니까."

"예전에는 그럴 수도 있다고 생각했었지."

도동수는 태현을 노려보았다.

제카스가 그렇게 주장했지만, 아무런 증거도 없고 이세연도 아니라고 하니 좀 흔들리기는 했다. 그러나 오늘 태현과 직접 마주 보니 알 수 있었다. 제카스는 진실을 말한 것이다. 저런 놈이 세상에 두 명 있을 리 없다!

"난 너와 협력할 생각이 조금도 없다."

"아, 됐고. 깃발 꽂자니까. 쫄았냐?"

도동수의 이마에 혈관 하나가 돋았다. 가장 원초적으로 도발하는 방법. '쫄았냐?'

"MBS에서 부탁을 하니까 나오기는 했지만……."

"야. 쫄았냐고."

"내가 너하고 협력해서 너 좋은 일 해줄 거라고는 절대 기대하지 마라!"

"쫄았네. 저거. 쫄았지?"

도동수는 부들부들 떨며 가버렸다. 이세연은 이마를 짚으며 한숨을 쉬었다. 그녀가 생각했던 대회와 전혀 다른 모습의 대회가 될 것 같았다.

"도동수는 참 한결같아. 그렇지?"

"예?"

최명성 팀장은 화면 속 도동수를 가리키며 말했다.

"판온 1에서나 2에서나 똑같다고."

"도동수는 판온 2에서 훨씬 더 강해지지 않았나요?"

"스탯이나 스킬, 장비 면에서는 강해진 편이지. 그렇지만 속은 그대로야. 중요한 순간에 모든 걸 내던지지 못하고 겁을 먹잖아. 저러니까 도적 직업 들고 대장장이한테 지지."

최명성은 쯔쯔 혀를 차며 고개를 내저었다.

최명성이 보기에 도동수는 겁쟁이였다. 판온 플레이어들은 거칠고 겁 없는 강력한 플레이어라고 생각했지만, 그건 그저 위장일 뿐이었다. 중요한 순간에 저렇게 움츠러드는데 어떻게 뭔가를 해낼 수 있겠는가!

그에 비해 태현은 정반대였다. 아무리 불리한 상황이라도 스스로를 내던질 수 있는 사람!

최명성 팀장의 말을 들은 윤주환은 속으로 생각했다.

'그건 그냥 성질이 더러운 거 아닌가?'

"아니야."

"헉!"

"너 지금 그냥 성질이 더러운 거 아니냐고 생각했지?"

윤주환은 입을 떡 벌리고 최명성을 쳐다보았다.

"내가 너하고 몇 년을 같이 일했는데 네 생각을 모르겠냐. 김태현이 물론 성질이 더럽기는 하지."

태현이 들었다면 발끈했겠지만, 최명성은 부정하지는 않았다. 객관적으로 성질은 더러운 게 맞았으니까!

"성질이 더러운 거랑, 중요한 순간에 자기를 던질 수 있는 건 전혀 다른 거라고. 성질이 더러워도 겁쟁이는 그런 걸 절대 못하거든. 보통 이런 사람이 큰 승부에 강하지."

"그, 그렇군요."

윤주환은 머뭇거리다 물었다.

"그래도 지금 김태현이 한 건 자충수 아닐까요?"

"왜?"

"좀 있으면 같이 대회에 나가게 될 팀원인데 굳이 싸움을 걸 이유가 없잖습니까. 잘 말해서 오해라고 달랬으면……."

"어차피 김태현이 친절하게 대해줬어도 도동수는 김태현을 의심했을 거야."

"그렇기는 하지만……."

"됐어. 저기서 굽히고 들어가면 김태현이 아니지. 그리고 도동수는 김태현을 방해 못 해."

"예? 그건 왜죠?"

"그릇이 다르거든."

"……아니, 김태현이 대단하다는 건 알겠지만 지금 상황은 좀 다르잖습니까! 5:5라구요!"

"5:5든 10:10이든 달라지는 건 없다니까. 내기할까?"

"윽……."

자신만만한 팀장의 태도에 윤주환은 움찔했다.

윤주환은 최명성과의 내기에서 이겨본 적이 없었다. 특히 게임 관련해서는 절대의 승률을 보장하는 최명성!

윤주환은 이제까지 최명성이 틀린 걸 한 번밖에 본 적이 없었다.

"됐어요. 팀장님하고 내기해서 이긴 적이 없다고요."

"에이, 이번에는 이길 수도 있지 않냐?"

"윽…… 아니, 진짜 이해가 안 가네요. 도동수가 마음만 먹으면 제대로 엿을 먹일 수 있는 상황 아닌가요?"

5:5로 붙는 투기장이었다. 게다가 레벨도 다 똑같이 맞춰지고 장비도 보통으로 교체되는 상황.

한 명 한 명의 역할이 클 수밖에 없었다. 여기서 도동수가 태현을 방해한다면? 4:5, 아니 4:6이나 마찬가지인 것이다.

"뭐, 그건 그렇지."

"그렇죠?!"

"그렇지만 그래도 아니야."

윤주환은 도저히 이해가 가지 않았다.

"아, 혹시 이런 건가요? 아무리 도동수라도 이런 커다란 대회에서 대놓고 멍청한 짓을 하지는 않을 거다?"

"넌 도동수가 그런 놈 같아 보이냐?"

"……아뇨!"

윤주환이 보기에, 다른 건 몰라도 도동수는 확실하게 속이 좁은 사람이었다. 게다가 오늘 이렇게 망신을 당했으니 더더욱 복수하려고 할 것이다.

"그렇지. 대놓고는 안 하겠지만 분명 복수를 하려고 하겠지. 쪼잔하고 치사하게 말이야. 상황도 딱 좋고."

"그러면 대체 왜 방해를 못 한다는 겁니까?"

"말했잖아. 그릇이 다르다니까."

최명성은 씩 웃으며 화면을 클로즈업했다. 이세연한테 구박을 한 귀로 듣고 한 귀로 흘리는 태현의 모습이 들어왔다.

"도동수가 시비를 걸어오는데 김태현이 가만히 있을 리 없지."

"정말 죄송합니다."

"뭐 죄송하실 법하죠."

고개를 숙인 배장욱은 움찔했다. 언제나 예상 밖의 반응을 보여주는 태현이었다.

지금 배장욱이 고개를 숙인 이유는 하나였다. 팀에 도동수가 선발된 것 때문!

투기장 주변에 있던 MBS 직원 중 한 명이 도동수와 태현이 험악하게 서로 다투는(물론 한 명이 다른 한 명을 일방적으로 괴롭혔지만) 것을 발견하고 보고를 한 것이다. 생각보다 훨씬 더 사이가 안 좋다는 걸 알아차린 배장욱은 직접 사과하러 태현을 찾아왔다.

"정말 죄송합니다. 저는 반대파였지만 윗선에서 그냥 도동수 씨로 하라고 말이 많아서…… 고를 수 있는 플레이어들이 별로 없었습니다."

"아뇨. 도동수를 고른 건 상관없는데요."

"??"

"이세연하고 같은 팀을 하게 된 걸 죄송해하셔야……."

정말 예상 밖의 반응을 보여주는 태현!

배장욱은 당황한 마음을 추스르고 말했다.

"그, 그렇군요. 그러면 도동수 씨하고는 별문제가 없는 겁니까?"

"아뇨. 문제는 있는데 전 별로 신경 안 써서요."

도동수는 안중에도 없는 것 같은 태현의 모습! 실제로 태현은 도동수가 뭘 하든 별로 신경을 쓰지 않고 있었다.

태현 안에서 도동수는 케인과 비슷한, 아니, 케인보다 좀 더 밑에 있는 그런 사람!

'갑자기 불안해진다……!'

그런 태현의 모습에 배장욱은 갑자기 불안감이 스멀스멀 올라오는 것을 느꼈다. 뭔가 터질 것 같은 불안함!

'아니겠지. 저렇게 보여도 사실 생각이 깊고 그런…….'

"오. 경기 시작하네요."

"네?"

태현이 핸드폰으로 투기장 예선 경기를 지켜보고 있었다. 그 모습에 배장욱은 신기하다는 듯이 물었다.

"아, 예선 경기 중에서 챙겨보시는 팀이 있으신가요?"

"아는 사람이 예선에 도전하고 있거든요."

"그러시군요."

배장욱은 훈훈하다는 얼굴로 고개를 끄덕였다.

냉정하고 사악해보이는 태현에게도 저렇게 다른 사람을 챙겨주는 모습이 있었다.

'그래. 김태현은 저렇게 속이 깊은 모습이 있단 말이지. 분명 괜찮을 거야.'

"방금 누가 제 욕을 한 기분이 들었는데."

“……!”

“뭐, 기분 탓이겠죠. 아니, 도동수가 욕했나?”

“……”

화면 속에서 정수혁과 그의 친구들이 긴장한 얼굴로 대기하고 있는 게 보였다.

투기장 관중석에서 구경하고 있는 플레이어들은 저번보다 숫자가 늘었다.

재미있는 예선 팀이 있다는 소문을 들은 플레이어들이 몰려온 것이다.

배장욱도 힐끗 태현의 화면으로 시선을 돌렸다. 화면에서 진행되고 있는 경기는 예상을 완전히 뛰어넘은!

10명의 플레이어 전원이 정수혁이 불러낸 마법에 허우적거리고 있었다.

“이, 이게 뭔?”

“얘가 좀 직업이 특이해서…….”

태현은 어깨를 으쓱거렸다.

상대방을 끌어들여서 마법 난사를 한다. 그다음은 운에 맡긴다. 정수혁과 그 친구들은 이 전략으로 아직까지 버티고 있었다. 의외로 대단한 실력, 아니, 행운이었다.

덕분에 구경하는 플레이어들만 신났다. 매번 경기 때마다 저런 모습을 보여줬으니.

“아, 이 친구는 그 친구군요. 영상 올라온 거 봤습니다.”

“……?”

“자기한테 마법 박아서 상대를 쓰러뜨린 그 마법사 플레이어잖습니까. 저도 보면서 감탄했었죠.”

배장욱은 고개를 끄덕이며 감탄했다.

태현은 속으로 생각했다.

‘그거 아무리 봐도 실수던데…….’

그럴 실력이 됐다면 태현을 찾아오지도 않았을 것!

“실력이 예사롭지 않던데 태현 씨와 아는 사이였군요.”

“과 후배예요.”

“오! 그러고 보니 태현 씨는…….”

“국문학과죠.”

“……국, 국문학과는 생각해 보면 게임과 연관이 은근히 있…….”

어떻게든 대화를 이어가려는 배장욱! 그러나 태현은 그런 무리수를 받아주는 사람이 전혀 아니었다.

“없지 않나요?”

“어쨌든 저분이 본선에 올라오신다면 정말 재밌겠군요.”

“저도 그랬으면 좋겠습니다.”

따뜻하게 후배를 생각하는 태현의 모습! 물론 실상은 반대였다.

‘고단 명성치 좀 찍게 깨라!’

사실 마음 같아서는 태현이 가면 쓰고 팀으로 참가하고 싶었지만, 정수혁의 고집 때문에 그건 불가능!

"아, 아. 오늘 이 자리에 모여줘서 모두 고마워요."
"끌고 와놓고 무슨……."
태현이 중얼거렸지만 이세연은 무시했다.
"파티장을 정해야 하는데, 어떻게 정할까요?"
"김태현은 안 돼."
"할 생각도 없었어, 이 ××××……."
찰진 욕이 태현의 입에서 흘러나오자 이세연은 황급히 손을 흔들었다.

-그만 싸우라니까!

"……×××-×××……."
다시 한번 붉으락푸르락해지는 도동수의 얼굴!
"다, 다 했냐?"
"아니, 아직 1절만 했는데. 2절은 좀 있다가 들려주지."
도동수와 태현의 대화를 듣던 김철수가 조용히 손을 들며 말했다.
"이세연 님이 파티장을 하시는 게 나을 거 같은데요."
"저도 그게 나을 거 같습니다."
케인도 손을 들고 동의했다.
"그러면 부족하지만 제가 맡도록 하죠. 오늘 여기 모인 이유는 한 번 연습 경기로 합을 맞춰보기 위해서인데요……."

"나는 명령 따위는 듣지 않는다."

갑자기 싸늘해지는 분위기!

도동수의 말에 다른 넷은 차가운 시선을 던졌다.

그러나 도동수는 그런 시선에 아랑곳하지 않았다.

"내가 왜 네 말을 들어야 하지? 나는 내가 하고 싶은 대로 움직이겠다. 너희들은 너희가 알아서 움직이던가."

태현은 손을 들었다. 아까와는 다른 얌전한 모습!

이세연은 한숨을 쉬며 말했다.

"그래. 말해봐. 왜?"

"이제 저거 패도 되냐?"

이세연은 슬슬 골치가 아파 오기 시작했다. 태현과 한번 합을 맞춰 공식적인 자리에서 싸워보고 싶어서 이 모든 것을 준비했는데……. 사실 이건 그냥 미친 짓 아니었을까 하는 생각이 들기 시작한 것이다.

그러나 의외로 연습 경기에 들어간 이세연 팀은 선전했다.

워낙 기본 피지컬이 차이가 나는 것!

"이, 이건 말도 안 돼……!"

상대 팀원들은 밀리는 상황을 보며 당황했다.

상대는 예선을 뚫고 있는 대형 길드의 팀이었다. 연습 경기를 하자는 이세연의 제안에 그들은 흔쾌히 수락했다.

이세연, 김태현, 도동수 같은 플레이어들이 있는 팀과 붙는 건 이득이면 이득이었지 손해가 아니었으니까.

그리고 약간의 욕심도 있었다.

'아무리 랭커들이라고 하지만 레벨도 맞춰지고 장비도 똑같아! 충분히 가능성 있어!'

'게다가 저 팀은 인원 다 정해진 지 얼마 되지도 않았잖아! 호흡도 안 맞을 거라고. 소문을 들어보니 사이도 안 좋다던데!'

확실히 틀린 생각은 아니었다. 태현의 팀원들은 호흡이 맞지 않았고, 도동수와 태현은 사이도 안 좋았으니까.

찌를 곳은 분명히 있었던 것이다.

'저 팀을 상대로 괜찮은 모습을 보이면 유명해질 수 있다!'

지금 예선 경기에서는 반짝 유명세를 얻는 플레이어들이 나오고 있었다. 정수혁뿐만 아니라, 슈퍼 플레이를 보여준 플레이어들은 전부 영상으로 따로 나오며 관심을 받고 있는 것이다. 욕심이 생길 수밖에 없는 상황!

그러나 그 생각은 경기가 시작되자마자 바로 바뀌었다.

"케인, 쇠사슬 써라."

"오케이."

"한 명 잘랐고."

가운데 진영에서 싸움이 시작되기도 전에, 아무렇지도 않게 한 명을 제거하고 시작하는 태현! 게다가 태현이 쓰러뜨린 플레이어는 팀의 탱커를 맡은 플레이어였다.

"A 진영으로 간 플레이어들에게 저주 걸었어. 데스 나이트들 소환해서 막아놨으니까 어느 정도는 괜찮을 거야."

"골렘은? 골렘도 보내."

"야, 여기서는 시간 걸리거든?"

"쯧쯧. 레벨이랑 장비 없으니까 너도……."
"그런 사람한테 진 게 누구? 응?"
"다시 한번 붙어볼까?"
김철수는 당황해서 둘의 대화에 끼어들었다.
"싸, 싸우지들 마세요!"
도동수도 따로 행동하고 있는데 태현과 이세연마저 저러면 정말 이 팀은 공중분해된다!
"싸우는 거 아닌데?"
"싸우는 거 아닌데요?"
그러나 태현과 이세연은 아무렇지도 않아 보였다.
둘에게는 그냥 일상적인 대화!
"그런데 도동수는 뭐 하냐?"
"몰라. 여기는 없어."
"혼자 갔다가 죽은 건 아니겠지?"
지금 그들은 파티 전용 대화창으로 말하고 있었다. 물론 도동수도 들을 수 있는 대화창! 들으라고 하는 소리였다.
B 진영으로는 태현, 케인. A 진영으로는 이세연과 김철수. C 진영으로 간 건 도동수 혼자였다.
2, 2, 1은 원래 한 명이 위험한 포지션이었지만 도동수는 운이 좋았다. 상대방이 2명, 3명으로 나뉘어져서 A, B에 간 덕분에 C를 혼자 차지한 것이다.
"도동수 말이 없는데? 얘 듣고 있는 거 맞지?"
"들리겠지."

"일부러 안 들리는 척하는 건가? 야, 우리 도동수 강퇴시키고 새로 대화 팔까?"

도동수 들으라고 도발을 하는 태현!

일부러 침묵을 지키던 도동수는 주먹을 불끈 쥐었다. 쿨하고 시니컬한 이미지를 지키려고 해도 절대 가만히 있지 않는 태현!

이세연은 화제를 돌렸다.

"그보다 너 지금 여유 있어 보이는데 상황 괜찮아?"

"어? 어. 두 명째 잘랐다. 한 명 튀네. 야! 이리 와! 튀어서 뭐해! 지금 다른 곳 가봤자 늦었어!"

몰래 듣던 도동수는 속으로 경악했다. A로 2명, B로 3명 갔으면 지금 태현-케인은 3명을 상대하고 있어야 했다.

A에서 이세연-김철수는 상대방과 아직 팽팽하게 붙는 중. 그런데 2:3으로 붙는 태현이 지금 두 명째 자르고 있다고?

'대체 뭘 어떻게……?!'

PVP에 특화된 도적이라면 저런 플레이가 가능하기는 했다. 일 대 다수로 싸울 때 빠르게 접근해 폭딜을 넣어서 상대방의 숫자를 줄이고 시작하는 것.

그러나 여기는 프리카 투기장이었다. 레벨, 장비는 의미가 없고 상대방도 방심하지 않는 상황.

그런 상황에서 빠르게 두 명을 잘랐다니.

'이건 정말 말도 안 되는……!'

"세 명째 잡았다. B는 끝."

도동수만 놀라고 있는 게 아니었다. 관중석에 있던 플레이어들부터 시작해서, 화면으로 연습 시합을 지켜보고 있던 윤주환까지 놀랐다.

윤주환은 눈을 크게 뜨고 화면을 쳐다보았다.

방금 무슨 일이 일어난 거지?

B에서 상대 팀 세 명과, 케인-태현이 만났다. 만나자마자 케인은 망설이지 않고 <노예의 쇠사슬>을 사용해 상대 팀 한 명을 끌고 들어왔다.

그리고 숨 쉴 틈도 없이 바로 이어지는 태현의 맹공!

이미 행운의 일격을 포함한 스킬로 대미지를 뻥튀기시켜 놓은 태현이었다. 폭딜로 따진다면 타의 추종을 불허하는 태현의 스킬셋.

끌려온 상대 플레이어는 아무것도 하지 못하고 '아차' 하는 사이 바로 죽어버렸다.

여기까지는 그래도 괜찮았다. 여기까지는 윤주환의 상식선에서 이해가 가는 수준! 태현의 폭딜 스킬셋이야 알고 있으니 선공을 뺏긴 플레이어가 그대로 당하는 건 이해가 갔다.

문제는 그다음이었다.

-뭐, 뭐야?!

동료 한 명이 시작하자마자 아웃. 최악의 상황이었지만 그래도 그들은 만만치 않았다. 탱커가 앞으로, 딜러가 뒤로. 망섣이지 않고 바로 움직인 것이다.

한 명 줄었어도 적어도 B에서 숫자는 똑같다!

그러자 이제 태현이 본격적으로 움직이기 시작했다.

파앗!

-미쳤나?

탱커인 케인을 뒤에 두고 혼자서 단독으로 움직이다니. 게다가 1:2. 아무리 방금 싸움에 압도당했어도 이걸 그냥 두고 볼 수는 없었다.

콰콰쾅!

탱커 뒤에 있던, 딜러 역할을 맡은 플레이어가 재빨리 태현을 공격했다. 검을 휘두르자 세 방향에서 빠르게 날아 들어오는 오러.

태현은…… 두 개는 피하고 한 개는 바로 튕겨내서 상대 탱커에게 박아버렸다.

"!!"

태현을 상대한 플레이어들도 놀랐겠지만, 윤주환도 만만치 않게 놀랐다.

방금 날아온 스킬은 피하거나 막을 만한 스킬이 아니었다. 대미지보다는 속도가 빠르고 명중률이 높은 견제형 스킬!

그런 스킬을 저렇게 쉽게 피하고, 튕겨내기까지 한다고?

옆을 보니 최명성이 히죽히죽 웃고 있었다.

"어때, 이제 내 말이 뭔 뜻인지 알겠냐?"

"네, 네…… 아니, 그래도……."

윤주환은 머리를 긁적거렸다. 최명성이 고평가를 하는 건 알았지만 이건 너무 상식 밖이었다.

"아! 김태현의 레벨이 100보다 낮아서 그런 건가요?"

윤주환은 번뜩이는 생각에 무릎을 쳤다.

태현의 레벨이 100도 안 된다는 건 정말 아무도 모르는 일이었다. 말해도 아무도 안 믿겠지만!

그러나 그들은 운영 측 직원. 당연히 알고 있었다.

"뭔 소리야?"

"그, 그러니까 김태현의 레벨이 100보다 낮으니까…… 이번 프리카 투기장에서 버프를 받는 게 아닌가 싶어서요."

"넌 여기서 몇 년을 일했는데 아직도 시스템을 제대로 몰라? 그런 거 없어."

"!!"

"그렇게 단순한 시스템이면 MBS가 저기서 대회 열려고 하겠냐. 조금만 시간 지나도 꼼수 쓰는 놈들이 줄줄 나올 텐데. 그런 거 아니야."

프리카 투기장의 시스템은 그런 식의 꼼수가 통하지 않았다. 모두가 비슷한 수준으로 맞춰진 상태에서 싸우는 것!

"그, 그러면…… 저건 대체……."

"그냥 실력이라니까?"

"그래도 저게 말이 됩니까?"

"나 참. 이래서 뉴비들은……."

"……."

"판온 1때부터 김태현을 봤던 사람들은 별로 안 놀랐을 걸. 판온 2의 김태현이 평소 스타일이 아니었던 거지."

판온 2에서 태현은 우연이 겹쳐 전설 직업과 어마어마한 스탯 보정을 받았다. 그러나 그건 어디까지나 운. 원래 태현은 좋은 직업으로 플레이하는 사람이 아니었던 것이다.

<아키서스의 화신>은 워낙 회피율이 압도적이어서 어지간하면 태현은 수비나 회피 대신 공격을 선택했다.

그러나 판온 1에서의 태현은 달랐다. 대장장이의 회피율은 뻔했으니 최대한 공격을 보고 피하는 컨트롤에 집중!

말은 간단했지만 어마어마한 컨트롤이었다. 대장장이라는 PVP에 약한 직업을 갖고서 PVP 전용 직업들을 썰어버리려면 저 정도 플레이는 해줘야 했던 것이다. 높은 스탯이 사라지자 태현 본연의 플레이가 나왔고, 최명성은 놀라지 않았다.

"말도 안 돼……."

"쯧쯧. 너 권투나 야구는 보냐?"

"예? 보기는 보는데요……."

"거기 보면 선수들이 날아오는 주먹을 피하거나, 믿을 수 없을 정도로 빠른 공을 방망이에 맞추거나 하지 않냐?"

"그…… 렇죠?"

"넌 그걸 보면 무슨 생각을 하냐?"

"사람이 어떻게 저런 걸 할 수 있지? 괴물인가?"

"그거하고 똑같아. 어느 세계에나 괴물은 있는 거라고."

최명성은 화면을 가리켰다. 화면 속 태현이 딜러의 공격을 계속 피해 가면서 탱커만 두들겨 패고 있었다. 2:1인데 태현의 옷 끝자락도 못 건드리는, 눈을 믿을 수 없는 상황!

보고서도 납득을 하지 못하는 부하를 위해 최명성은 더 자세히 설명을 해주기로 마음먹었다.

"봐라. 내가 좀 더 자세히 설명을 해주지. 케인이 처음에 한 명을 데리고 왔지."

"네……."

"그건 어떻게 생각하냐?"

"네? 그냥 가까운 놈 데리고 온 거 아닌가요?"

최명성의 눈빛이 한심하다는 듯이 바뀌었다. 그 모습에 윤주환은 움츠러들었다.

"똑바로 좀 봐라. 가운데에 있었던 놈이잖아."

"그, 그렇군요."

"케인이 그놈을 데리고 온 건 김태현이 그놈을 지목해서야. 김태현이 지목한 건 그놈이 저 셋 중 유일하게 광역기 위주 직업이라서 그런 거고."

윤주환은 순간 등에 소름이 돋았다.

"김, 김태현이 사전 조사를 하는 타입이었나요?"

"뭔 사전 조사야. 저기서 만난 다음에 알아차린 거지."

싸움이 시작하는 그 짧은 순간에 태현은 상대방의 스타일을 바로 판단했단 말인가?

"저기서 김태현을 그나마 견제할 수 있는 건 가운데에 있던 광역기 가진 플레이어지. 그래서 무조건 제거하고 시작하려고 한 거다."

대부분의 사람들은 태현의 화려한 컨트롤에만 집중했지만, 최명성은 골수팬답게 그 속까지 보고 있었다.

태현의 강점은 컨트롤 하나만이 아니었다. 1초 1초가 아까운 긴박한 상황에서 가장 최선의 전략을 짜내는 판단력!

"와……."

"개쩐다……."

"야. 남 일처럼 이야기하지 마. 우리가 상대해야 할 놈이잖아. 저거 어떻게 상대하냐?"

예선전도 아닌 연습 경기였지만, 사람들의 관심은 최고치였다. 관중석의 자리가 없을 정도로 빽빽하게 앉아 있는 플레이어들! 그중에는 본선 진출이 예정된 해외 초대 팀이나, 예선 통과가 거의 확정된 실력파 팀들도 있었다.

그들에게도 태현의 모습은 경악 그 자체!

물론 그들은 놀라고만 있지 않았다. 아무리 놀라워도 결국 그들이 상대해야 하는 것. 어떻게든 방법을 짜내야 했다.

상대도 결국 사람! 프리카 투기장에 레벨과 스탯이 맞춰졌으니 제대로 맞추면 누구라도 쓰러뜨릴 수 있다! 그러나 그럼에도 불구하고 태현의 실력은 정말 압도적이었다.

"뒤통수에도 눈이 달렸나? 저걸 어떻게 피하는 거야? 스킬이지? 스킬 아냐?"

"스킬은 아닌 거 같아. 뒤에 보면 다른 스킬들을 연속으로 써대는데 그러면 MP가 너무 부족해."

"광역기다. 무조건 광역기로 가야 해."

"이거 멤버도 못 바꾸잖아. 광역기 없거나 적은 팀은 어떻게 상대하란 거야?"

"저거 먼저 움직이는 거 보면 광역기도 피할 거 같은데……."

어느새 관중석 플레이어들은 <어떻게 김태현을 상대할 것인가?>에 열을 올리고 있었다. 그러는 사이 연습 경기는 끝났다.

"감사합니다!"

"다음에도 부탁드리겠습니다!"

상대 팀의 플레이어들은 꾸벅 고개를 숙였다. 방금까지 싸운 것치고는 믿을 수 없을 정도로 공손한 태도!

처참하게 졌는데도 그들의 얼굴에서는 분노나 원망 같은 감정이 전혀 느껴지지 않았다. 그만큼 압도당한 것이다.

보이는 감정은 오로지 존경과 선망뿐!

이세연은 속으로 살짝 감탄했다. 상대방도 경쟁심이 없는 플레이어들이 아니었다. 본선을 본격적으로 노리는 플레이어들이었던 것. 그런 그들이 저렇게 꾸벅거릴 정도라니.

저건 아무나 할 수 있는 게 아니었다.

'확실히 재능이 있어.'

보는 사람들을 끌어모으는, 스타의 재능!

태현은 몰랐지만 이세연은 알 수 있었다. 지금 관중석에서 나오는 이름은 온통 태현의 이름이었으니까.

그녀도 자리에 있었고 대단한 활약을 했다. 물론 태현처럼 눈에 확 들어오는 그런 활약은 아니었지만…….

'내가 불렀지만 살짝 섭섭해지기도 하고…….'

탁!

이세연은 그런 마음을 숨기고 태현의 등을 쳤다.

"고생했어!"

"어. 너도."

"어때, 즐겁지 않았어?"

이세연은 '다른 사람들의 환호성과 응원을 듣는 게 즐겁지 않았니?'라는 뜻으로 물은 것이었다. 실제로 관중들은 태현의 활약을 보고 태현의 이름을 계속 외쳤으니까.

게임 도중에는 안 들렸지만 게임이 끝나는 순간 태현의 이름을 부르는 함성들이 쏟아져 나왔던 것이다.

이세연은 잔뜩 기대하는 눈빛으로 태현을 쳐다보았다.

이세연의 속셈은 간단했다. 태현에게 이런 즐거움을 알려주는 것! 혼자 돌아다니면서 약탈자 플레이어들을 두들겨 패는 것도 아니었다.

랭커들을 사냥하다가 수틀리면 접는 것도 아니었다. 믿을 수 있는 친구들과 손을 잡고(물론 도동수는 빼고), 쏟아져 내리는 스포트라이트 아래에서 정정당당하게 길을 걷는 것!

그게 이세연이 생각하는 진정한 즐거움이었다.

'자! 즐거워해라! 그리고 언젠가는 내 길드로 들어와라!'

"어. 즐거웠어."

이세연은 주먹을 꼭 쥐었다.

해냈다! 해냈어!

"역시 남 패는 건 즐겁지."

"……뭐?"

"그나저나 이렇게 사람들이 많이 모일 줄은 몰랐는데."

태현은 이세연이 어깨를 축 늘어뜨리는 것도 모르고 주변을 둘러보았다. 연습 경기라서 별생각이 없었는데 관중석에는 사람들이 꽉꽉 차 있었다.

"이건……."

"그래요. 태현 님!"

"아, 깜짝이야."

갑자기 튀어나오는 이다비. 기다렸다는 듯이 옆에서 나오는 이다비의 모습에 태현은 놀랐다.

"이건 기회예요!"

"무슨 기회인지 묻기 무섭지만…… 그래, 무슨 기회인데?"

"당연히 돈을 긁어낼 기회죠!"

이다비의 눈은 황금빛으로 반짝였다. 스킬 때문이었다.

옆에서 듣던 이세연이 당황해서 손을 내밀었다. 지금 태현에게 건전한 즐거움에 대한 이야기를 하고 있었는데…….

"잠, 잠깐만요. 지금은……."

"아니요! 이세연 씨도 지금 들으시는 게 좋을 거예요!"

이세연은 이상한 압박감에 한 발짝 뒤로 물러섰다. 그리고 놀랐다.

그녀가 물러섰단 말인가? 김태현도 아니라 이다비한테?

"자, 그러면 지금부터 제 계획을 말씀드리겠습니다!"

잔뜩 신이 난 이다비.

태현과 이세연은 서로 떨떠름한 얼굴로 마주 볼 뿐이었다.

"그러고 보니 도동수는 어떻게 됐지?"

"끝나자마자 나갔잖아."

"왜 말도 안 하고 나갔대?"

"그야……."

이세연은 말끝을 흐렸다. 태현이 그렇게 말로 괴롭혔으니, 도동수도 괜히 말을 꺼내봤자 승산이 없다고 생각한 게 분명했다. 한마디 잘못했다가 더 큰 굴욕을 겪게 될 테니까!

"어쨌든 내가 걔 싸우는 걸 못 봤는데, 어땠어?"

"무난하게 잘 싸웠어. 실력 없는 사람은 아니니까."

"그래? 의외네."

이세연은 도동수가 미리 간 게 다행이라고 생각했다. 태현은 정말 100% 진심으로 말하고 있었던 것이다.

"그러면 가장 못 싸우는 도동수도 잘 싸웠다니…… 문제없는 거 아닌가?"

"아니, 사실 문제가 많아. 오늘은 이겼으니까 그런 거지, 원래 이런 식으로 싸우면 안 돼."

이세연은 단호하게 말했다. 태현은 무슨 소리를 하는지 바로 이해했다. 이번 연습 경기는 이기기는 했지만, 사실 따지고 보면 엉망진창인 경기였던 것이다.

먼저 도동수는 다른 넷과 전혀 호흡을 맞추지 않고 멋대로 움직였다. 어떤 지시도 받지 않고 자기 멋대로 행동!

남들이 밖에서 보면 2명, 2명, 1명으로 나눠어서 움직인 안정적인 방법이라고 생각했을 것이다. 그러나 실제로는 전혀 아니었다. 멋대로 행동하니까 맞춰줬을 뿐!

"이번이야 워낙 실력 차이가 났고 상대방이 전혀 대응을 못 해서 이렇게 쉽게 이길 수 있었지만, 본선에서 우리를 상대할 팀들은 기본적으로 우리에 대해서 연구를 하고 나올 거야. 당연히 너를 상대할 방법도 생각하고 나오겠지."

"그러겠지."

"그리고 그 과정에서 당연히 우리 전략도 눈치를 챌 거라고 생각해. '쟤네들은 왜 매번 2명, 2명, 1명으로 나눠서 움직이지?'처럼."

"그건 어쩔 수 없지 않나? 도동수가 말을 안 듣잖아."

"듣게 해야지."

"나보고 설득하라는 거야?"

"……그럴 생각은 전혀 없어."

이세연은 '어떻게 네가 그런 소리를 할 수 있냐'는 눈빛으로 태현을 쳐다보았다. 태현이 가서 말했다가는 도동수와의 사이만 더더욱 멀어질 뿐!

"나하고 김철수 씨가 같이 설득을 해보려고 해. 너는 아무것도 안 해도 되니까 가만히 있어!"

이세연은 가만히 있으라는 말에 강조해서 말했다.
'제발 좀 가만히 있어라! 그만 도발하고!'
그런 이세연의 속도 모르고 태현은 태연하게 말했다.
"거, 속 좁은 놈 때문에 여러 사람 고생하네."
"네가 너무 패서 그렇잖아……!"
"아니, 판온에서 PVP 한두 번 해봐? 도동수 그놈은 도적 직업이면서 되게 뻔뻔하네. 자기도 PVP 꽤 해봤을 텐데. 자기가 하면 정정당당이고 자기가 당하면 원수냐?"
이세연은 미묘한 눈빛으로 태현을 쳐다보았다.
판온 1에서 태현의 관련 영상은 모조리 찾아본 그녀였다. 그런 그녀였기에, 태현을 죽도록 싫어하는 다른 플레이어들이 왜 그런지 충분히 이해하고 있었다.
솔직히 그럴 법도 하다! 한번 시비가 붙으면 그냥 PVP에서 끝나지 않고, 상대가 길드에 소속되어 있으면 그 길드 쪽 사냥터에 가서 깽판을 치고, 상대가 부활하면 거기 가서 다시 PVP를 걸고…….
한번 시작하면 끝장을 본다! 그게 바로 태현이었다.
도동수도 도적 플레이어였고, 도적 플레이어는 보통 PVP 하는 일이 많기는 했다. 그러나 대장장이 플레이어였던 태현이 훨씬 더 압도적이었다. 질과 양 모두 차원이 다른 수준!
'……라고 말해봤자 듣지도 않겠지!'
이세연은 태현을 설득하는 걸 포기했다. 어차피 말해봤자 의미도 없었으니까. 중요한 것은 상황을 잘 통제해서 그녀의 뜻대로 흘러가게 만드는 것이다.

"어쨌든 내가 할 테니까 넌 가만히 있어."

"알겠어. 가만히 있는 건 내가 가장 잘하는 거지."

"……그리고 너무 부정적인 이야기만 한 것 같은데, 오늘 경기 괜찮았어."

"뭐야. 갑자기. 너 원하는 거 있냐?"

태현은 경계의 눈빛을 보냈다. 그 모습에 이세연은 살짝 울컥했다. 뿌리 깊은 불신의 모습!

'칭찬을 해줘도……!'

다른 사람들은 그녀가 친절을 베풀면 '감사합니다' 하며 고개를 숙이는데, 태현은 '너 뭔 속셈 있지'부터 나왔다.

이세연은 심호흡했다. 태현을 상대할 때 언제나 필요한 것.

"정말 괜찮았으니까 그렇지. 도동수 문제만 해결되면 충분히 우승도 노려볼 수 있을 것 같아."

이세연의 말은 진심이었다. 급조된 팀이라서 이런저런 걱정이 많았지만 그녀의 생각보다 팀이 강했던 것이다.

특히 태현이 데리고 온 케인과 태현의 조합이 상당했다.

태현을 따라다니는 부하 1 정도로 생각했던 케인이, 태현과 함께하니 생각보다 훨씬 더 강력한 모습을 보여주었다.

"그 정도였나?"

태현은 살짝 기분이 좋아졌다. 원래 남한테 '강하다', '대단하다'는 소리를 듣는 건 너무 익숙해서 별 감흥이 없었다.

그러나 상대가 이세연이라면 별개였다. 한 번 졌던 상대 아닌가. 그런 상대한테 듣는 칭찬은 좀 특별했다.

"응. 특히 그 쇠사슬 스킬 연계가 대단하더라."

케인이 쇠사슬로 끌어오고, 공격력을 끌어올린 태현이 대미지를 넣고. 단순하지만 무시무시한 콤보였다.

한 명이 그대로 아웃! 5:4로 시작해야 하는 것이다.

"케인이 들으면 기뻐서 날뛰겠군."

"뭐, 다른 사람들도 바보가 아니니 오늘 보고 어떻게 상대할지 대책을 세우겠지만…… 그래도 별 상관없겠지."

태현은 고개를 갸웃거렸다. 이세연이 무슨 소리를 하는지 이해하지 못한 것이다.

"네가 그런 걸 생각하지 않고 썼을 리는 없을 테니까. 오늘 연습 경기에서 보여준 건 사람들의 눈을 속이기 위한 콤보지? 실제 대회에서 쓸 건 따로 있고."

"……물론이지!"

그런 건 없었다. 태현은 등에서 땀이 나는 걸 느꼈다.

'별생각 없이 쓴 건데!'

태현은 이 대회에서 꼭 우승하겠다 같은 야심이 없었다. 그냥 이세연한테 끌려서 왔으니, 이렇게 된 이상 보이는 놈을 다 패서 이기겠다 정도의 결심!

그래서 별생각 없이 연습 경기에서도 상대방에게 평소에 잘 쓰던 콤보를 넣은 것이었는데…….

태현을 고평가하는 이세연이 알아서 오해해 준 것이다.

"역시 그럴 줄 알았어. 나도 일부러 본선에서 쓸 스킬들은 연습 경기에서 안 보여줬지."

점점 말하기 힘들어지는 분위기!

태현은 본선 시작하기 전에 새로운 콤보나 몇 개 만들어야겠다고 생각했다.

"그러면 다음 연습 경기 준비하자."

"몇 경기를 더 해야 하지?"

"세 경기. 세 경기 잡아놨거든. 그 이후에는 하고 싶은 거 해. 본선 경기까지는 시간 있으니까."

'아탈리 왕국에 갔다 와야겠군.'

이번 사디크 교단 토벌에 대한 보상을 받아야 했다. 국왕을 암살하려고 한 세력을 잡음과 동시에 반역자까지 같이 잡은 것이다.

"좋아. 그러면 가볼까?"

CHAPTER 4

유 회장은 경기가 끝나고도 일어나지 못했다. 손바닥에 땀이 흥건했다. 그만큼 집중해서 경기를 본 것이다.

'대단하다!'

실제 플레이어들의 PVP를 처음 본 유 회장이었다. 그런 유 회장에게 플레이어들의 실력은 감탄을 불러일으켰다.

그리고 그중에서도 태현은 독보적인 존재였다.

'인기 있는 이유를 알겠군…….'

분하지만 인정할 수밖에 없었다. 저 관중석 아래의 경기장에서, 태현은 스타였다. 사람들은 태현에게만 시선을 던졌고, 태현의 이름만을 불렀다.

"……저씨, 아저씨! 제 말 안 들리세요?"

"어, 어? 미안하군. 무슨 일이지?"

"잠깐 아는 사람 좀 만나서 이야기하고 올 테니까 여기 자리 좀 맡아주세요."

연습 경기인데도 관중석은 자리를 구하기가 힘들었다. 주가연의 인맥 덕분에 뒤늦게 온 그들이 앉을 수 있었던 것!

"알겠네."

유지수와 주가연이 아는 사람과 이야기를 하기 위해 잠시 떠난 사이, 유 회장은 멍하니 자리에 앉아서 생각에 잠겼다.

경기를 보니 그도 무언가를 하고 싶어졌다. 그만큼 방금 경기에는 사람의 마음을 뒤흔드는 무언가가 있었던 것.

'유성 그룹 산하 팀을 다시 만들어? 아니, 아니야…… 내가 그때 화를 냈는데…… 으음…….'

예전 프로게이머 팀 붐 때, 성적이 너무 안 좋은 유성 그룹 팀 때문에 유 회장이 화를 냈던 것이다.

'뭔 애들 장난 같은 게임에 돈을 쓰면서 성적도 제대로 못 거두고, 이거 하자고 한 놈들 전부 시말서 써와!'

그런 유 회장이 이제 와서 다시 '크흠, 프로게이머 팀…… 한 번 만들어보지 않겠나?' 하기에는 조금 부끄러웠다.

'방법이…… 방법이 있을 텐데…….'

머리를 굴리는 유 회장의 귓가에 '팝콘 팔아요! 팝콘!'이란 소리가 들어왔다.

"팝콘도 파나? 정말 현실하고 똑같군."

유 회장은 감탄했다. 이런 경기장에서 팝콘도 팔다니!

"어? 아저씨 아니세요? 태현 님하고 친한 아저씨……."

"누가 그런 놈하고!"

유 회장은 반사적으로 반응했다. 말을 건 것은 이다비였다.

그랬다. 연습 경기를 한 번 뛴 태현은 이 좋은 기회를 그냥 날려 버리는 것은 바보짓이라는 걸 깨달은 것이다. 예선, 본선은 MBS가 주관하지만 이 연습 경기는 아무도 주관하지 않는다!

'가라! 이다비! 여기 있는 놈들의 주머니를 모두 뜯어 내라!'

'제가 들어본 말 중 가장 감동적인 말이에요!'

단호한 지시에 이다비는 눈물을 흘릴 정도로 감동했다.

입장료부터 시작해서 팝콘까지. 급하게 달려온 파워 워리어 길드원들이 눈에 불을 켜고 골드를 긁어내고 있었다.

"크, 크흠. 그러고 보니 김태현 녀석을 만날 수는 없나?"

"네? 귓속말 하시면 되지 않아요?"

"……그놈이 나를 차단했네."

"……지금 물어볼게요. 경기도 끝났고 쉬는 시간이니까."

그랬다. 태현 덕분에 강제로 수련하게 된 유 회장이 분노의 귓속말을 보내자, 귀찮아진 태현이 차단한 것이다.

-……그래서 이렇게 됐는데요, 어떻게 할까요?

-그 할아버지 여기까지 오셨어? 근성도 대단하시네. 알겠어. 내가 간다.

연습 경기도 막 한 판 끝낸 태현은 잠시 나와서 관중석으로 향했다. 기다리는 도중, 유 회장이 안쓰러워진 이다비는 음료와 팝콘을 건넸다. 생각해 보니 사디크 교단을 토벌하면서 그냥 잊고 나온 것 아닌가!

"이거라도 드세요."

파워 워리어 길드원 중에서 나름 요리 스킬이 높은 플레이어들이 만든 요리들이었다. 엄청난 진미는 아니었다. 먹는 유 회장도 세상의 온갖 미식을 즐겨 본 사람. 그런 그에게는 수준에 맞지 않는 맛이었지만…….

'맛있다!'

지하 던전에서 고생이란 고생을 하고 바로 달려와서 앉은 다음에 마시는 음료와 팝콘의 맛! 청량한 느낌이 목을 타고 내려가고, 달콤짭짤한 맛이 혀를 즐겁게 만들어줬다.

유 회장은 갑자기 눈물이 핑 돌았다. 이 나이를 먹고 팝콘과 음료수 때문에 눈물이 돌다니!

"자네는 참 착한 사람이군……!"

"헤헤……."

이다비는 쑥스럽다는 듯이 얼굴을 붉혔다.

"그런데 왜 김태현 같은 사악한 놈하고……."

"어르신. 그 사악한 놈 뒤에 있습니다."

어느새 태현이 도착해 있었다.

"야, 이놈아! 날 차단해?!"

“자꾸 욕이 날아와서 스팸인 줄 알았어요.”

“헛소리하지 마라! 착각할 걸 착각해야지!”

멱살을 잡으려고 했지만, 태현은 절대 잡혀주지 않았다. 그냥 잡혀줄 법도 했는데 절대 한 번을 잡혀주지 않는 태현!

유 회장은 스스로 실력이 아직도 멀었다는 걸 통감했다.

‘나름 강해졌다고 생각했는데…… 이놈은 대체!’

“날 두고 가?!”

“아니, 이세연이 찾아와서 괴롭히는 바람에…… 잊고 있었네요. 하하.”

“하하?! 하하로 끝낼 일이냐?!”

“그래서 그다음에 무슨 일이 있었는데요?”

유 회장은 분노에 차서 있었던 일들을 좌르륵 털어놓았다.

그러자 태현은 고개를 갸웃거렸다.

“레벨 업도 하고, 지수도 만나고, 좋은 거 아닙니까?”

“……네가 그런 소리를 하면……!”

말하던 유 회장은 멈칫했다. 아는 사람을 만나러 갔던 유지수와 주가연이 뒤에서 나타나 걸어오기 시작한 것이다.

그걸 모르는 태현은 태연하게 말했다.

“그러고 보니 어르신, 지수한테 어르신인 건 언제 말하실 생각이십니까?”

“야, 야! 야!!”

“……?”

“야!!”

정말 간절한 감정이 담긴 '야!'였다. 그러나 이미 늦었다.

태현을 알아보고 반갑게 인사하려던 유지수는 멈칫하더니 입을 벌렸다. 그러고는 유 회장을 손가락으로 가리켰다.

"설, 설마……!"

유 회장의 얼굴이 새파래졌다.

"할아버지?"

태현도 뒤에서 들리는 목소리에 상황을 깨달았다. 그리고 자리에서 일어섰다.

"아, 다음 연습 경기하러 가야겠네요."

탁-

유 회장, 유지수가 동시에 태현을 붙잡았다. 심지어 이다비까지!

상황을 이렇게 만들어놓고 어디 혼자 내빼려고!

"할, 할아버지가 왜 판온에? 게임 안 좋아하셨잖아요?"

유 회장은 거의 울 것 같은 얼굴이었다. 재계의 호랑이라는 별명으로 위엄 넘치는 모습을 자랑하던 유 회장! 말 한마디로 수많은 중역과 임원들의 간담을 서늘하게 한 유 회장!

그런 유 회장이 지금 울 것 같은 표정으로 태현을 쳐다보고 있었다.

제발 좀 도와줘라!

그걸 보자 천하의 태현도 좀 짠한 마음이 들었다. 얼마나 당황했으면 화도 못 내고 저런단 말인가.

"그건 내가 설명해 줄게."

결국 태현이 나섰다.

"저번에 어르신을 만났을 때 판온 이야기가 나왔어. 너도 하는 게임이라고 하니까 흥미를 좀 보이시더라. 그런데 지수 너한테 직접 가르쳐달라고 하는 건 좀 쑥스러우셨나 봐. 그래서 나한테 부탁을 하신 거지."

태현은 입에 침도 바르지 않고 거짓말을 늘어놓았다.

"사실 내가 고생 좀 해보라고 타이럼 시에 보냈는데……."

이건 진실!

유 회장은 속으로 분노했다. 저놈 저거 분명히 진심이다!

"거기서 널 만날 줄은 나도 몰랐지. 쑥스러우셔서 자기인 걸 숨기셨대."

태현이 계속해서 말해 나가자 유 회장의 얼굴색이 원래대로 돌아오기 시작했다. 이 정도면 최악은 아니다!

적어도 유지수가 '할아버지 정말 미워!', '할아버지가 날 속이고 감시하려고 했어!' 같은 소리를 하는 건 듣지 않아도 됐으니까!

"그, 그런 건가요?"

"그래. 그런 거야!"

태현은 단호하게 말했다. 저렇게 말하자 유지수는 당황스러웠지만 고개를 끄덕였다.

'뭔가 이야기에 구멍이 뚫려 있는 거 같은 기분이지만…… 기분 탓이겠지!'

이야기의 구멍을 덮어주는 콩깍지!

덕분에 유 회장은 위기를 탈출할 수 있었다.

'후…….'

이렇게 식은땀을 흘려본 것도 정말 오랜만인 것 같았다.

이 나이에 판온에서 정말 새로운 경험만 하는 기분!

"그런데 형."

"형?"

"?"

"???"

실수로 말한 한마디에 주변에 있던 모두가 유지수를 쳐다보았다. 유지수의 얼굴이 새빨개졌다.

이다비가 궁금하다는 듯이 태현에게 물었다.

"어떻게 된 거예요?"

"이게 이야기하면 길고 복잡한 이야기인데……."

"아, 그런가요? 저는 그냥 태현 님이 저기 유지수 씨를 처음 보고 남자애로 오해하셔 가지고 유지수 씨도 민망해서 그냥 남자인 척하시느라 태현 님을 형이라고 불렀는데 그게 입에 붙어서 이번에도 실수로 형이라고 부른 줄 알았어요."

이다비는 별생각 없이 말한 것 같지만…… 완벽한 설명!

"……설마 이거예요?"

"아, 아니거든?"

"……이거 맞군요."

이다비는 '사람이 눈이 달려 있으면 어떻게 저런 걸 착각하냐'는 눈빛으로 쳐다보았다. 태현은 괴로워했다.

이다비가 저런 태도를 취하는 건 정말 드문 모습!

"망토로 온몸 감싸고 지나가는 사람이 끼고 있는 속옷 아이템은 뭔지도 알아맞히시면서! 어떻게 저런 걸 헷갈려요?"
"그, 그 정도까지는 아니거든?"
"저번에 하는 거 봤어요! 사람이 관심이 없어서 그런 거예요. 관찰력을 좀 다른 데에도 쓰셔야 한다니까요!"
이다비와 태현이 속닥거리는 걸 본 유지수는 살짝 볼을 부풀렸다. 그걸 본 주가연이 끼어들었다.
"안녕하세요. 태현 씨. 이야기는 많이 들었는데 이렇게 뵙는 건 처음이네요."
"아. 안녕하세요."
절묘하게 이다비와의 대화를 끊으면서 인사를 하는 수법!
태현은 주가연의 손을 잡고 위아래로 흔들었다.
"그러고 보니 상윤이 본지도 좀 된 거 같은데, 걔는 요즘 뭐 하고 있죠?"
"걔는 지금 직업 퀘스트 깨느라 바빠요. '상위 랭커에 이름을 올리겠다!'면서 바쁘던데."
주가연과 직접 만난 적은 없지만, 친구인 최상윤한테 이름을 들어서 알고 있었다. 그렇기에 태현도 예의 바르게 대했다. 겉에서 보면 선남선녀의 대화 모습!
유지수의 볼이 더 부풀어졌다.
'아차!'
주가연은 황급히 대화 화제를 돌렸다.
"이번에 사디크 교단 토벌 퀘스트에서 활약하신 거 봤어요.

대단하시던데요."

"어? 참가하셨어요?"

"네. 지수가 참가하자고 해서……."

"그래? 고마워. 이야, 이렇게 도와주러 와줄 줄이야……."

태현은 유지수의 어깨를 두드리며 고마워했다. 금세 쑥스러워하는 유지수의 모습에 주가연은 속으로 생각했다.

'너무 쉬운 거 아니야?'

고맙다고 한마디 했다고 저렇게 좋아하다니!

"이, 이세연 씨하고 사이가 좋아 보이던데……."

"넌 그게 사이가 좋아 보이냐? 내가 걔 때문에 얼마나 고생을……."

불평하려던 태현은 멈칫했다. 아무래도 이세연과 그의 관계를 말하려면 판온 1부터 설명해야 했던 것이다. 그러면 자연스럽게 여기 있는 다른 사람들까지 듣게 될 것이고!

"……어쨌든 사이좋은 거 아니야! 사이좋은 거 아니라고!"

'사이 좋은 거 같은데?'

'사이 좋아 보이는데?'

'사이 좋네.'

부정하면 부정할수록 람들은 확신하게 되는 역효과! 다들 믿어주지 않는 것 같자, 태현은 이다비를 보며 말했다.

"이다비. 파워 워리어 길드원들 시켜서 나하고 이세연이 사이 안 좋다는 소문 좀 퍼뜨려 줘."

"그거야 상관없는데 안 먹힐 거 같은데요. 다른 사람들이 아마 '질투하는 놈들이 저런 헛소문을 퍼뜨리는 거겠지'라고 하지 않을까요?"

사방이 적! 태현은 얼굴을 감쌌다.

'이세연……! 이 치사하고 비열한……!'

딱히 이세연이 한 짓은 아니었지만!

"그래서 태현 씨는 이후 일정이 어떻게 되세요?"

"연습 경기 끝내고 아탈리 왕국으로 갈 생각이었는데요."

"앗!"

유지수는 당황해서 태현을 쳐다보았다.

"온 지 얼마나 됐다고……."

"맞아요! 좀 더 하세요!"

이다비가 손에 빵빵하게 찬 골드 주머니를 들고 말했다. 태현은 이다비를 가볍게 무시하고 대답했다.

"퀘스트 깨던 게 있어서 갔다 와야 해. 그리고 여기서 연습 경기 해봤자 별로 얻는 것도 없고."

여기서 얻는 경험치는 많다면 많고, 적다면 적은 양이었지만, 한 가지는 확실했다. 태현한테는 너무 적었다!!

'이 경험치로 뭐 해보려는 게 멍청한 짓이지…….'

빨리 연습 경기를 끝내고 움직이려는 게 태현의 계획이었다. 아쉬워하는 유지수를 보고 주가연이 속삭였다.

"괜찮아? 왕국 같이 갈래?"

"아뇨, 괜찮아요. 저희도 대회 준비해야죠. 본선 시작하면 어차피 여기 다시 올 거고……."

유지수는 고개를 저었다. 아쉬운 건 아쉬운 거고, 같이 온 사람들은 같이 온 사람들이었다.

유지수를 챙겨주는 사람들에게 폐를 끼칠 수는 없는 것!

그 모습에 유 회장은 감동했다.

'저렇게 성실하다니……!'

다음 연습 경기를 준비하기 전, 케인이 태현에게 물었다.

"야, 근데 아까 이세연이 나한테 숨겨놓은 콤보가 뭔지 힌트만 달라고 물어보던데 그게 뭔 소리냐?"

정지용. 유성 그룹의 비서실장. 그냥 비서실장이라고 하면 가볍게 들릴 수 있겠지만, 그 비서실장이 유성 그룹의 비서실장이라면 의미가 달랐다. 회장에게 확고한 신뢰를 받으며, 유성우 사장과 같이 그룹의 전략을 짜는 브레인 중 하나!

어지간한 중소기업의 사장들은 고개도 들지 못하고 유성 그룹의 이사들도 정지용을 대할 때에는 조심했다. 그 유 회장에게 바로 말할 수 있는 것이 저 정지용인 것이다.

그런 정지용이 당황하며 허둥대고 있었다.

"실장님, 왜 그러십니까?"

"회장님에게 연락이 왔다. 자택으로 직접 오라고 하셨어! 무슨 중대한 일이 있는 게 분명해."

"그, 그런……! 혹시 무슨 문제라도 생긴 게……."

"그럴 가능성도 있지."

정지용은 얼굴을 굳히며 고개를 끄덕였다. 그 분위기에 부하 직원들 모두의 분위기도 긴장 가득하게 변했다.

"조심해서 다녀오십시오!"

유 회장을 만날 때는 언제나 만반의 준비를 하고 가야 했다. 어설프게 준비를 하고 갔다가는 호되게 떨어지는 불호령! 신뢰를 받을 수 있었던 건 그만큼 철저한 사람이었기 때문!.

"회장님! 안녕하십니까!"

유 회장의 저택에 도착한 정지용은 절도 있게 고개를 숙이며 안으로 들어갔다.

'응?'

유 회장의 서재에 들어선 정지용은 고개를 갸웃거렸다.

예전에 못 보던 물건이 새로 들어선 것이다.

'저건 분명, 가상현실을 체험할 때 사용하는 캡슐…….'

"왔나?"

"예!"

"잘 지내는 걸 보니 기분이 좋군. 자. 여기 앉게."

유 회장의 말에 정지용은 자세를 바로잡고 앞에 앉았다. 물론 긴장은 풀지 않았다. 언제 어디서든 반응할 수 있도록!

"내가 오늘 자네를 부른 이유는 말이야……."

두근, 두근-

정지용의 심장이 빠르게 뛰었다.

"자네하고 판온을 같이 하려고 불렀네."

"……예?"

정지용은 멍청하게 되물었다. 정말 예상치도 못한 말!

유 회장의 눈썹 끝이 살짝 올라갔다. 그러자 정지용은 당황했다.

'내, 내가 이런 실수를……!'

유 회장이 아무 이유 없이 불러서 게임을 같이 하자고 말하지는 않을 것 아닌가. 정지용은 필사적으로 머리를 굴렸다.

유 회장이 왜 같이 판온을 하자고 했을까?

"그, 그렇군요! 회장님. 지금 세계 게임 시장에서 압도적인 위치를 차지하고 있는 판타지 온라인 2. 그 가상현실캡슐에 들어가는 E램은 유성 전자가 압도적인 분야. 판타지 온라인이 흥행하면 흥행할수록 유성 전자에게도 이익이니, 직접 판타지 온라인을 해보면서 어떤 식으로 손을 잡을지 생각을 해보라는 뜻이셨군요! 그쪽에도 이익일 테니 말입니다!"

"……그렇지!"

말문이 막혀서 침묵했던 유 회장은 정지용에게 감탄했다.

이 기특한 녀석!

'앞으로 다른 사람들이 물어보면 저 이유를 쓰면 되겠군!'

사실 정지용을 부른 이유는 하나였다. 같이 할 사람이 없어서! 정확히 말하자면 부려먹을 사람이 없어서였다.

처음 판온을 시작했을 때, 유 회장은 이런 게임에 왜 현질을 하나 싶었다. 그러나 현질의 맛에 눈을 떠버렸다.

아, 이래서 사람들이 현질을 하는구나!

원래라면 손에 넣을 수 없는 장비들을 손에 넣는 즐거움! 그 즐거움에 눈을 떠버린 그는 더 이상 멈출 수 없었다.

'현질만으로는 뭔가 좀 아쉬운데. 더 없으려 나, 음. 판온에서 나를 좀 도와줄……'

태현같이 뒤통수를 치는 놈이 아닌, 헌신적으로 도와줄 그런 플레이어! 유 회장은 금세 그런 사람을 떠올렸다.

'지용이를 부르면 되겠군!'

충실한 그의 수족인 정지용!

그런 속셈도 모르고 정지용은 감탄의 표정으로 고개를 끄덕였다. 그만큼 평소에 유 회장을 존경하고 있었던 것이다.

"그러면 한 번 접속해 보겠습니다!"

"음. 자네 레벨이 몇이지?"

"예? 저는 판온을 해본 적이 없습니다만……."

"쳇. 뉴비인가."

"예??"

정지용은 귀를 의심했다. 잘못 들은 거겠지?

"혹시 부하 직원 중에서 판온 잘하는 애들은 더 없나?"

정지용은 슬슬 뭔가 일이 이상하게 흘러간다는 걸 느꼈다.

다음 날, 비서실에는 정지용의 이름으로 공문이 내려왔다.

판온 2, 레벨 100 이상 되는 사람은 바로 나한테 말하도록!

비교적 젊은 사원들은 다 판온을 해본 적이 있거나 열심히 하고 있었다.

당연히 계정이 있었지만…… 근데 회사에서 대체 왜?

"뭐, 뭐야? 이거 말해도 되는 거야?"

"회사에서 게임 레벨 높다고 말하면 안 좋은 거 아닌가? 유성 그룹은 예전에도 프로게이머 팀 하나 말아먹었고……."

"에이, 설마 회사에서 게임 레벨 높다고 구박하겠어? 회사에서 뭔가 쓸 일이 있으니까 찾는 거겠지. 나는 지원할래! 마침 자격도 되겠다."

"그러면 나도!"

구름처럼 모이는 지원자들! 정지용은 고개를 끄덕였다.

'다행이군. 이걸로 어떻게든 되겠어.'

유 회장과 같이한 판온 플레이는 정말 괴로운 시간이었다.

'새로운 시대에서 새로운 삶을! 즐겨라!'가 판온의 광고 문구였지만, 정지용은 조금도 즐길 수 없었다. 그 이유는 당연히 유 회장 때문이었다.

게임에 접속하자마자 보인 것은 유 회장의 눈부신 겉모습!

온갖 화려한 장비를 갖춰 입고 있는 유 회장의 모습은 절대로 초보자가 아니었다.

"회, 회장님?"

"왜 그러나?"

정지용은 묻고 싶었다.

'오늘 판온이 어떤 게임인지 알려고 접속한 거 아니었습니까?'

정지용의 생각이 맞다면 분명 유 회장도 그처럼 초보자의 모습이어야 했다. 그런데 아무리 봐도 유 회장은 판온을 꽤 많이 한 것 같은 모습이었다.

묻고 싶다! 그렇지만 정지용은 참았다.

그를 이 자리에까지 올려준 신중함!

"……잘 어울리십니다!"

"허허. 그런가?"

유 회장은 드물게 기분 좋은 표정을 지었다. 평소에는 아부에 전혀 흔들리지 않지만, 판온에서는 달랐던 것.

"그러면 한 번 같이 움직여 보지."

"예!"

정지용은 기세 좋게 외쳤다. 그리고…….

"자네, 또 쓰러졌나?"

"아니, 자네. 그것도 못 잡나?"

"자네, 거기서 포션을 쓰면 어떻게 하나. 좀 더 버티다 써도 되네."

"……."

정지용의 등에 굵은 땀방울이 주륵주륵 흘러내렸다.

말 그대로 초긴장한 상태!

판온을 처음 시작한 정지용은 지옥 훈련을 하고 나온 유 회장과 비교가 되지 않았다. 덕분에 유 회장이 옆에서 정지용을 돕는 형태가 됐다. 옆에서 유 회장이 도울 때마다 한마디씩을 듣는 정지용은 죽을 맛!

"죄, 죄송합니다. 회장님."

"아니야. 처음 하는데 당연히 그럴 수 있지. 신경 쓰지 말고 앞에 보게."

"네, 넷!"

"이래서 뉴비는……."

작았지만 분명히 들렸다. 뉴비가 뭔지는 모르겠지만 별로 좋은 뜻은 아닌 게 확실!

"타이럼 시에서 시작을 시켰어야 했나……."

"네?"

"아니, 아무것도 아닐세. 계속 움직여 보지."

결국 정지용은 눈물을 머금고 사냥을 계속해야 했다. 유 회장이 딱히 정지용을 구박하지는 않았지만, 실력에 만족하지 못하는 건 확실했다. 옆에서 계속 아쉽다는 듯이 입맛을 다시고 있었으니까!

"크흠, 자네 실력을 탓하는 건 아니지만…… 그래도 다음에 같이 다닐 때는 조금 더 레벨 업을 하고 왔으면 좋겠구만. 그래야 같이 다니지 않겠나?"

완곡하게 돌려서 말하지만 뜻은 하나였다. 레벨 좀 올려라! 정지용은 정확히 이해했다.

유 회장과 헤어지고 나서, 정지용은 바로 행동에 들어섰다.

일단 시중에 돌아다니는 판타지 온라인 2 책을 샀다.

<판타지 온라인 2 초보자 가이드>나 <쉽게 즐기는 판타지 온라인 2! 공략, 정보 모음!> 같은 책들을 읽으며 정지용은 열심히 공부했다.

"음음, 그렇군. 탱커 특화로 가려면 이런 직업을…… 그러면 회장님은 낚시꾼인가? 회장님을 가장 잘 도와주려면……."

공부하면 공부할수록, 정지용은 깨닫게 되었다. 지금 혼자서 유 회장을 돕는 건 현실상 거의 불가능!

'현금으로 좋은 장비를 사도 레벨이 너무 낮아. 레벨 업을 하는 데에도 시간이 좀 걸릴 테고.'

그렇다면?

'젊은 사원들이야 게임을 좋아할 테니 그중에서 레벨 높은 놈들을 부르면 되겠군!'

간단한 해결책! 그렇게 정지용은 고렙 플레이어들을 순식간에 불러모았다.

"이, 이게 무슨……."

"어떻습니까, 회장님. 저희 직원들입니다."

고렙 플레이어들의 장비는 겉모습만 봐도 분위기가 있었다. 번쩍이는 장비들을 입고 자세를 잡은 플레이어들이 유 회장을 기다리는 모습을 보자, 정지용은 괜히 자기 어깨가 으쓱거렸다.

"괜히 이런 걸 할 필요는……."

"하하, 저 녀석들도 다 좋아서 하는 일입니다."

"그, 그래? 괜찮나?"

정지용이면 모를까, 젊은 사원들을 빼 온다는 게 좀 걸리는 유 회장이었다. 그러나 이제 와서 물리기에는 너무 매력적인 파티였다.

"회장님! 여기 몬스터 몰아 왔습니다!"
"회장님! 버프 걸겠습니다!"
"회장님! 나이스 샷!"

파티의 열정은 무시무시했다. 처음에는 '왜 회사에서 판온하는 사람을 모은 거지?' 하고 왔던 사람들도, 진상을 알게 되자 태도가 돌변했다.

그 유 회장과 같이 게임을 할 기회라니!

회사에서는 프로젝트 하나를 성공적으로 진행해도 얼굴 한 번, 칭찬 한 번 듣기 힘든 유 회장이었다.

어떻게든 활약을 해서 눈에 들겠다! 왜 판온에 홍미를 보이는지는 모르겠지만!

"흐아앗! 불타는 용암 참격!"

"타오르는 육신! 흡수의 손!"

유 회장에게 잘 보이기 위해 버프를 걸어주는 사람, 앞에서 화려한 스킬을 쓰는 사람…… 모두 목적은 똑같았다.

"회장님. 어떻습니까!"

사원 중 한 명이 과감하게 나섰다. 화려한 연속 스킬 이후 유 회장에게 직접 말을 건 것이다.

모두가 속으로 생각했다.

'저 자식, 새치기를!'

'내가 먼저 말을 걸려고 했는데!'

유 회장은 천천히 고개를 돌렸다. 그리고 말했다.

"평범하군."

"……네?"

"평범하다고. 내가 작게 말했나?"

"아, 아닙니다!"

나섰던 사원은 황급히 고개를 숙이고 물러섰다. 다른 사람들은 방금 일어난 대화를 듣고 당황했다. 원래라면 새치기를 한 동료를 비웃었을 테지만, 그러지도 못할 만큼 당황한 것.

'저게 평범하다고?'

'저 정도면 엄청 잘한 거 아닌가?'

방금 나선 동료의 플레이는 뛰어난 것이었다.

화려하게 움직여서 스킬들을 연계해서 때려 박고 마무리!

잘 모르는 초보자들이 보면 '우와! 대단해!'가 나올 수밖에 없는 플레이.

그러나 그들이 모르는 게 한 가지 있었다.

유 회장이 같이 다닌 플레이어들! 태현이나 이세연 같은 랭커들의 플레이를 봐온 유 회장의 눈에는 어지간한 플레이어들의 실력은 눈에 차지도 않았던 것이다.

젊은 사원들이 당황하자, 정지용이 나섰다.

"회, 회장님. 저 정도면 괜찮은 편 아닙니까? 어느 점이 마음에 안 드셨는지 여쭤봐도 되겠습니까?"

"음? 그냥 평범해서 평범하다고 말한 건데…… 김태현이나 이세연은 저것보다 훨씬 더 대단했던 것 같아서."

사원들은 유 회장의 말을 듣고 입을 떡 벌렸다.

지금 누구랑 누구를 비교하는 거란 말인가!

'아니, 국내 최상위 랭커랑 우리를 비교하면 안 되죠!'

'우리는 본업이 게임이 아닌데!'

사내 축구대회가 열렸는데, 그걸 보고서 '흠. 자네는 메×나 호날×에 비하면 평범하구만'이라고 말하는 것과 비슷!

"그 둘이 누구…… 아, 랭커군요."

나름 공부한 정지용도 이름을 듣고 누군지 떠올렸다.

"회장님, 그 둘은 국내에서도 최정상 수준의 플레이어들 아닙니까!"

정지용도 황당해할 만한 유 회장의 말!

"하긴, 그렇긴 하군. 내가 잘못 생각했네."

정지용은 당황했지만 한 가지 더 알 수 있었다. 생각보다 유 회장이 판온에 가진 관심이 많다는 것을!

단순히 현실에서 할 수 없는 경험을 즐기기 위해서 가볍게 판온을 하는 플레이어들은 은근히 많았다. 중장년층이나 노인들에게 신체, 장소와 상관없이 운동이나 여가를 즐길 수 있다는 건 큰 장점인 것이다. 그렇지만 그 정도로 즐기는 사람이라면 저렇게 랭커들의 이름까지 알고 플레이까지 볼 이유가 없었다.

확실했다. 유 회장은 본격적으로 판온에 관심을 가지고 있는 것이다.

'대체 무슨 바람이 분 거지? 아니, 지금은 이유가 중요한 게 아니다. 중요한 건 이걸 어떻게 활용할지!'

정지용의 머리가 비상하게 굴러갔다.

유 회장이 관심을 가졌다면 그에 걸맞은 기획을 세울 뿐. 언제나 다른 사람들보다 한발 앞서나가는 게 그 아니었던가!

"그런데 그 어르신은 어디 가셨어요?"

"몰라. 만날 친구분들 있다고 내려달라고 해서 내려 드렸지. 어? 근데 어르신이 친구가 있었나?"

태현과 이다비는 허공에서 대화하고 있었다.

태현은 용용이 위에, 이다비과 케인은 각각 이세연이 빌려준 언데드 와이번 위에!

태현이 '너 때문에 왔는데 교통편도 안 만들어주냐 와 이거 완전 악덕업주 아니냐 너 신고한다'라고 생떼를 부린 덕분에 뜯어낸 탈것!

이세연이 직접 만든 언데드 탈것이다 보니, 이다비와 케인의 만족도는 하늘 높이 치솟은 상태였다.

"친구들이 있을 수도 있죠……."

"그래? 판온 같이 하는 친구들이 있지는 않을 거 같은데. 우리 아버지가 있긴 한데, 우리 아버지는 지금 오스턴 왕국에서

리×지 찍고 있으시니……."

현재 김태산은 길드원들과 함께 오스턴 왕국에서 영지를 경영하느라 정신없는 상황이었다. 한번 영지를 잡은 김태산은 왕년의 추억을 확실하게 불태우고 있었다.

가차 없는 현질과 투자로 인한 영지 성장! 오스턴 왕국에서 영지를 잡은 수많은 세력 중 손가락 안에 꼽히는 게 바로 그들이었다.

"참고로 거기 영지가 우리 영지보다 몇 배는 더 발전한 상태예요."

"……우, 우리 영지에는 교단 건물이 있잖아!"

태현은 반박할 수가 없어서 말을 돌렸다. 둘의 대화를 듣던 케인은 기회를 보고 끼어들었다.

"거기는 오스턴 왕국군하고도 싸우면서 그렇게 성장을 시키는데……."

"너 탈것에서 내리고 싶냐?"

"여기 공중이잖아?!"

"그러니까 하는 말이지."

끼어들었다가 본전도 못 찾게 된 케인은 조용히 물러섰다.

'왜 나만……!'

"어르신은 알아서 하시겠지. 저번에 레벨 오르신 거 보니까 어지간해서는 안 죽겠던데. 다 나 덕분 아니냐?"

"곧 레벨 80 찍으실 거라고 하시던데요."

태현의 얼굴이 일그러졌다. 구체적인 레벨은 듣고 싶지 않았던 것!

"……빨리 왕궁이나 가자!"

유 회장은 도중에 다른 도시에 내려주었고, 남은 사람들은 아탈리 왕국의 왕궁을 향해 날아가는 중이었다.

"투기장 때문에 서두르시는 건가요? 연습 경기 봤는데 괜찮은 거 같던데요. 독보적으로 활약했잖아요."

"투기장 때문에 서두르는 건 아니고, 그리고 투기장이 그렇게 좋은 상황이 아니야. 도동수 그놈이 좀 성질이 더러워서. 나 참, 왜 사람이 그렇게 성질이 더럽대?"

이다비와 케인은 무언가 말하려다가 말았다.

"그, 그래도 이번에 그 도동수라는 플레이어는 거의 활약을 못 했으니까요."

"응? 무슨 소리야? 도동수 무난하게 잘했다고 이세연이 그랬는데?"

"네? 도동수는 거의 활약 못 했는데요."

연습 경기 내내, 도동수는 운이 없었다. 혼자 행동하는 건 좋은데, 언제나 그가 간 곳에 상대 플레이어들이 없었던 것.

태현-케인이 셋을 상대하고, 이세연-김철수가 둘을 상대하는 동안, 도동수는 혼자서 왔다 갔다만 하다가 이세연-김철수가 있는 쪽으로 달려갔다. 물론 대부분은 싸움이 거의 끝나 있었다. 급히 달려와 봤자 별 의미 없는 참가!

관중석에 있는 사람들은 '날로 먹냐 도동수', '너 스킬로 적들 없는 곳으로 가는 거지' 같은 식으로 야유했다.

도동수의 혈압이 더욱 오르는 것은 덤이었다.

"아, 내가 도동수 괴롭힐까 봐 그렇게 말한 거군."

태현은 이세연이 왜 그렇게 말했는지 깨달았다. 진실을 말해주면 바로 도동수한테 시비를 걸 테니까!

어차피 연습 경기가 끝나고 태현이 영상을 다시 볼 리도 없으니 '도동수가 무난하게 했어~'라고 거짓말을 해도 별 상관이 없었던 것이다.

'똑똑하군, 이세연! 내가 도동수에게 관심이 없는 걸 참 잘 이용했어!'

태현이 감탄하는 동안 이다비는 미묘한 눈빛으로 태현을 쳐다보았다.

"왜 그래?"

"자기가 참가한 경기는 좀 보세요……."

"아니, 필요하면 보는 거지!"

당연한 이다비의 말에도 태현은 당당했다. 필요하면 본다!

판온 1 때도 태현은 필요하면 적을 연구하는 걸 아끼지 않았다. 그때는 대장장이 직업이었으니 연구가 더더욱 필요했다. 그러나 지금 상황에서 도동수 같은 플레이어는 안중에도 없었다. 이길 자신이 있었으니까!

"그래도 이세연 씨도 있으니까 봐야 하지 않나요?"

"아. 그렇긴 하군."

잊고 있었다. 지금은 이세연과 손을 잡고 있었지만, 태현은 원래 이세연과 싸울 때가 더 많았었던 것! 투기장 대회가 끝나면 언제 다시 싸우게 될지 모르는 법이었다.

이세연이 지금 생글생글 웃으면서 친절하게 대해주고 있었지만, 태현은 속지 않았다.

'내가 왕관도 먹튀했으니…….'

서로 비슷한 부류의 인간이었기에 알 수 있었다.

이세연은 절대 왕관을 잊지 않을 것이라는 걸!

미리미리 대책을 세워놓는 게 좋았다. 이세연도 분명 태현을 어떻게 상대할지 속으로 생각하고 있을 테니까.

"이세연을 어떻게 공략할지도 미리 생각하긴 해야겠다."

"뭐? 이세연하고 왜 싸워! 그럴 일은 일어나면 안 돼!"

옆에서 케인이 말도 안 된다는 듯이 소리쳤다.

"용용아, 박아."

쾅!

"으아아악! 진짜 박으면 어떻게 해!"

용용이가 옆에서 들이박자, 와이번 위에 타고 있던 케인은 비틀거리며 와이번을 붙잡았다.

[이 높이에서 떨어질 경우 사망할 수 있습니다!]

"떨어졌으면 어쩌려고!!"

"뭐 어때, 내 목숨도 아닌데. 그리고 이 자식은 아직도 정신을 못 차렸네. 이세연 믿지 말라니까! 한번 당해봐야 정신을 차리지."

"아, 아니야! 이세연은 착한 사람이라고! 나한테도 친절하게 말해줬어!"

"야, 세상에 아무 이유 없이 친절하게 대해주는 사람이 더 위험한 거야! 이세연이 왜 그러는지 생각을 해보라니까?"

"넌 나한테 따뜻한 말 한 번이라도 해준 적 있냐!"

대화를 듣던 이다비의 표정이 기묘하게 변했다.

'……누가 들으면 사랑싸움하는 줄 알겠……'

"넌 왜 그렇게 이세연을 싫어하는데! 이세연이 너한테 잘못한 거라도 있냐?"

사실 케인의 태도는 당연했다. 판온 2에서 태현이 이세연에게 피해를 입혔으면 입혔지, 이세연이 태현에게 피해를 입힌 적은 없는 것! 저번의 <잊혀진 망자의 왕관>을 갖고 다툴 때에도 결국 손해를 본 건 이세연이었다.

이세연과의 악연을 설명하려면 판온 1부터 거슬러 올라가야 했지만……. 태현은 거기까지 말해줄 생각은 없었다.

"잘 들어라, 케인. 우리가 이세연이 노리던 왕관을 뺏었지?"

"우리가 아니라 너……."

"너도 자리에 있었어, 인마. 발버둥 쳐봤자 늦었다고. 이세연이 그걸 되찾으려고 하겠지?"

"이세연이라면 관대하게 넘어가지 않……."

"그걸 누가 넘어가냐? 그게 흔하게 보이는 아이템도 아니고. 그걸 되찾으려고 하면 우리를 공격할 거 아니야."

"……."

"그러면 어차피 싸우게 될 텐데 미리 싫어하는 거지."

"그게 뭔 말도 안 되는 소리야!"

방방 뛰는 케인을 무시하고, 태현은 이다비에게 말했다.

"저거 아직도 정신 못 차린 거 같은데, 나중에 돌아갈 때 저놈 와이번만 빼돌린 다음에 이세연한테 케인이 저놈이 했다고 말할까?"

"와이번 경매장에 올리시면 얼마나 주실 거예요?"

"흠. 통 크게 반 줄게."

"그럼 좋네요!"

"다 들리거든, 이 사악한 자식들아!"

다 들리게 말하는 이다비와 태현의 대화에 케인은 부들부들 떨었다. 정말 저렇게 한다면 그는 이세연 앞에서 얼굴을 들 수 없었다. 레드존 길마 때는 절도고 약탈이고 이것저것 했었지만, 나름 이세연의 팬이었던 케인!

떠들던 케인은 문득 생각이 나는 게 있었다.

"아, 맞다! 탈것! 너, 탈것 만들어준다고 했잖아! 네가 미리 만들어줬으면 이세연한테 안 빌렸어도 됐잖아!"

"아. 그랬었지?"

태현은 그런 약속을 했던 기억이 떠올랐다.

탈것, 그것은 판온 플레이어들의 영원한 로망! 레벨이나 직업이 아닌 탈것에만 집착하는 플레이어들이 따로 있을 정도로, 탈것의 인기는 높았다.

말이나 소처럼 땅에서 탈 수 있는 흔한 동물형 탈것부터 시작해서, 이세연이 빌려준 언데드 와이번 같은 강력한 비행형 탈것까지. 탈것의 종류는 다양했다.

그리고 태현이 약속한 것은 기계공학 탈것!

판온 1에서도 탈것을 만들기 위해 억지로 기계공학을 배우는 플레이어들이 있을 정도로, 기계공학 탈것의 인기는 높았다. 특유의 멋과 성능 덕분!

'생각해 보니까 이번에 기계공학 스킬 고급 찍었으니까 한번 제대로 만들 법한데?'

고급 기계공학 스킬. 고급 직전까지 찍은 대장장이 기술 스킬. 거기에 태현의 행운까지. 제대로 각을 잡고 만들면 정말 쓸만한 걸 기대할 상황이었다.

'하도 정신이 없어서 고급 기계공학이 되고 나서 얻은 스킬도 제대로 확인을 못 해봤네…….'

"그런데 탈것을 만들려면 재료가 많이 필요하지 않나요?"

"파워 워리어 길드원들한테 시키면 안 되나?"

"제 길드원들인데 왜 케인 씨가 시키려고 하죠?"

"미, 미안……."

말 한마디 잘못했다가 구박을 받은 케인은 시무룩해졌다.

태현은 뺨을 긁적이며 물었다.

"파워 워리어 길드원들한테 시키면 안 되나?"

"그러도록 하죠!"

똑같은 질문, 전혀 다른 대답!

"야! 야!!"

"사실 파워 워리어 길드원들 힘은 그렇게까지 필요하지 않을 거야."

"……?"

"지금 가는 곳이 왕국이잖아. 국왕한테 상 받으러 가는 거니까. 공적치 포인트 좀 쓰면 어지간한 재료는 나오겠지. 잡다한 거만 부탁하면 돼."

"그런 방법이……!"

"……분위기가 뭔가 이상한데?"

태현은 고개를 갸웃거렸다. 아탈리 왕국의 분위기가 뭔가 이상했던 것이다. 어색하고 거북한 공기가 가득!

태현이 기대했던 분위기는 좀 더 활기차고, 환영에 가까운 분위기였다.

-와! 김태현 백작! 사디크 교단을 토벌하다니! 대단해!

-반역자의 목까지 따오다니! 정말 대단해!

-영지를 하나 더 주겠어! 공적치 포인트도!

그러나 지금 왕궁에는 그런 분위기가 전혀 없었다. 돌아다니는 귀족 NPC들도 모두 태현의 시선을 피하는 상황!

[뛰어난 예술품을 보았습니다. 감정 스킬이 올라갑니다. 황금 상인의 힘이 증가합니다.]

"와! 여기 예술품 좀 보세요!"

"지금 그거 볼 때냐? 이 분위기 왜 이런 거야?"

"음, 아탈리 왕궁 관련 정보는…… 사이트에서 찾아봐야 할 거 같은데요."

플레이어들이 얻기 쉬운 정보는 사이트에서 검색 한 번만 해도 나왔지만, 얻기 어려운 정보는 손쉽게 얻을 수 없었다.

실제로 김태산 같은 경우는 길드원들의 전직을 위해 아낌없이 현질을 하지 않았던가. 가치가 있는 정보를 얻기 위해서는 그만큼 투자를 해야 하는 법!

"여기 사이트에서 결제하시면 아탈리 왕궁 관련해서 정리해 놓은 걸 볼 수 있어요!"

"넌 이런 걸 어떻게 아냐?"

"그야 저희는 정보 얻으면 여기 올려서 파니까요."

파워 워리어의 수입원 중 하나를 듣게 된 태현은 복잡한 표정을 지었다.

"그래서, 결제할까요?"

"아니. 난 그런 거 필요 없어."

태현은 자신만만하게 걸어나갔다. 남들이 다양한 방법으로 판온의 정보를 모을 때, 태현은 당당하게 움직였다.

이유는 하나!

탁-

"아이고, 안녕하십니까!"

[고급 화술 스킬을 갖고 있습니다. 대화에 보너스를 받습니다. 백작 작위를 갖고 있습니다. 귀족들과의 대화에 페널티를 받지 않습니다. 아탈리 왕국에 기준치 이상의 공적치 포인트를 갖고 있습니다. 귀족들과의 대화에 보너스를……]

고급 화술 스킬에 각종 칭호와 공적치 포인트로 보너스를 받으니, 그 까다로운 귀족 NPC와의 대화도 문제없었다.

"하하하! 하하하!"

어깨동무를 하고 화기애애하게 웃는 태현과 귀족!

그걸 본 케인이 황당하다는 듯이 말했다.

"저, 저 귀족 NPC 아까 나한테는 침 뱉고 지나갔는데……."

판온에서 신분은 그만큼 중요한 것이다. 일반 플레이어들이 귀족들과 상대하려면 보통 방법으로는 불가능!

그러는 사이 태현은 귀족 NPC의 설득을 끝냈다.

"그게, 어떻게 된 거냐면……."

사정을 들은 태현은 눈썹을 찌푸렸다. 아탈리 왕국에서 반란을 일으킨 귀족을 토벌하면, 그 토벌에 가장 큰 공을 세운 사람한테 보상으로 반란을 일으킨 귀족의 영지를 주는 전통이 있었던 것!

안토니오가 갖고 있던 영지는 왕궁 근처의 금싸라기 같은 영지였다. 현재 플레이어들이 가질 수 있는 영지와는 차원이 다른 부유한 영지! 당연히 국왕이 주기 좋아할 리 없었다.

"어, 그래서 안 주는 건가?"

"어떻게든 안 주지 않겠습니까?"

"에이……."

귀족의 말을 들은 태현은 입맛을 다셨다. 국왕이라는 놈이 쪼잔하게!

"어떻게 하실 거예요?"

"뭘 어떻게 해. 안 준다는데 억지로 받아낼 수 없잖아."

오스턴 왕국과 달리, 아탈리 왕국은 멀쩡하게 돌아가는 왕국이었다. 국왕과 사이가 안 좋아지면 그 순간 바로 위험! 게다가 태현의 영지도 아탈리 왕국 소속이었으니…….

"생각보다 포기가 빠르시네요?"

"뭐, 지금 있는 영지도 감당 못 하는데 새로 영지 받아봐서 뭐 하겠어."

지금 있는 영지도 있는 골드들을 다 쏟아붓고 있었다. 영지가 더 늘어나면 정말 현질까지 해야 할지도 모르는 상황!

그렇기에 별 관심 없어 보이는 태현이었다.

'어라? 골짜기하고 달리 새로 받을 영지는 왕궁 근처의 알짜배기 영지니까 얻기만 하면 골드가 쏟아져 나오지 않나?'

이다비는 그렇게 생각했지만 굳이 말하지 않았다.

"폐하! 당연한 일을 했을 뿐입니다! 어떻게 그런 것을 받을 수 있겠습니까!"

"오오, 김태현 백작!"

선수 치기! 못 받을 게 확실하면 차라리 먼저 포기해서 국왕의 환심이라도 살 생각이었다.

[아탈리 국왕이 매우 감동합니다. 공적치 포인트가 크게 늘어납니다. 아탈리 왕국 귀족들 사이에서 당신의 명성이 퍼져 나갑니다. 귀족들에게 원래는 불가능한 부탁을 할 수 있습니다.]

'음?'

말이 부탁이지 태현 정도의 화술 스킬에 친밀도라면, 거의 확정적으로 가능한 부탁이었다. '기사단 빌려줘!'도 가능!

[사디크 교단을 토벌한 아키서스 교단에 대한 평가가 좋아집니다. 아탈리 왕궁에서 아키서스 교단 인물을 고용하고 싶어합니다. 떤 인물을 고용하느냐에 따라 왕궁 내 아키서스 교단의 세력이 증가할 수 있습니다.]

"어……."

왕궁에 아키서스 교단의 NPC를 보내서 이런저런 효과를 얻으라는 퀘스트! 문제는…….

'보낼 놈이 없는데?'

인재가 넘쳐나는 다른 교단에 비해, 인(간)재(해)들만 보이는 아키서스 교단! 머리를 굴려봐도 떠오르는 놈이 없었다.
'으음, 으으음……'
결국 태현은 역으로 가기로 결심했다.
어차피 보낼 인물이 없다면……!
"알겠습니다! 엄선해서 보내도록 하겠습니다."
"기대하고 있겠다, 김태현 백작!"

[정해진 기간까지 NPC를 보내지 않을 경우 국왕이 실망할 수 있습니다. 그럴 경우 아키서스 교단의 세력도가 내려갑니다.]

이다비가 궁금하다는 듯이 물었다.
"누구 보내시려고요?"
"응? 에드안."
아탈리 왕궁을 털다 잡힌 대도적(자칭), 에드안!
"다시 보내면 안 되죠?!"
"에이, 전 왕이니까 괜찮아. 모를 거야."
태현의 속셈이 너무 대놓고 보였다. 여차하면 왕궁 창고를 털 준비를 하려는 것 아닌가!
"한 번 걸렸으니까 두 번은 안 걸리겠지."
"그 근거 없는 자신감은 대체 뭐에요……."
눈앞의 태현이 누구를 보내려는지도 모르고, 아탈리 국왕은 태현의 칭찬을 계속했다.
"훌륭하게 사디크 교단을 토벌한 김태현 백작에게 이 나팔과 검을 수여하겠다!"

'나팔?'

의외의 아이템. 나팔 같은 아이템은 보기 드문 아이템에 속했다. 아무래도 집단 전투에서 쓰기 좋은 아이템이니까!

그나마 플레이어가 받은 유명한 나팔 아이템은, 저번 절망과 슬픔의 골짜기 토벌전 때 참가한 플레이어가 받은 나팔 아이템이었다. 태현은 영지를 받았지만!

'아니, 사디크 교단하고 싸울 때나 주지…… 그런 대규모 전투가 자주 일어나는 것도 아니고…….'

대규모 전투가 끝나자 주는 대규모 전투용 아이템. 뭔가 사람 약 올리는 기분!

"감사합니다!"

물론 준다는 걸 안 받을 생각은 없었다.

'아이템 확인.'

태현은 나팔보다는 검에 더 기대를 걸었다.

국왕이 준 검. 혹시 태현이 쓸 만한 전설 등급의 아티팩트라면……!

아탈리 국왕이 하사한 검:

내구력 50/50, 공격력 30, 명성 제한 5,000.

스킬 '국왕의 이름으로' 사용 가능.

아탈리 국왕이 뛰어난 공적을 내린 신하들에게 선사하기 위해 만든 검. 장식용이라 딱히 공격력이 높지는 않다.

두근거리던 마음이 차갑게 식었다.

'이게 뭔 쓸데없는 아이템이야?'

명성 제한은 가볍게 통과하지만, 문제는 쓸모가 없다는 것에 있었다.

'녹여야 추출해야 하나? 뭐 들어 있지?'

[현재 대장장이 기술로는 검의 재료를 알아낼 수 없습니다.]

태현은 정말 깜짝 놀랐다. 이걸 만든 대장장이 NPC의 실력이 엄청나게 뛰어나다는 것!

'아니, 그러면 공격력도 강하게 만들 수 있지 않았나? 뭐 하러 이딴 결함품을…….'

태현은 입맛을 다셨다. 스킬 <국왕의 이름으로> 말고는 정말로 별 볼 일 없는 검이었다.

'에이, 나팔이나 보자.'

태현이 놓치고 있는 게 있었다. 어려운 퀘스트를 깼을 때 나오는 보상은 그만한 가치가 있다는 것을!

영지도 양보한 상황에서 받은 검. 검의 스탯이 워낙 안 좋아서 놓치고 있었지만, 이 검이 좋지 않을 리 없는 것!

아탈리 왕궁의 나팔:

내구력 10/10

스킬 '아탈리 왕가의 저주 해제' 사용 가능, 스킬 '아탈리 왕가의 저주' 사용 가능, 수리 불가능, 명성 제한 7,500.

아탈리 왕궁의 보물창고에 보관되고 있던 나팔. 드넓은 범위의 저주를 걸고 푸는 능력이 있다.

'오, 이거 제법……!'

태현은 반색했다. 광역 범위의 저주 해제-저주 시전 아이템. <아탈리 왕가의 저주>는 실제로 써봐야 알겠지만, 아탈리 왕가라는 이름이 붙은 이상 절대 약한 저주일 리는 없었다. 검보다는 훨씬 더 쓰기 좋아 보이는 이름!

내구도가 낮고 수리가 불가능하지만, 태현의 행운이라면 꽤나 많이 쓸 수 있을 것 같았다.

'남은 건 공적치 포인트로 창고에서 가져갈 수 있는 걸 가져가는 건가?'

"눈부신 새날을 함께~ 우리는 최고~ 유성! 유성!"

"……대체 저게 뭔 노래지?"

유 회장은 당혹스러운 표정으로 물었다. 헌신적인 고렙 플레이어들과 파티 플레이를 하는 건 좋았는데, 사원들이 이상한 노래를 부르는 것!

"예? 회장님, 사가(社歌)잖습니까?"

"……내 기억에 저런 노래는 없는데?"

회사를 대표하는 노래! 분명 유 회장의 기억이 맞다면, 훨씬 더 단조롭고 지루한 노래였다.

"사장님께서 새 시대에 어울리는 신선한 이미지의 노래를……."

"그놈은 쓸데없는 데에만 신경을 쓰고 있어!"

유 회장은 이 자리에 없는 아들, 유성우를 타박했다.

"내가 그놈 때문에 얼마나 망신을 당한 줄 아나?"

"예? 유성우 사장님 때문에 말입니까? 대체?"

"……아무것도 아니다."

유 회장의 심기가 불편한 걸 깨달은 정지용은 입을 다물었다. 매번 김태산-김태현 이 부자한테 과징금으로 놀림 받은 유 회장!

어찌 되었든 간에, 파티의 효율은 매우 뛰어났다. 끝을 모르는 현질+고렙 플레이어들의 전폭적인 경험치 몰아주기=폭발적인 레벨 업!

"레벨 업 했다."

"회장님 나이스 샷!"

"회장님 멋있어요!"

말 한마디에 쏟아지는 반응!

"……내가 할 말이 아니긴 한데, 얘네들 이렇게 게임만 해도 되나?"

"물론입니다, 회장님. 유성은 이 친구들이 없어도 충분히 돌아갑니다!"

"그건 그거 나름대로 기분이……."

유 회장은 레벨을 확인했다. 꿈의 세 자리 숫자, 100! 드디어 100을 돌파한 것이다.

늦깎이 판온 플레이어치고는 정말 무시무시한 속도였다. 그러나 아직도 모자라게 느껴졌다. 태현 때문이었다.

'그놈은 100 후반일 가능성이 높다고 했지?'

유 회장은 사원들에게 이것저것 물어보았다.

특히 태현에 관해서!

-김태현이요? 괴물이죠. 싸우는 거 보면 솔직히 해외 포함해서도 순위에 들 거 같은데. 가끔 보면 해외파 플레이어들한테는 안 된다고 하는 놈들이 있는데 그거 완전히 판알못이라니까요!

-레벨은 몇쯤 될 거 같은가?

-그 정도면 한 100 후반? 그 정도는 되지 않을까요? 하는 거 보면 레벨이 그 정도는 되어야 딜이 나올 거 같던데.

상식적인 판단! 아무도 유 회장이 태현의 레벨 따위는 예전에 돌파했다는 것을 모르고 있었다.

유 회장은 주변을 둘러보았다.

'아무리 그래도 회사의 직원들을 이렇게 멋대로 쓰는 건 좀 아니지. 최대한 레벨을 빨리 올린 다음 돌려보내야겠어.'

"안녕하십니까, 김 전무님."

"……."

김 전무는 대답하지 않고 고개만 까딱거리고 지나갔다. 그걸 본 정지용이 눈썹을 찌푸렸다. 명백하게 무례한 행동!

그러나 정지용은 별다른 대꾸를 하지 않고 넘어갔다. 먼저 화를 내는 게 지는 것!

"그러면 먼저 실례하겠습니다."

정지용이 떠나자, 김 전무는 중얼거렸다.

"저 건방진 놈……."

"아주 시건방진 놈입니다."

"저번에 내가 주도한 기획안을 회장에게 말해 무산시킨 게 저놈이었지."

"맞습니다!"

옆의 심복이 김 전무의 말에 맞장구를 쳐주었다.

"회장이 아낀다고 하늘 높은지 모르고 날뛰고 있어, 어린놈이!"

김 전무는 이를 갈았다. 직위로는 전혀 꿀릴 게 없는 김 전무였지만, 회장과의 관계로 따진다면 전혀 달랐다.

회장의 심복 중의 심복이 바로 정지용! 괜히 시비를 걸었다가는 바로 역공을 맞았다.

"소문을 듣자 하니 저놈이 또 회장하고 뭔가를 하고 있다던데, 그게 사실인가?"

"예. 판온인가 뭐시긴가를 하고 있다고……."

"게임을?"

"예. 다 같이 판온을 한다고……."

"말이 되나?? 회장이 애들이나 하는 게임을 한다고?"

김 전무는 어처구니없다는 듯이 말했다. 그가 생각하는 유 회장은 엄격, 진지, 근엄한 늙은 괴물이었다. 그런 사람이 사원들을 데리고 같이 게임을 한다니. 납득이 안 되는 상황!

"제가 찾아보니, 판온은 나이 드신 분들도 많이 하는 거 같습니다. 제약 없이 격렬한 운동도 가능하니 말입니다."

"으음, 그래서 회장이 내 골프 제안을 거절한 건가?"

유 회장이 김 전무의 제안을 거절한 이유는 하나였다. 그가 계속 이기니까!

-하하, 회장님! 운 좋게 들어갔습니다. 이거, 오늘 운이 좋군요!
-아이고, 회장님! 거기서 그렇게 노리시면 안 됩니다!

김 전무는 몰랐지만, 그는 기본적으로 눈새였다.

눈치 없는 새×!

"저놈이 회장과 더 친해지면 귀찮아진다."

"어떻게 하시겠습니까?"

"참가한 직원들한테 물어서 어떻게 하면 회장과 만날 수 있는지 물어봐. 내가 직접 들어가서 만나도록 하지."

"그, 그러실 필요까지 있을까요?"

"무슨 멍청한 소리를 하는 거야? 원래대로라면 만날 기회도 잡기 힘든 회장이라고. 이런 장난 같은 게임으로 만날 수 있다면 남는 장사지!"

[날아다니는 오토바이를 제작합니다. 고급 기계공학 스킬을 갖고 있습니다. 제작법을 만드는 데 성공합니다. 제작법은 공개가 가능합니다. 다른 플레이어들이 설계도를 따라 할 경우 추가 보상을 받습니다.]

깡, 깡!

경쾌한 소리가 아탈리 왕궁 창고 앞에서 울려 퍼졌다. 지나가는 NPC들도, 지나가는 플레이어들도 어이가 없다는 듯이 쳐다보고 있었다. 왕궁 뜰에서 대장장이 기술 스킬을 쓰는 사람이 어디 있단 말인가!

그러나 태현은 아랑곳하지 않았다. 멀리 가는 것보다는 여기 앞이 가장 빠르니까!

이것저것 뜨는 메시지창은 다 읽기도 귀찮아 대충 넘겼다. 옆에서는 이다비와 케인이 기대 가득한 눈빛으로 쳐다보는 중!

"야, 귀찮게 하지 말고 창고 안에서 좋은 거 있나 찾아봐. 공적치 포인트도 써야 하니까."

"네!"

이다비는 창고 안으로 들어갔다.

태현은 다시 몸을 돌렸다. 저 거대한 왕궁 창고 안으로 들어갔으니, 아마 몇 시간은…….

“찾았어요!”

들고 있던 망치를 떨어뜨릴 정도로 놀란 태현!

“찾았다고?”

이다비가 보여준 아이템창을 본 태현은 전율했다.

설마, 여기에도 있었다니……!

소형 오리하르콘 주괴:

오리하르콘으로 되어 있는 작은 주괴입니다. 검, 창, 지팡이 등 다양한 곳에 쓸 수 있습니다. 물론 화살도요!

오리하르콘. 판온의 귀한 금속 중 하나였다. 그리고 태현은……. ‘오스턴 왕가의 오리하르콘 석궁’을 가지고 있었다.

오스턴 왕가의 오리하르콘 석궁:

오로지 왕가의 오리하르콘 화살만 사용 가능함.

“이건 사야 해!”

덜컥!

태현은 바로 공적치 포인트를 사용해 주괴를 구매했다. 확보한 공적치 포인트의 1/3이 날아갈 정도로 뼈아픈 구매였지만, 태현은 후회하지 않았다.

‘이걸 화살로 만들고, 기계공학 탈것까지 만들면 대장장이

기술 스킬도 고급 찍는다!'

현재 대장장이 기술 스킬은 중급의 끝자락. 충분히 가능성이 보였다.

"그런데 이걸로 뭐 하실 거예요?"

"화살 만들 건데?"

안 된다며 눈물을 흘리는 이다비를 진정시키고, 태현은 마무리 작업에 돌입했다.

[붉은색으로 칠한 날아다니는 오토바이를 완성했습니다.]

[파란색으로 칠한 날아다니는 오토바이를 완성했습니다.]

[황금색으로 칠한 날아다니는 오토바이를 완성했습니다.]

[기계공학 스킬이 오릅니다.]

[대장장이 기술 스킬이 오릅니다.]

한 번에 세 개, 동시에 제작! 이제 남은 공적치 포인트는 절반 정도였지만, 태현은 후회하지 않았다. 원래 탈 것에는 그만한 가치가 있었으니까!

파란색으로 칠한 날아다니는 오토바이:

내구력 2,000/2,000

스킬 '부릉부릉' 사용 가능, 스킬 '폭발 가속' 사용 가능, 스킬 '미쳐 날뛰기' 사용 가능. 고급 기계공학 스킬이 없을 시 운전에 페널티, 운전 시 낮은 확률로 주변에 폭발을 일으킴. 드워프나 고블린을 상대할 시 친밀도에 막대한 보너스.

기계공학에 도가 튼 대장장이가 만든 뛰어난 탈것이다. 알 수 없는 신성과 행운이 느껴진다.

-극히 낮은 확률로 랜덤 순간이동 시전.

"……어?"

뭔 랜덤 순간이동? 태현은 당황해서 다른 두 개의 오토바이를 확인했다. 이러면 안 되는데?

다른 것도 아니고, 탈것에 저런 랜덤 옵션은 결함품!

다행히 다른 두 개의 오토바이에는 저런 옵션이 없었다.

-극히 낮은 확률로 아키서스의 신성 보호막 시전.

-극히 낮은 확률로 사디크의 화염 질주 시전.

행운의 대장장이 스킬 때문에 생겨난 옵션들!

'이걸 어떻게 배분한다?'

"우와와와! 오토바이잖아! 완성했구나!"

태현이 고민을 끝내기도 전에, 케인은 보고 환호성을 질렀다. 보기 드물게 순수하게 기뻐하는 케인!

태현이 만드는 동안 그 옆에서 계속 왔다 갔다 하며 기다린 케인이었다.

"그렇게 좋냐?"

"내가 이걸 판온 1 때부터 갖고 싶었다고!"

"판온 1?"

"아, 넌 모르려나? 판온 1의 김태현이 로켓 타고서 상대방한테 꼬라박은 적이 있었는데……."

케인은 우쭐해져서 태현에게 설명을 늘어놓았다.

명백히 아무것도 뉴비를 대하는 태도!

그 태도에 태현은 어이가 없었다.

'내가 직접 한 거거든?'

"그래서 너도 이걸 타고 꼬라박으려고?"

"미쳤냐?! 아낄 거야! 매일매일 먹이 주고 기름칠할 거야!"

케인을 보며 이다비가 고개를 갸웃거렸다.

"오토바이가 먹이를 먹어요?"

"판온에서는 먹일 수 있지. 무슨 원리인지는 나한테 묻지 마. 그보다 오토바이를 하나씩 골라야 하는데……."

이다비나 케인한테는 숨겨진 옵션이 보이지 않았다. 기계공학 스킬이 딸려서 어쩔 수 없는 것이다.

하나는 낮은 확률로 랜덤 순간이동. 하나는 낮은 확률로 사디크의 화염 질주. 하나는 낮은 확률로 아키서스의 신성 보호막. 명백히 하나가 함정!

'저 순간이동을 누구 주지?'

원래라면 케인을 줬겠지만, 태현은 망설여졌다. 판온 1에서부터 그가 하는 걸 보고 기계공학 탈것을 꿈꿔왔다지 않는가. 태현도 살짝 감동할 정도의 끈기!

요즘 케인 구박도 많이 했고, 보상으로 좋은 걸 주는 것도 나쁘지 않아 보였다.

'그래, 직업 상성으로 봐도 케인이 갑자기 사라지면 내가 싸울 때 곤란해질 수 있으니까…….'

"자, 이다비. 네가 이 파란색 오토바이를 받고……."

"안 돼!"

케인의 말에 태현이 고개를 돌렸다.

"내가 먼저 고르게 해줘!"

"어…… 파란색 고르려고?"

"그래! 이 정도는 나한테 우선권을 줘도 되잖아!"

케인은 간절하게 외쳤다.

"아니…… 왜 파란색을 고르려고 하는데?"

케인은 입을 다물었다. 이유는 하나였다.

'저 자식은 분명 이다비한테 좋은 걸 주려고 했을 거야!'

겉으로 말하기에는 쑥스러운 이유!

"너, 설마 내가 이다비한테 좋은 거 줄 거라고 생각해서 그런 거냐?"

"아, 아니거든?"

"맞구만. 그래서 파란색 오토바이를 갖고 싶으시다?"

"그래! 한 번만! 앞으로 말 잘 들을게!"

"오, 자폭시켜도?"

"……하면 되잖아 ××놈아!"

케인은 자포자기해서 외쳤다.

태현은 어깨를 으쓱했다.

"뭐, 그러면 네가 그거 타라."

"정말로?! 정말이지?! 말 바꾸기 없다?!"

"네가 좋다는데 내가 왜 말리겠냐. 타라."

태현은 짠한 눈빛으로 케인을 쳐다보았다. 뭘 해도 되는 놈이 있고, 뭘 해도 안 되는 놈이 있었다.

케인은 명백하게 후자! 스스로 복을 걷어차고 있었다.

이다비가 옆에서 속삭였다.

"저 파란색이 가장 안 좋은 거죠?"

"왜 그렇게 생각해? 성능 다 똑같잖아."

"숨겨진 옵션 있잖아요. 제작자한테만 보이는."

"……어떻게 알았냐?"

"케인 씨한테 상냥하실 때는 다 이유가 있으니까요!"

이미 상황을 알아차린 이다비! 둘은 짠한 눈빛으로 케인을 쳐다보았다. 그것도 모르고 케인은 신이 나서 오토바이를 쓰다듬고 있었다.

"그러면 이제 오리하르콘 화살을……."

태현은 멈칫했다. 생각해 보니, 저 석궁에 쓰는 화살은 그냥 화살이 아니라, <왕가의 오리하르콘 화살>이었다.

명백하게 제작법이 필요!

'으…… 오스턴 왕국 가야 하나?'

워낙 저지르고 온 게 많아서 찜찜한 오스턴 왕국! 아직 들키지는 않았겠지만, 그걸 감안하고서도 오스턴 왕국에는 적이 많았다. 쑤닝이 눈을 시퍼렇게 뜨고 살아 있을 것 아닌가.

지금 투기장 대회를 준비하느라 대형 길드 연합이 별다른 움직임을 보이지는 않았지만, 태현이 직접 거기 가면 이야기가 달라졌다. 죽여 달라는 것이나 마찬가지!

'뭐, 괜찮을 거 같기는 한데…….'

누구든 간에 태현은 따돌릴 자신이 있었다. 이세연이 알면 대회 전에 위험한 짓을 한다고 구박을 할 것 같았지만…….

'상관없지!'

그런 건 신경 쓰지 않는 태현!

떠나기 전에 태현은 몇 가지 준비를 더 했다. 피 같은 공적치 포인트를 사용해 포션들과 폭탄을 재정비했다.

고급 기계공학으로 이루어지는 무차별 폭탄 사격!

그걸 본 이다비가 고개를 갸웃거렸다.

"그런데 어차피 투기장 대회에서는 이런 장비들 못 쓰잖아요?"

"투기장에서 쓰려는 게 아니라 그 이후에 쓰려는 거야."

"누구한테요?"

"아마 이세연?"

"……."

"아니, 꼭 쓰겠다는 건 아니고…… 걔가 나한테 선빵을 갈길 수도 있잖아."

“회장님. 회장님의 레벨과 직업. 스탯과 스킬을 분석했을 때 지금 가장 좋은 사냥터를 뽑아왔습니다.”

무지막지한 자본의 힘!

태현이 안다면 ‘돈을 왜 그렇게 쓸데없이 써요?’라고 말했겠지만, 그런 소리를 할 사람은 아무도 없었다.

“오스턴 왕국?”

“예! 거기에 악마들이 나와서 아주 핫하다고 합니다.”

플레이어들이 레벨을 올리는 방식은 다양했다.

태현 같은 솔로 플레이어들은 퀘스트 위주로 올리는 경우가 많았다. 퀘스트를 깨는 도중에도 경험치가 나오고, 퀘스트를 깨면 추가로 보상이 나왔으니까. 그러나 파티나 길드 단위로 움직이는 플레이어 중에서는 그렇게 퀘스트에 집착하지 않는 플레이어들이 많았다. 그럴 필요가 없으니까!

많은 인원이 다 받을 적당한 퀘스트를 계속 찾는 것도 힘들었다. 그보다는 질 좋은 사냥터, 던전을 찾아서 지속적으로 무리 사냥을 하는 게 더 낫다!

그런 의미에서 유 회장의 파티는 후자였다.

‘회장님 회장님 우리 회장님’으로 뭉쳐진 끈끈한 파티!

“오스턴 왕국…… 오스턴 왕국이면 아마…….”

유 회장은 기억을 더듬었다. 분명 김태산이 활동하고 있는 곳이 오스턴 왕국!

‘그 친구가 이걸 보면 어떤 반응을 보일지 기대되는구만.’

유 회장은 씩 웃으며 주변을 둘러보았다. 아무리 김태산이라도 절대 예상하지 못할 수준의 변화!

"우리는! 강하다!"

습관처럼 시작하기 전에 구호를 외친 정수혁과 친구들!

"근데 우리 진짜 강한가?"

"글, 글쎄?"

여기까지 오기는 했지만, 그들 스스로가 강하다는 생각은 전혀 안 드는 그들이었다.

"그런 생각 하지 마! 두 번만 이기면 본선! 본선이라고!"

"실감이 안 나는데……."

"과 애들이 우리 경기 보고 있는 거 알고 있냐?"

"뭐? 진짜?"

"대회 여기까지 왔으면 소문 퍼질 법도 하지."

"우리 진짜 용케 여기까지 왔다……."

모두가 고개를 끄덕였다. 솔직히 참가한 플레이어들의 수준을 보면, 여기까지 온 게 그들도 신기했다. 물론 그렇다고 해서 물러설 생각은 없었다. 행운이든 뭐든 기회는 기회!

"야, 선배님한테 귓속말 좀 보내봐."

"딱히 할 말이 있나?"

태현은 이미 조언을 다 마친 상태였다.

사실 그들의 전략은 딱 하나밖에 없었다. 최대한 많은 적을 한자리에 모은 다음, 그 뒤는 운빨에 걸어라!

실력으로는 밀리니 그것밖에 답이 없었다. 이제 예선전에서 남은 팀은 실력으로는 절대 이길 수 없는 상대들!

"그래도 그냥 좀 보내봐!"

"맞아! 맞아!"

태현한테 조언을 받을 건 없지만, 그래도 마음의 안정을 얻기 위해 귓속말을 보내라는 친구들! 정수혁은 어쩔 수 없이 태현에게 귓속말을 보냈다.

-선배님. 선배님.

-어? 왜?

-다름이 아니라 저희가 좀 있으면 다음 경기인데 혹시 해주실 말씀이 있으신가 해서…….

-저번에 다 말했잖아.

-그, 그러셨죠.

-그냥 내가 변장하고 참가해 준다니까…….

-하하, 재밌는 농담이었습니다. 기운이 좀 나네요! 제 긴장을 풀어주시려고 하신 거군요!

-……됐다. 지지나 마라.

-자신 있습니다!

정수혁의 태도에 태현은 감탄했다. 결코 쉽지 않은 싸움인데도 스스로를 확실하게 믿는 저 모습! 변수가 많기는 했지만,

저 정도 자신감이라면 믿어도 될 것 같았다.

태현은 확신했다. 본선에서 볼 수 있을 것 같다고!

-그래, 힘내라!

-예!

그러나 태현이 정수혁과 본선에서 만나는 일은 없었다. 적 두 명에게 모든 힘을 쏟아낸 정수혁은 아키서스의 마법 부작용으로 다음 전투에서 거짓말처럼 참패를 당했다.

정수혁 팀 탈락!

"그러니까 내가 참가해서 도와준다고 했잖아!"

"아니, 그건 아니지."

"그건 좀 아니죠."

태현의 불평에 둘은 고개를 저었다. 아무리 생각해도 변장해서 참가하는 건 좀 미친 짓!

"그런데 태현 님."

"……?"

"오스턴 왕가의 대장장이를 찾아야 하는 거잖아요?"

"어. 은퇴한 그런 대장장이 NPC들 있잖아. 오스턴 왕국에서 활동하는 대장장이 플레이어들 꽤 되니까 정보 풀리지 않았을까?"

"네. 풀렸어요."

태현이 찾고 있는 건 화살의 제조법을 아는 대장장이!

그러려면 필수적으로 오스턴 왕가와 관련이 있는 대장장이를 찾아야 했다. 그 정도 되는 대장장이 NPC는 당연히 대장장이 플레이어들 사이에서 유명할 테니, 정보가 풀려 있을 거라는 계산! 그 계산은 맞았다.

파워 워리어 길드원들을 풀어 물어본 이다비가 바로 알아낸 것이다.

"그런데……."

"……?"

"이미 모셔갔다는데요?"

"누가?"

"대형 길드 쪽에서…… 자기네들 요새로 모셨대요."

"아니, 왜?! 왜 그런 짓을?"

태현은 어이가 없어서 물었다.

"대장장이 NPC는 모시면 무조건 좋잖아."

"아니, 도시도 없는 놈들이 과하게 투자하는 거 아니냐?"

태현은 투덜거렸다. 데리고 간 이유는 당연히 알고 있었다. 요새의 수리, 제작은 물론이고 여러 퀘스트가 생기는 데다가 대장장이 플레이어들이 찾아오는 건 덤!

특히 은퇴한 왕가의 대장장이처럼 뛰어난 대장장이 NPC라면 대장장이 플레이어들은 어떻게든 찾아오려고 할 것이다. 그러면 요새는 자연스럽게 성장하게 되어 있었다.

"쑤닝은 아니지? 쑤닝은 아니라고 해줘."

"네. 쑤닝은 아니네요."

"그나마 다행이군."

쑤닝 길드가 데리고 있었다면 일이 더더욱 꼬였을 것이다.

"근데 음, 쑤닝과 연합한 길드는 맞는데요."

쑤닝 정도는 아니어도 태현을 좋아할 길드는 아니었다.

"미치겠군. 변장하고 들어가야 하나."

"요새 들어가는 거면 모를까, 대장장이 만나는 거면 변장도 힘들지 않을까요?"

"그 정도야? 내가 들킬 정도인가?"

태현은 놀라서 물었다. 상대 길드 요새에 그렇게 뛰어난 감정 스킬을 가진 플레이어들이 있단 말인가?

"아뇨, 그런 게 아니라…… 지금 물어보니까 그쪽 길드가 그 대장장이 NPC를 사용해서 아주 제대로 장사를 하고 있다고 해요."

"주로 어떤 식으로?"

"길드 가입이죠. 대장장이들은 언제든 좋으니까요."

"끙……."

태현은 앓는 소리를 냈다.

방법 자체는 흔한 방법이었다. 이런 대단한 NPC를 우리가 데리고 있다! 이 NPC와 대화해서 배우고 싶다면 우리 길드로 들어와라!

문제는 이런 식으로 하면 대장장이 NPC와는 일반적인 방법으로 접촉이 불가능하다는 것이었다. 요새에서 쉽게 만날 수 있으면 저 방법이 의미가 없으니까!

아마 깊숙한 곳에 모시고 있겠지.

“쯧. NPC들이면 편한데 여기는 다들 플레이어들이겠지?”

“네.”

NPC들이면 화술 스킬로 뚫고 들어갈 자신이 있었지만, 플레이어들은 그게 안 됐다.

“일단 요새 안으로 들어가 보자고. 그건 쉬울 거 아니야.”

오스턴 왕국에 오고 가는 플레이어들이 많으니 요새 안으로 들어가는 건 쉬웠다.

CHAPTER 5

셋은 요새 쪽으로 발걸음을 옮기기 시작했다.

"그런데 여기는 무슨 길드지?"

"우드스탁 길드요. 미국 쪽 길드죠."

"오, 미국 길드면 중국 길드하고 사이가 좋지는 않을 테니까 괜찮지 않을까?"

태현은 살짝 기대하는 목소리로 물었다.

그러나 이다비는 냉정했다.

"쑤닝 길드하고 사이가 안 좋아도 태현 님을 좋아하지는 않을걸요……."

냉정한 현실! 이다비는 팩트로 명치를 아프게 때렸다.

"그, 그래도 쑤닝 길드나 성기사 이즈 킹 길드 같은 놈들보다는 낫지. 직접적인 원한은 없잖아."

"그렇긴 한데……."

이다비는 말끝을 흐렸다.

"왜 그래?"

"갑자기 처음 보는 사람이 태현 님한테 '이 자식! 내 원한을 받아라!' 하면서 달려들어도 놀랍지 않을 것 같아서요."

"……내가 너한테 뭐 잘못한 거 있니?"

"아니, 그냥 현실을 말씀드린 거잖아요!"

이다비는 당황하며 말했다. 사방팔방에 원한을 쌓고 다닌 게 태현이라서 현실을 말해준 것뿐인데!

"요즘 자꾸 나한테 원한을 가진 놈들만 만나서 그러는데, 그건 착각이야. 원래 그렇게까지 많지는 않다고. 싸웠지만 화해한 사람도 꽤 있어."

"진짜요?"

"당장 여기 케인만 해도 싸웠다가 화해했잖아?"

태현은 케인의 어깨에 팔을 둘렀다.

케인은 속으로 생각했다.

'그, 그걸 화해라고 할 수 있나?'

괜히 말해봤자 스스로만 부끄러워질 테니 케인은 조용히 입을 다물었다.

"그런가요?"

"그래. 그러니까 벌써부터 걱정은 하지 말자고. 날 안 싫어할 수도 있잖아?"

"그래요. 그런데 어떻게 하실지 생각은 하셨어요?"

"흠. 일단 요새에 들어가서 대장장이 어디 있나 파악한 다음 대충 다 때려 부수면 빈틈이 생기지 않을까?"
방금 한 말이 전혀 설득력 없게 느껴지는 태현이었다.

칼레포 요새. 우드스탁 길드가 소유한 오스턴 왕국의 요새 중 하나였다. 길드의 투자로 다양한 시설과 NPC들을 확보! 거기에다가 낮은 세금까지!
현재 오스턴 왕국 플레이어들에게 인기가 많은 곳 중 하나였다. 게다가 칼레포 요새에는 지하 던전이 있었다.
다양한 레벨의 플레이어들이 도전 가능한 <칼레포 요새 지하 던전>!
지하 1층, 2층, 3층……. 낮은 레벨의 플레이어들은 지하 1층. 더 높은 레벨의 플레이어들은 2층. 이런 식으로 다양한 레벨의 플레이어들이 들어갈 수 있는 던전은 놓칠 수 없는 보물이었다.
당연히 우드스탁 길드가 내버려 둘 리 없었다. 그들은 요새를 세우고 던전을 관리하고 있었다. 던전 입장료를 받고 심층으로 입장은 사람을 가려서 받아주는 식으로.
불만이 나올 법도 했지만 사람들은 많이들 몰렸다. 이러는 길드가 한두 개도 아니고, 입장료를 감당할 만큼 <칼레포 요새 지하 던전>은 괜찮은 던전이었던 것이다.
"지하 1층 공략할 파티원 구합니다! 무조건 경험자! 탱커 구해요! 탱커! 딜러는 필요 없습니다!"

“레벨 62 도적이 파티 구합니다! 힐 필요 없어요! 혼자서 붕대 감습니다!”

“지하 4층 클리어팟 구해봅니다! 레벨, 장비 확인 필수! 길드 허가받았습니다!”

요새 안으로 들어가자 광장에서 떠들썩하게 들려오는 목소리들! 파티를 구하고 던전을 깨려는 플레이어들의 목소리였다. 뜨겁고, 건전한 열기였다.

태현의 영지에서 들리는 ‘룬 강화 마법검 강화 간다! 가즈아아아아!’, ‘상자깡 40개 간다! 축복받았다! 안 뜨면 접는다!’ 같은 분위기와는 전혀 다른 분위기!

태현은 깊게 생각하지 않기로 했다. 슬퍼질 테니까!

“흠, 대장장이를 어디다 숨겨놨을까?”

태현은 요새 안을 둘러보며 생각에 잠겼다. 가운데에는 길드 건물이 몇 개 있었다. 길드원들만 들어갈 수 있는 건물!

‘신의 예지는 너무 여러 개 나와서 안 되겠고.’

신의 예지가 가르쳐준 길들이 여러 개가 나온 상황. 그중 뭐가 대장장이인지는 알 수 없었다.

“이다비, 대장장이 찾을 방법이 없을까?”

태현은 고개를 돌려 이다비에게 물었다. 그러나 이다비는 그 자리에 없었다.

“저기요, 대장장이 곤르도가 어디 있는 줄 아세요?”

광장 옆, 우드스탁 길드원이 돌아다니는 곳으로 가서 당당하게 물어보는 이다비! 태현과 케인은 기겁해서 이다비를 쳐다보았다. 저게 지금 뭐 하는 짓!?

그러나 질문을 받은 길드원은 의심도 하지 않고 말했다.

"아, 곤르도요? 지하 던전 안에 있어요."

"네? 왜 지하 던전에 있어요?"

"길드원들이 지하 던전 밑에 깨려고 데리고 갔을걸요?"

고렙 대장장이 NPC는 파티에 넣는 순간 전력이 급상승했다. 특히 저런 깊은 던전에서는 더더욱! 즉석에서 각종 장비가 수리와 버프가 가능한 것이다.

"이런……."

"어차피 곤르도 나올 때까지 기다려 봤자 곤르도한테서는 아이템 못 살 거예요. 우리 길드원들한테 우선으로 돌려서요. 원하시면 길드 가입 신청서 내세요."

"그래요? 알려주셔서 감사합니다!"

이다비는 고개를 숙인 다음 돌아왔다.

"의, 의심을 안 하네?"

"상인 직업의 특권이죠."

설마 상인 플레이어가 사악한 꿍꿍이를 갖고 물어봤으리라고는 생각지도 못하는 길드원이었다. 그냥 대장장이에게 좋은 아이템을 사려는가 보다, 생각할 뿐!

"너나 내가 물어봤으면 의심했을 거 같은데……."

"꼬우면 상인 직업을 했어야지. 어쨌든 위치는 알아냈고. 그러면 던전에 들어갈까?"

"던전에 들어가서 어떻게 하려고?"

"빈틈 봐서 협박한 다음 곤르도한테 제작법 뜯고 튀자."

1초도 고민하지 않고 바로 튀어나오는 명료한 대답!

우드스탁 길드와 '대화'하거나 '협상'한다는 건 조금도 생각하지 않는 태현!

'저러니까 원한이 쌓이지…….'

케인은 속으로 생각했다.

"너, 내 욕했지?"

던전 1층에 들어가는 건 쉬웠다. 입장료만 내고 들어가면 됐으니까. 워낙 사람들이 많았기에 일일이 신분을 확인하거나 하지는 않았다. 문제는…….

"우리 사람이 너무 적다는 거지."

보통 셋이서 던전을 공략하지는 않았다. 없지는 않았지만 보이면 눈에 뜨일 게 분명! 던전 심층으로 내려가 깽판을 치려면 그 전까지는 눈에 띄어서는 안 됐다.

"사람 부를까요?"

"응? 누구?"

"파워 워리어 길드원들이면 지금 당장 부를 수 있는데요."

"너희 길드원들은 시간이 남아도니?"

"네!"

해맑은 대답!

태현은 고개를 끄덕이며 부르라고 말했다. 이다비는 길드 채팅으로 말했다.

-오스턴 왕국에서 파티할 사람?

그러자 냉정한 반응들이 돌아왔다.

-아, 안 속아요, 안 속아.

-애들아! 자기가 호구라고 생각하면 저기 가도 된다! 길마님이 또 사기 치신다!

-아니, 길마님. 우리 좀 상도덕은 지킵시다! 길드원들한테 사기 치는 사람이 어디 있어요!

뿌리 깊은 불신! 이제까지 이다비가 길드원들을 어떻게 대했는지 알 수 있는 반응이었다. 길마를 믿고 따라갔다가 속은 길드원들이 한둘이 아니었던 것! 쫄래쫄래 쫓아갔다가 정신을 차리고 보면 노가다 작업을 질리도록 해야 했다.

-……태현 님하고 같이 하는데. 싫으면 말고.

-진, 진짜요?

-야, 속지 마! 저것도 함정일 수 있어!

-그, 그렇지만……! 같이 따라다니면…… 떨어지는 골드가……!

-선착순이다. 올 사람 많으니 오기 싫으면 안 와도 괜찮아.

5분 후…….

다그닥, 다그닥-

순식간에 도착한 파워 워리어 길드원들!

"헉, 헉! 안 늦었죠?!"

"응."

"태현 님은 어디 있습니까? 진짜 있는 거 맞죠?"

길드원들은 태현부터 확인하려고 했다. 그걸 본 태현은 어이없다는 듯이 물었다.

"쟤네들은 왜 저래?"

"글, 글쎄요?"

"너 설마 평소에도 나 있다고 사기 친 건 아니……."

"자! 여기 태현 님! 봐!"

이다비는 재빨리 말을 끊고 태현을 가리켰다.

"오오! 진짜였어!"

"길마님이 거짓말을 안 할 때도 있구나!"

"나 길마님이 거짓말 안 하는 거 처음 봐!"

태현이 이다비를 쳐다보는 눈빛이 더욱 짙어졌다.

이다비는 고개를 흔들며 변명했다.

"쟤는 뉴비라서 그래요!"

어찌 되었든 파워 워리어 길드원들 덕분에 8인 팟이 완성되었다.

"저희는 뭘 하면 될까요?!"

"음, 평범한 파티인 척하다가……."

"하다가?"

"싸움이 벌어지면 나하고 케인이 싸울 테니까 전리품이나 챙겨라."

"그, 그런……!"

"저희는 굿이나 보고 떡이나 먹으란 말씀이십니까?"

생각과 다른 길드원들의 반응. 태현은 고개를 갸웃거렸다.

'내가 너무 무신경하게 말했나?'

하긴, 여기 길드원들도 사람인데 같이 싸우고 경험치를 더 먹고 싶어 할 수도 있었다.

누가 짐 취급받는 걸 좋아하겠는가.

"싫냐? 싫으면 같이……."

"아뇨! 최고입니다!"

"와! 굿이나 보고 떡이나 먹자!"

"……같이 싸워도 되는데."

"아뇨! 저희는 싸우기 싫은데요!"

"저희는 싸울 자신이 없는데요! PVP로 이겨본 적이 별로 없는데요!"

이다비는 얼굴이 새빨개져서 고개를 숙이고 있었다. 확실히 알고 있어도 적응이 되지 않는 길드원들의 부끄러움!

그러나 태현은 별로 당황하지 않았다. 어깨를 으쓱거리며 말했다.

"솔직해서 좋다. 허세 부리는 것보다는 낫지."

"역시! 태현 님!"

대화를 듣던 케인이 물었다.

"야, 그러면 싸움은 우리들만으로 해야 하는 거냐?"

"그렇겠지. 걱정하지 마라. 어차피 이런 지하 던전은 치고 빠지기 좋은 데다가……."

태현은 길드원들을 훑어보았다.

사망 페널티를 신경 쓰지 않는 플레이어들! 즉, 인간 폭탄으로 쓰기 좋은 플레이어들!

갑자기 길드원들은 오싹해지는 기분을 느꼈다.

'뭐, 뭐지?'

"너하고 나면 충분하잖아."

"그, 그런가?"

케인과 태현을 보던 길드원들이 고개를 끄덕이며 말했다.

"아, 이분이 '그' 케인 씨군요."

"'그' 케인 씨를 실제로 보게 될 줄이야……."

"길마님에게 이야기 들었습니다."

케인에게는 당황스러울 수밖에 없는 반응들!

"뭐, 뭔데 이 자식들아?! 뭔 이야기를 들었는데?!"

"태현 님에게 괴롭힘 받는 걸 즐기신다고……."

"뭔 미친 개소리야?!"

"쉿. 사람들 많으니까 소리 크게 내지 말고. 이제 던전 안으로 들어가자."

"야! 지금 오해가 쌓이고 있어!"

"나중에 풀어."

"이걸 왜 나중에 풀어!"

케인에게 별 관심이 없는 태현은 케인이 방방 뛰건 말건 안으로 들어가라고 명령했다.

"입장료 내고 들어가시면 됩니다."

"이다비, 입장료 내."

"여기요."

꽉-

이다비가 내민 골드를 받으려던 우드스탁 길드원은 고개를 갸웃거렸다. 상대방이 골드를 꽉 쥐고서 놓지 않는 것!

"저기요? 이거 놓으셔야죠."

"야, 뭐 해?"

"아차, 본능적으로 잡아버렸어요……!"

"이상하게 쳐다보잖아!"

고개를 연신 숙여서 사과한 다음에야 그들은 안으로 들어갈 수 있었다.

"저 골드 받은 길드원 기억해 놨으니 이따가 PVP 할 때 꼭 쳐서 다시 뺏죠."

"내가 죽이면 골드 대신 다른 게 나올 거 같은데."

지하 1층은 전체적으로 레벨이 낮은 던전이었다.

보이는 플레이어들도 대부분 저렙! 밑으로 내려가려는 플레이어들은 빠르게 길을 따라 움직였다.

"지하 3층에서 4층 가는 입구부터 우드스탁 길드원들 있단다."

"그럼 대장장이는 5층이나 6층쯤에 있겠죠?"

"그렇겠지. 5층에 있기를 빌자고."

태현은 길을 따라 내려가면서 주변 지형을 눈에 새겨두었다. 언제 어느 곳을 폭발시켜야 가장 잘 폭발시켰다고 소문이 날까?

콰콰쾅!

폭발음이 들려왔다. 태현은 감탄했다. 그의 상상력이 얼마나 정교해졌으면 실제로 폭발음이 들릴 수준이란 말인가!

"싸움 났나 봅니다!"

"뭐? 내 상상이 아니었어?"

"예? 무슨 소리십니까?"

"아, 아무것도 아니야."

그제야 상황을 깨달은 태현이 주변을 확인했다. 폭발음과 고함 소리, 무기 부딪히는 소리까지. 확실히 어딘가에서 PVP가 벌어지고 있었다.

"플레이어들끼리 싸움 붙은 걸까요?"

길드가 관리하는 던전이라고 싸움이 붙지 않는 건 아니었다. 오히려 바깥보다 사소한 다툼은 더 자주 일어났다.

던전에서 좋은 사냥터나 명당으로 알려진 자리는 정해져 있었고, 거기를 차지하려는 플레이어들의 다툼도 치열했던 것이다. 서로가 사냥하는 몬스터를 건드렸다는 것만으로도 싸움이 붙을 수 있었다.

그러나 태현은 고개를 저었다.

"아니, 그건 아닌 거 같아."

태현은 소리만 듣고 상황을 파악하고 있었다.

동시다발적으로 이곳저곳에서 들리는 소리들. 이건 던전 사냥을 하다가 다툼이 일어난 게 아니었다.

이 익숙한 소리.

이건…… 누군가가 이 던전을 습격하고 있는 소리였다.

"누군가가 우드스탁 길드를 공격하고 있네."

태현은 간단하게 정리했다. 판온 1에서 지겹게 많이 봤고, 태현도 종종 했던 일 중 하나.

길드가 소유한 던전을 공격하는 것!

이유야 다양했다. 길드를 견제한다거나, 길드와 싸움이 붙었다거나, 길드가 소유한 던전 안에서 나오는 아이템이 필요하다거나……. 아니면 그냥 상대 길드원과 어깨가 부딪혔는데 길드원이 시비를 걸어와서 기분이 나빴다던가!

마지막은 사실 태현 같은 사람이나 쓰는 이유였다. 저런 이유로 공격했다가는 미친놈 취급받기 딱 좋은 것!

"쳐라! 우드스탁 길드 놈들을 밟아버려!"

"차근차근 점령해서 들어간다!"

"눈 깔아! 눈 깔라고!"

"너희들한테는 관심이 없다! 우리가 관심이 있는 건 우드스탁 길드 놈들뿐이다! 가만히 있으면 우리도 건드릴 생각 없다! 얌전히 구석으로 찌그러져!"

때마침 멀리서 시끄러운 목소리들이 들려왔다. 그걸 들은 태현은 감탄했다.

"이야, 잘하네. 한두 번 한 솜씨가 아닌데?"

"그, 그런 것도 알 수 있어요?"

"그럼. 남의 길드를 습격하는 놈들의 수준에는 상, 중, 하가 있는데……."

태현은 옛날 추억이 떠올라 신나게 떠들려고 하다가 멈칫했다. 그를 빤히 쳐다보는 눈빛들!

'넌 뭘 하고 다녔는데 그런 걸 잘 아는 거냐?' 하는 눈빛!

"……그건 나중에 이야기하자!"

"그건 대체 어디서 배운 거냐?"

"지금 그게 중요한 게 아니야. 어쨌든 저놈들이 솜씨가 좋다는 게 중요한 거지. 덕분에 우리도 쉽게 가겠는데?"

"솜씨가 좋다는 건 어떤 부분에서 좋다는 겁니까?"

길드원 중 한 명이 궁금하다는 듯이 물었다.

"원래 대규모 PVP면 눈 돌아가서 일단 보이는 대로 공격하는 놈들이 있거든. 그런데 저놈들은 안 그러잖아. 들어와서 자기 힘 보여주고, 다른 플레이어들한테 '가만히 있으면 안 건드린다'고 말하고, 구역별로 점령하면서 들어가고 있지. 침착하게 잘하고 있는 거야."

"그, 그런……."

그 말을 하는 태현에게서는 길드 던전 수십 개는 털어본 것 같은 사람의 품격이 보였다. 어쨌든 태현 파티에게는 행운이었다. 다른 습격자들이 시선을 끌어주고 있었으니까!

'어떤 놈들이려나?'

"그런데 우리하고 부딪히지는 않겠죠?"

"부딪히면 자기들 손해지."

태현은 심드렁하게 말했다. 방해하면 같이 치울 뿐!

-몬스터 조종.

태현은 구석을 돌아다니는 쥐 몬스터 하나에게 스킬을 사용했다. 엄청나게 약한 몬스터한테만 사용 가능한 스킬이지만, 어차피 태현은 이 스킬을 전투용으로 쓰는 게 아니었다.

-가서 보고 와라!

지금 던전을 습격하고 있는 놈들이 누구인지 궁금했던 것.
샤샤샥-
쥐 몇 마리가 바닥을 재빨리 기어가기 시작했다.
그리고 시간이 조금 흘렀다.

"왜 그러세요?"
태현이 당황스러운 표정을 짓는 걸 본 이다비가 고개를 갸웃거렸다. 보통 저런 표정을 잘 보여주지 않는 태현!
"아버지네……."

"핫핫하! 제대로 돌려줘라!"

김태산은 호탕하게 웃으며 외쳤다.

[적을 완벽하게 쓰러뜨리는 데 성공합니다. 오크 전사들의 사기가 오릅니다.]

"취익! 취익! 취익!"

길드원들이 아닌, 오크 전사 NPC들이 크게 함성을 질렀다. 지금 칼레포 요새를 습격하고 있는 것은 김태산과 〈최강지존무쌍〉 길드원들이었다.

〈고대 정령의 오크 지휘관〉 직업을 가진데다가, 따로 골드를 주고 고용한 오크 용병들까지. 확실하게 한 방을 먹일 수 있는 전력!

"성규야, 예전 생각난다. 그렇지 않냐?"

"그러네요."

두 아저씨는 흐뭇하게 칼레포 요새를 둘러보았다. 〈최강지존무쌍〉 길드와 〈우드스탁〉 길드가 분쟁이 일어난 건 어제 오늘 일이 아니었다. 오스턴 왕국에 길드들이 영지를 만들기 위해 온 순간부터 일어난 분쟁!

오스턴 왕국에 자리를 잡은 길드들은 대체로 서로 사이가 안 좋았다.

'여기는 우리가 먼저 자리 잡은 사냥터다! 꺼져!'

'뭔 헛소리냐! 하루 먼저 왔다고 너희 사냥터라는 게 말이 되냐?'

틈만 나면 싸움이 일어나는 곳. <최강지존무쌍> 길드원인 아저씨들이 가만히 있을 리 없었다. 물 만난 물고기!

리×지에서 놀던 폼이 어디로 사라지는 게 아니었다.

'아니, 나는 얌전하게 내 영지만 가꾸려고 했는데~ 건방진 놈들이 자꾸 시비를 걸잖아~'

전혀 설득력이 느껴지지 않는 김태산의 말!

최강지존무쌍 길드는 마찰이 생긴 길드들을 적극적으로 공격했다. 오스턴 왕국에서 손꼽을 정도로 적극적으로 움직이는 길드 중 하나!

누군가가 널 싫어한다면, 더 확실하게 싫어하게 만들어줘라!

바깥인 사냥터면 모를까, 설마 본거지인 요새까지 쳐들어올 거라고는 생각지 못한 우드스탁 길드는 제대로 허를 찔린 셈이었다.

"어, 어떤 놈들이야?!"

요새에 있던 길드원들이 튀어나왔지만, 이미 기세를 탄 아저씨들을 막기에는 무리였다.

"나다!"

"우리다!"

"요 녀석들. 우리 사냥터에 와서 부수고 튀면 멀쩡할 줄 알았냐!"

살기등등한 오크들! 그들을 알아본 우드스탁 길드원들은 기겁했다.

"당, 당신들! 미쳤어?!"

"제정신이다, 요놈들아!"

"사냥터에서 마찰 좀 생겼다고 요새를 습격해? 우리가, 다른 길드가 가만히 있을 거 같냐?!"

기겁한 길드원의 협박에도 아저씨들은 굴하지 않았다.

"가만히 있을 거 같은데?"

"가만히 있으니까 가마니로 보이는데?"

"하하, 형님도 참! 하하하!"

"크하하하하!"

"……으아아!"

우드스탁 길드원들은 더 이상 아저씨 개그를 듣기 싫어 용감하게 돌격했다.

던전 바깥의 요새에서, 오크 아저씨들은 알짜배기 시설들만 골라서 부쉈다. 난폭하고 거칠게 움직이는 것 같아 보여도, 미리 사전에 정보를 수집하고 계획을 치밀하게 짠 것이었다. 리×지 때부터 같이 움직였던 아저씨들의 수준은 상상을 초월했다. 수많은 혈맹을 부수고 군림했던 실력!

"북쪽 문으로 몇 명 도망치는데, 쫓을까요?"

“요새 안쪽에 창고에서 몇 명이 문 닫고 버티는데요.”

“내버려 둬라. 어차피 아무것도 못 할 테니까.”

도망치고 숨는 길드원들을 하나하나 쫓으면 끝이 없었다.

비싼 곳을 부수고 중요한 곳을 점령한다. 그것만으로 요새의 기능은 마비! 뒤늦게 접속한 길드원들이 덤벼든다고 하더라도 오크 아저씨들이 먼저 점령하고 있어서 쉽지 않았다.

“좋아. 그러면 길마 놈을 잡으러 가볼까.”

김태산은 우드득거리는 소리를 내며 손을 폈다. 애초에 여기를 습격한 건 우드스탁 길마가 이 요새 지하 던전을 공략하고 있다는 걸 알고 있어서였다.

적이 약할 때 쳐라!

지금쯤 소식을 들은 길마가 황급히 던전에서 머리를 굴리고 있을 것이다.

“나가야 할지, 버텨야 할지 고민이 많겠지. 그 고민을 덜어주자고!”

한번 시작한 이상 화끈하게 끝을 낸다!

김태산은 핵심 길드원들을 데리고 던전 안으로 들어갔다.

그리고 태현 파티에는 어색한 분위기가 흐르고 있었다.

“……대충 어떻게 된 건지는 알겠다.”

우드스탁 길드와 시비가 붙었다→공격한다!

'이 양반은 리×지 때랑 달라진 게 없어!'

한 번 시비가 붙으면 아예 짓밟으려고 덤벼든다.

사실 태현이 할 소리는 아니었다. 부전자전!

"그러면 괜찮지 않나요? 목적도 똑같고. 아는 사람이고."

"넌 아버지를 모르니까 그렇지."

태현은 김태산을 잘 알고 있었다. 가족이라서 손을 잡는, 그런 미지근한 행동 따위는 절대 하지 않을 것!

'뭐? 우드스탁 길드가 데리고 있는 대장장이를 데리러 왔다고? 하하! 내가 데려가 주마! 넌 손가락이나 빨면서 보고 있어!'라고 말할 게 분명했다.

"일단 우리도 움직이자고. 기회는 기회니까."

태현은 아저씨들에게 들키지 않고 던전 심층에 내려가기로 결정했다. 굳이 지금 만나 봤자 좋은 일이 없을 테니까!

"야, 그냥 말하고 같이 싸우는 게 낫지 않냐?"

"아니라니까."

케인은 모처럼 같이 싸울 사람이 생겼는데 그 기회를 날려버린 게 아쉬워서 연신 입맛을 다셨다.

그러나 태현은 확신했다. 말하면 분명 방해한다!

습격 때문에 던전을 돌던 파티들도 잠시 멈춰서 상황을 지켜보고 있었다. 그들한테 불똥이 튀지 않을까 하는 조심스러운 표정이었다.

"빨리 가자! 아버지보다 먼저 들어가야 해!"

"……가족 아니었습니까?"

“이 미친 오크들이 진짜!!”

우드스탁 길마는 방방 뛰고 있었다.

지금 그들이 있는 곳은 던전의 지하 6층! 아직까지 클리어 한 파티가 없는 던전이었다. 당연히 난이도가 만만치 않았고, 이번 던전 공략을 위해 우드스탁 길드는 차근차근 준비를 해 왔었다. 던전을 조사하고, 소모 아이템을 모으고, 던전에 맞춰서 장비를 바꾸고……. 그리고 도전한 것이 오늘!

그걸 기다렸다는 듯이 최강지존무쌍 길드원들이 치고 들어온 것이다. 우드스탁 길마 입장에서는 목덜미를 잡을 수밖에 없는 상황!

“이 ××들은 아무 말도 없나?”

“그게…… 요새를 놓고 꺼지면 목숨은 살려주겠다고.”

쾅!

우드스탁 길마는 던전의 벽을 꽝 내리쳤다.

저건 협상도 아니었다. 그냥 협박!

“내가 이 ××들을 그냥!”

“진정하세요!”

“지금 나가시면 안 됩니다!”

분노해서 뛰쳐나가려는 우드스탁 길마를, 다른 길드원들이 황급히 말렸다. 그들은 길드 채팅으로 상황을 파악한 상태였다. 이미 밖은 최강지존무쌍 길드원들이 장악을 끝낸 상황! 흩어지고 깨진 우드스탁 길드원들로는 현재 상황을 뒤집을 수 없었다. 지금 던전 밖으로 나가봤자 포위당해서 공격당할 가능성이 100%!

길드원들이 말리자, 길마도 정신을 차렸다.

"어떻게 하시겠습니까?"

"……여기서 기다린다. 나가는 것보다는 그게 낫겠지. 동맹을 맺은 길드들한테 연락 돌려! 당장 여기로 오라고!"

대형 길드 연합. 우드스탁 길드는 다른 길드들과 동맹을 맺은 상태였다. 이런 상황이라면 당연히 도우러 와야 했다.

"그, 그게……."

"……?"

"다들…… 지금 도와줄 상황이 안 된다고……."

결국 동맹이라고 해도 얄팍한 관계였다. 이 주변에서 최강지존무쌍 길드가 강하다는 걸 모르는 사람은 아무도 없었다.

필요하면 미친 듯이 쏟아붓는 현질! 아침저녁으로 캡슐 안에 앉아서 쏟아붓는 시간!

그 두 가지를 갖고 있는 아저씨들이 모여 있는 곳이 바로 최강지존무쌍 길드였다. 당연히 우드스탁 길드를 위해 최강지존무쌍 길드와 정면 승부를 할 길드는 없었다.

"그게 말이 되는 소리냐?! 이 새끼들이 동맹을 잊어버렸나?!"

우드스탁 길마는 격렬하게 항의했다. 그러나 다른 길드의 길마들은 말을 돌리며 대답을 피했다.

-아니~ 우리도 도와주고는 싶은데~ 지금 우리도 하는 게 있어서~
-우리 길드 애들은 지금 퀘스트 깨고 있는 게 있어서…….
-우리 길드 애들은 지금 프리카 투기장에 가 있어서!
-그보다 그러니까 왜 그런 무식한 놈들한테 시비를 걸어? 들어보니까 먼저 걔네 사냥터에 가서 시비를 걸었다며?
-맞아, 맞아!

이유를 찾던 길마들에게 우드스탁 길드의 선공은 좋은 핑곗거리였다. 물론 우드스탁 길마는 기가 막힐 뿐이었다.
'자기들이 언제부터 저렇게 착하게 살았다고!'
경쟁이 치열한 오스턴 왕국이었다. 경쟁 상대의 사냥터에 가서 견제하고 시비를 거는 건 당연한 일!
다른 길드들도 다 그러고 있었다.

-그래서 안 도와주시겠다?
-안이 아니라 못! 못 도와주는 거지!
-이딴 동맹을 믿고 있었다니! 됐다! 앞으로는 내 힘으로 해결하겠다. 나중에 그 무식한 오크 놈들한테 두들겨 맞고서 후회나 하지 마라!

대형 길드 연합의 길마들은 자기 길드를 가장 먼저 생각했다. 동맹이지만, 상대 길드도 덩치가 있으니 결국 경쟁 상대!

이런 상황에서 제대로 연합이 이루어질 리 없었다.

저번 쑤닝이 태현을 죽이자고 방방 뛰었을 때 아무도 도와주지 않았던 것처럼, 우드스탁 길마도 똑같은 일을 당한 것이다.

'두고 봐라! 후회할 거다!'

그들은 모르고 있었다. 이런 식으로 동맹을 지키지 않으면 나중에는 동맹 자체가 의미 없어진다는 것을.

"전체로 물어보는 게 아니었어."

"예?"

"전체로, 공개된 상태에서 도와달라고 하니 저 이기적인 놈들이 도와줄 리 없지. 지금 여기서 가장 가까운 길드가 누구지? 그놈들한테 따로 연락한다! 대가를 지불하면 되겠지!"

우드스탁 길마는 이를 악물며 말했다. 비용이 좀 나가겠지만, 따로 일대일 교섭을 한다면 도움을 부를 수 있을 것이다.

"쑤닝입니다만……."

"좋아. 내가 직접 연락하지!"

우드스탁 길마는 쑤닝이자기 제안을 받을 것이라고 예상했다. 쑤닝도 이 주변에서 영지를 만들기 위해 애쓰고 있었고, 최강지존무쌍 길드는 눈엣가시 중 하나였으니까.

적당한 대가만 준다면 분명 기회를 잡으리라!

그러나 돌아온 건 매몰찬 거절이었다.

-어, 어째서?!

-저번에 김태현을 잡자고 했을 때 네가 뭐라고 말했었지?

-그, 그건…… 그때는 어쩔 수 없었…….

-변명 따위는 필요 없다!

저번에 쑤닝이 이를 갈면서 '동맹의 힘을 총동원해서 김태현을 잡자!'고 했을 때, 다른 길마들은 시큰둥했다.

해봤자 남는 게 없었으니까!

쑤닝은 그 원한을 잊지 않았다. 이성적인 판단이고 뭐고, 그런 걸 능가하는 태현에 대한 원한!

-알아서 잘 해봐라! 흥!

-잠, 잠깐만!

[쑤닝 님이 당신을 차단했습니다. 귓속말을 보낼 수 없습니다.]

"이 새끼가?!"

아예 귓속말도 차단해 버리는 쑤닝!

우드스탁 길마는 분노해서 날뛰었다.

"이 속 좁은 놈은 뭐가 중요한지도 모르나! 김태현이고 뭐고……!"

"나 불렀냐?"

태현 파티는 빠르게 1, 2, 3층을 돌파할 수 있었다.

"누가 먼저 쓸고 갔나 본데요? 몬스터가 안 보입니다."

"우드스탁 길드가 심층을 공략하려고 했으니 이 주변을 쓸고 갔을 거고, 아직 다시 안 나왔겠지. 잘됐네."

태현 파티를 처음으로 가로막은 건 우드스탁 길드원이었다. 4층부터는 우드스탁 길드원이나, 우드스탁 길드의 허락을 받은 사람만 들어갈 수 있었던 것이다.

"잠깐, 멈춰라! 여기는 허락을 받지 않으면 들어올 수 없……."

"최강지존무쌍 길드 만세!"

푹찍!

"크아악!"

태현은 가차 없이 검을 휘둘렀다. 김태산이 날뛰고 있는 한, 태현이 조금 더 날뛰어봤자 어차피 다들 김태산이 한 짓으로 생각할 테니까!

[HP가 0으로 내려가 사망합니다.]

"감사합니다, 아버지!"

"으아……."

파워 워리어 길드원들은 질린 눈으로 태현을 쳐다보았다. 1초도 고민하지 않고 최강지존무쌍 길드원인 척을 하고서 PK를 하는 저 사악함!

'우리 길마보다 더 사악해!'

태현은 아이템을 챙긴 다음 뒤에 있던 길드원들에게 넘겼다. 짐꾼+잡일 처리를 위해 온 길드원들이었기에 바로 아이템을 받아 챙겼다.

태현은 그들을 힐끗 쳐다보더니 말했다.

"아이템 개수 다 세어놨으니까 빼돌릴 생각 하지 마라."

'우리 길마보다 더 쪼잔해!!'

방금 우드스탁 길드원을 순식간에 지워 버리는 강력한 모습과 반대되는 모습!

"아니, 저희는 그런 짓 하지 않습니다! 태현 님이 저희를 믿고 맡겼는데!"

"그래. 그래. 믿어. 믿는다니까?"

전혀 안 믿는 사람의 모습! 태현은 건성으로 대답했다.

"안 믿어주시는 것 같은데……!"

"믿는다고 했잖아. 이 자식들아. 왜 자꾸 징징대? 너희들도 케인처럼 해줄까?"

"헉! 그것만은!"

옆에서 대화를 듣던 케인은 복잡한 표정을 지었다.

"아, 저기군."

태현은 파티에게 멈추라고 말했다.

현재 그들이 있는 곳은 6층의 입구. 좁은 통로 건너편의 넓은 공간에 규모가 큰 파티가 있었다.

지금 6층에 있는 파티라면, 당연히 우드스탁 길마의 파티일 수밖에 없었다.

'5층에 있던 길드원들도 데리고 모였나? 어쩐지 사람이 없더

라. 하긴 따로 있는 것보다는 뭉쳐 있는 게 낫겠지.'

4층의 길드원들은 내버려 두고, 5~6층의 길드원들은 한자리에 모인 게 분명했다. 대책을 세우기 위해서!

"잠깐 좀 듣고 올게."

-행운의 은신.

태현은 은신 스킬을 사용해 가장 최적의 방법을 찾아냈다.

노리는 것은 우드스탁 길드의 대화!

-눈치 못 챈 거 같은데, 지금 습격하는 게 낫지 않나?

-뭐, 그것도 나쁘지는 않겠지만 일단 상황 좀 보고.

원래라면 바로 기습을 했을 것이다. 그러나 지금은 처음과 상황이 달랐다.

김태산과 최강지존무쌍 길드의 습격!

우드스탁 길드는 궁지에 몰린 것이다.

태현은 이걸 어떻게 잘 활용할 수 없나 고민했다.

'지금 필요한 것만 챙기는 건 하책이고, 나중에 쓸 수 있는 방법까지 만드는 건 상책이지.'

대형 길드 연합이라는 게 생겼고, 그들 중 태현을 눈엣가시로 여기는 길마들이 있다는 건 예전부터 알고 있었다.

파워 워리어 길드원들이 염탐한 결과!

'주로 쑤닝 같은 놈들이지.'

다행히 다들 이기적이라 힘을 합쳐서 뭔가를 하지는 않았지만, 나중에 귀찮아질 가능성은 충분했다.

많은 숫자는 그것만으로도 강력한 힘!

판온 1에서 이미 질리도록 경험한 태현이었다.

'자, 무슨 이야기를 하려나?'

보아하니 상황이 좋게 흘러가는 거 같지는 않았다. 방방 뛰고 벽을 치고 다른 길마 욕하고…….

'안 도와준다고 했나 보군.'

태현은 고개를 끄덕였다. 다른 길마들이 안 도와준다고 해도 이상할 것 없었다.

아무 이득이 없는 상황에서 뭐 하러 도와준단 말인가. 게다가 아버지가 이끄는 길드는 절대 만만한 길드가 아니었다. 겉모습은 좀 이상해 보여도, 시간 많고 돈 많은 아저씨들이 주축인 길드! 게임에서는 최강이나 마찬가지인 조건이었다.

'좋아. 그러면 나가볼까?'

마침 우드스탁 길마도 태현의 이름을 부르며 날뛰고 있었다.

"김, 김태현?"

자리에 있던 우드스탁 길드원들은 눈을 깜박였다.

태현을 못 알아보는 사람은 없었다.

'왜 저놈이 저기에 있지?'

우드스탁 길마는 떨리는 손가락으로 태현을 가리켰다.

"너, 너……!"

"그래. 내가 누군지 당연히 알겠지?"

"네가 이 습격을 계획했구나!"

이상하게 흐르는 대화의 방향!

우드스탁 길드가 오해하는 것도 무리는 아니었다. 태현과 김태산은 부자 관계였고, 태현은 다른 길드의 일에 깽판 놓는 것으로 악명 높았으니까.

태현은 살짝 당황해서 손을 흔들었다.

"아, 아니거든?"

"뭐? 네가 아니라면 누가 했다는 거냐!"

"저 습격은 나하고는 상관이 없다고. 애초에 같이 습격했으면 이렇게 혼자 내려왔겠냐? 오크들하고 같이 왔겠지."

생각해 보니 맞는 말이었다. 그래도 아무도 경계를 풀지는 않았다. 이제까지 쌓은 업보!

우드스탁 길마는 경계심 가득한 눈빛으로 물었다.

"그러면 여기는 무슨 일로 온 거냐? 잠깐, 4층에는 우리 길드원들이 입구를 막고 있었을 텐데? 어떻게 들어온 거지?"

"응? 4층에? 없었는데?"

표정 하나 변하지 않고 뻔뻔하게 말하는 태현!

"뭐라고?!"

"아, 위에 있는 최강지존무쌍 길드원들이 공격했나 보네. 너희들한테 알려주기 전에 로그아웃 당한 게 분명해."
"그, 그런……! 벌써 4층까지 들어왔다고?!"
"길마님! 어떻게 하죠!"
"조용히 해라! 나도 지금 생각하고 있다!"
절망하는 길드원들! 태현은 웃으며 말했다.
"너무 걱정하지 마. 내가 그래서 왔지."
"……그래서 넌 무슨 일로 온 거지?"
"아, 여기 던전 지하에 볼일이 있어서."
"4층 이하는 우리 길드의 허락을 받아야 하는데……."
"하하, 원래 잘 부탁해서 허락을 받으려고 했는데 감시하는 사람이 없더라고. 그래서 그냥 들어왔지."
뻔뻔하게 말하는 태현을 보고 길마는 입맛을 다셨다. 저게 거짓말이라는 건 당연히 알고 있었지만, 지금 싸울 수는 없었다. 김태산과 오크들이 저 위에 있는데 적을 하나 더 늘릴 수는 없는 것!

-길마님, 저렇게 입을 놀리는데 가만히 내버려 둬야 합니까?
-……내버려 둬라. 지금은 싸울 때가 아니다.

알 수 없는 두려움! 이제까지 태현과 싸워서 좋은 꼴을 본 사람이 없었다. 그걸 알았기에 길마도 참고 있는 것이었다.
'덤비고 싶지만, 무슨 함정이 있을 게 분명해!'
"우리 앞에 나타난 건 뭐냐? 뭘 원하냐?"

"너희들을 도와주고 싶어서 말이야."

모두가 귀를 의심했다. 방금 저놈이 뭐라고 말한 거?

"으하하하하! 그걸 믿으라는 거냐? 필요 없다! 꺼져라!"

"그래? 그러면 뭐……."

태현은 주저하지 않고 돌아섰다. 그러자 길드원들이 황급히 나섰다.

"길, 길마님. 지금 상황이 안 좋잖습니까. 도와준다는데 이야기라도 들어보는 게……."

"넌 저놈을 믿냐!?"

"아니, 이야기 정도는 들어봐서 나쁠 거 없잖습니까."

"맞아요. 그리고 김태현이 은근히 착하대요. 거칠어 보여도 속은 따뜻하다고……."

"그런 헛소문을 믿는다고?!"

길마는 기가 막혔지만 궁지에 몰린 길드원들은 완강했다.

'적어도 이야기는 좀 들어봐라!'

길마는 분위기를 파악했다. 여기서 듣지 않는다면 그가 나쁜 놈이 될 분위기였다.

'아오…… 엮이기 싫은데…….'

길마는 망설이다가 결국 태현을 불렀다.

"야! 잠시만 기다려 봐!"

그러나 태현은 멈추지 않았다.

"야! 잠시만 기다리라니까! 왜 말이 없어!"

"꺼지라고 해서 꺼지는 중인데? 아버지한테나 가야겠다."

간장 그릇보다 좁은 속!
"미, 미안! 내가 말이 좀 성급했다!"
여전히 멈추지 않는 태현!
"잘못했습니다! 이야기만 좀!"
우뚝-
태현은 그제야 발걸음을 멈췄다.
"좋아. 그러면 이야기를 해볼까?"
태현은 말과 함께 파티원들을 불렀다. 케인, 이다비를 필두로 파워 워리어 길드원들이 민망한 표정으로 우르르 튀어나왔다.
"저놈들은 어디 있었어?!"
"그게 중요한 게 아니고. 자. 일단 사진이나 한 방 찍자."
태현은 우드스탁 길마의 어깨에 팔을 올렸다.
"뭐야? 뭐야?"
"야. 웃어. 웃으라고."
찰칵!
"잘 나왔네요!"
우드스탁 길마가 상황 파악을 끝내기도 전에 이다비는 사진을 찍었다.
"뭐 하는 거냐?!"
우드스탁 길마가 항의했지만 이미 상황은 끝난 뒤였다.
"뭐 하냐니. 같이 손잡은 기념으로 사진 한 방 못 찍어?"
"분명 꿍꿍이가 있잖아!"
우드스탁 길마는 이를 갈며 말했다. 그가 바보도 아니고,

지금 이렇게 사진을 찍는 이유는 뻔했다. 그와 태현이 저렇게 같이 있는 사진을 연합의 다른 길마들이 본다면?

상황도 그럴듯했다. 다른 길마들이 모두 지원을 거절한 상태니…….

"꿍꿍이라니. 나 참. 그냥 반가워서 사진 찍은 건데? 나 기분 상했어."

"태현 님, 참으십시오. 태현 님처럼 관대하신 분이 참으셔야 하지 않겠습니까?"

태현과 파워 워리어 길드원들의 같잖은 연기를 보자 더 화가 났다. 우드스탁 길마는 짜증을 꾹 참고 말했다.

"이 사진은 절대 공개하지 마라."

"기분 상해서 공개해 버릴지도 모르겠네."

"……내가 잘못했으니 공개하지 마라!"

"알겠어. 알겠어. 자. 모두 새끼손가락 걸고 약속하자고."

"걸었습니다!"

"봤지? 다들 새끼손가락 걸었네. 믿어도 좋아."

자리에 있던 태현의 파티원들은 모두 새끼손가락을 흔들었다. 아무리 봐도 우드스탁 길마에게는 놀리는 것으로밖에 보이지 않는 상황!

그러나 더 할 말이 없었다. 말해봤자 자기 무덤만 파게 될 것 같았던 것이다.

"알겠다. 앞으로 어떻게 할 거지?"

"음, 일단 던전을 마저 깨지?"

우드스탁 길마는 귀를 의심했다. 지금 뭐라고?

“뭐라고?”

“여기 6층을 마저 깨자고. 여기 아직 한 번도 못 깬 지하 던전이라며? 보상이 쏠쏠할 거 아냐.”

“아, 아니…… 지금 위에 상황이…….”

탁-

태현은 우드스탁 길마의 어깨 위에 손을 올리고 진지하게 말했다.

“상황이 위급할수록 침착하게 생각해야 해.”

“네놈…… 설마 네 길드 아니라고…….”

“사람이 찰떡같이 말해도 개떡같이 알아듣네. 야, 지금 내가 너희들을 밖으로 잘 빼돌리면? 여기 던전에 다시 올 수 있을 거 같냐? 다음부터는 최강지존무쌍 길드가 지키고 있을 텐데?”

태현의 말은 사실이었다. 지금 탈출하는 데 성공하면, 요새를 탈환하기 전까지는 이 던전을 공략하러 오기 힘들 것이다. 즉, 깨려면 지금이 기회!

받아들이기 힘들어서 그렇지 냉정하게 생각해 보면 지금 마저 공략을 해야 했다.

“어차피 위의 상황은 끝났어. 괜히 빨리 올라가 봤자 달라지는 거 없다니까?”

“윽, 으윽…….”

악마의 속삭임!

옆에서 듣던 케인은 궁금해져서 물었다.

-야, 근데 왜 쟤네 좋은 일 해주냐?

-무슨 소리야? 던전 보상 같이 먹으려고 하는 건데.

케인은 감탄했다. 정말 어떤 상황에서도 뼛속 깊숙이까지 빼먹는 태현! 우드스탁 정도 되는 길드가 이렇게 공을 들여서 깨려고 하는 던전이라면, 나오는 보상도 보통이 아니었다.

그걸 또 어떻게든 뺏어 먹으려고 저러다니!

"던전을 깨는 동안 위의 놈들이 내려올 수도 있지 않나?"

"그래 주면 우리야 편하지. 시간이 지나서 내려올 테니 몬스터도 다시 생겨 있을 거고, 여기 지형은 숨어서 싸우기 좋은 데다가 아직 클리어도 안 됐잖아? 쉽게 이길 수 있어."

"으, 으음, 으음……."

"나 정도 되는 랭커가 깨준다는 게 흔한 기회는 아니잖아?"

"……좋다! 던전을 깨자!"

"잘 생각했어!"

태현은 길마의 등을 두들겼다. 이다비는 길마의 위에 보이지 않는 실이 보이는 기분이었다. 조종당하는 꼭두각시!

"아, 맞다. 던전 깨기 전에 너희 대장장이한테 말 좀 걸어도 되겠지?"

태현은 자연스럽게 말을 꺼냈다. 원하던 목적을 손도 안 대고 달성할 생각!

우드스탁 길마는 멈칫하더니 고개를 끄덕였다.

"그러든가."

'멍청한 놈. 곤르도 성격을 아직 몰라서 저러는군.'

우드스탁 길마가 선선히 양보해 준 이유가 있었다. 그들이 모시고 있는 대장장이 NPC, 곤르도의 성격이 엄청나게 까다롭고 괴팍했던 것이다. 왕궁 출신인 만큼 실력은 대단했지만, 그 비위를 맞추기 위해 우드스탁 길드가 관련 퀘스트를 얼마나 깼는지……. 태현처럼 처음 보는 플레이어가 가서 버프 좀 걸어달라고 말을 걸면 욕부터 할 게 분명!

'크크. 김태현 놈. 기계공학에 대장장이 기술도 좀 한다고 했었지? 망신 좀 당해봐라.'

우드스탁 길마는 기대되는 눈빛으로 태현을 쳐다보았다.

태현은 곤르도에게 다가갔다.

[고급 화술, 고급 기계공학 스킬을 갖고 있습니다. 곤르도를 상대할 때 보너스를 받습니다.]

[신성한 대장장이 칭호를 갖고 있습니다. 곤르도가 당신을 존경심을 갖고 대합니다.]

[사디크의 화염을 막아낸 자 칭호를 갖고 있습니다. 오스턴 왕국의 위기를 막아낸 당신에게 곤르도가 경외……]

주르륵 뜨는 메시지창. 그 결과…….

"만나 뵙게 되어서 영광입니다, 김태현 백작님!"

덥석!

곤르도는 무릎부터 꿇고 태현의 손을 붙잡았다.

우드스탁 길마와 길드원들은 눈을 크게 치켜떴다.

저 아저씨가 사람 차별하나?!

배장욱은 긴장한 얼굴로 앉아 있었다. 앞에 앉아 있는 사람 때문이었다.

"국장님 오셨습니까!"

"그래. 잘 지냈나?"

흰머리가 희끗희끗하게 난 중년 남자가 회의실의 문을 열고 들어왔다.

이종국 국장. MBS에서 배장욱에게 많은 것을 알려준 하늘 같은 대선배였다.

"듣자 하니 이번에 기획한 투기장 대회, 아주 잘나가고 있다며?"

"하하……."

배장욱은 쑥스럽다는 듯이 뒷머리를 긁적거렸다.

실제로 지금 투기장 대회는 엄청난 관심을 받고 있었다.

다만…….

"그리고 장욱이 자네가 MBS 소속 팀 멤버에 불만이 있다는 말도 좀 들었지."

"그, 그건……."

"왜. 내가 잘못 들은 건가?"

"아닙니다. 이번 멤버는 좀…… 불안합니다. 물론 화제성이나 인기가 가장 중요하긴 하지만, 5명이 같이 싸우는 게임 아닙니까? 궁합도 생각 안 하고 무작정 붙여만 놓는 게 능사는 아니라고 생각합니다."

"그래, 맞는 말이야."

하늘 같은 대선배가 그의 말에 동의해 주자, 배장욱은 매우 기뻤다.

"게임 전문 방송국이지만 의외로 게임 자체에 관심을 안 가지는 사람들도 있지. 이번 결정도 그런 사람들이 내린 거고. 그렇게 붙여 놓는다고 되는 게 아닌데…… 그래서, 문제가 심각한가? 장욱이 자네가 보기에는 어때? 설마 1회전 탈락이라도 할 거 같나?"

"그건 아닙니다."

배장욱은 단호하게 말했다. 불안 불안해도, 배장욱은 태현과 이세연이 있는 팀이 1회전에서 바로 탈락하리라고는 상상도 할 수 없었다.

"그나마 다행이군그래. 주최 측이긴 하지만 우리 이름을 달고 나가는 팀이 1회전 탈락하면 좀 망신이지 않겠어?"

"그렇습니다."

"자네가 자신 있어 하니 다행이야. 이봐, 장욱이."

"예?"

"내가 보기에, 이번 대회는 잘될 것 같아."

"감, 감사합니다?"

"그러면 이제 자네도 좀 귀찮아지겠지. 계속 PD로 있을 수는 없지 않나. 자네도 위를 바라봐야지."

배장욱은 놀란 눈으로 이종국을 쳐다보았다. 지금 이종국은 승진을 이야기하고 있었다.

"이제까지 성공시킨 프로그램이 몇 갠데, 자네가 인맥만 좀 더 있었어도 바로 올라갔을 거야. 이번 대회까지 성공시키면 자네가 싫다고 해도 올라가겠지. 본부장 정도는……."

"저는 현장에 있고 싶습니다만."

"이 사람아. 자네가 그러고 싶어도 안 된다니까. 회사도 눈치가 보이는데. 안 그래도 시기하는 사람들이 많아."

비교적 젊은 나이에 수완과 능력을 보여주는 배장욱을 시기하는 사람들은 꽤 있었다.

"어린놈이, 언제 한번 잘못 걸려서 망해봐라, 이런 생각을 하는 속 좁은 놈들이지. 이번에 팀원을 구성하는데 입김을 불어 넣은 것도 그쪽이야. 다 된 밥상에 숟가락 얹어보겠다는 심산이지."

"그런……."

"장욱이, 더 크게 되게."

"……?"

"이번 대회는 분명 만족스러운 성과지만 오래가지는 못할 거야."

"어째서…… 입니까?"

"너무 흥행했거든. 지금 내가 물밑으로 제안을 받은 곳이 몇 군데인지 아나? 심지어 유성그룹 같은 곳에서도 제안이 왔어. 프로게이머 팀을 만든다면 전폭적으로 지원을 할 생각이 있다고."

"유성은 예전 일 때문에 관심을 끊은 거 아니었습니까?"

"무슨 바람이 불었는지는 나야 모르지. 그쪽에서는 진지하게 말했으니 믿어도 될 거야."

"그런……."

E 스포츠에 학을 뗀 유성그룹까지 다시 제안할 정도라니.

"그러면 좋은 거 아닙니까?"

"아니지. 이 정도로 크면 다음 대회부터는 우리가 주관할 수 없을 거야. 아마 판온 회사에서 직접 주최하겠지. 전 세계 규모로."

"아……!"

너무 흥행했기에, 다음 대회부터는 MBS가 주최하기 힘들다. 배장욱은 바로 이해했다.

"물론 그렇게 되도 자네의 성과는 기록에 남겠지만…… 그 이후도 생각해야지."

"열심히 하겠습니다."

"사실 오늘 부른 건 제안이 있어서네."

"무슨…… 제안이십니까?"

"김태현 그 친구, 방송에 내보낼 생각은 없는가?"

배장욱은 고개를 갸웃거렸다.

"김태현이라면 이미 방송에 나오고 있잖습니까?"

"그건 게임 방송이지. 그리고 정확히 말하자면 그건 방송도 아니야. 게임 플레이 영상을 편집해서 틀어주는 거잖나."

"아……."

"왜 이세연이 특별한 줄 아나?"

"다른 방송을 뚫었기 때문입니까?"

"바로 그렇지. 다른 게이머들은 그걸 못 해. 게임 할 때나 자기 개인 방송할 때는 말을 좀 해도 공중파, 아니 케이블 방송만 나가도 말을 버벅이고 당황한단 말이야."

"아무래도 방송인이 아니라 게이머다 보니……."

"변명은 통하지 않네. 물론 판온이 이제까지 나왔던 게임 중 압도적인 게임이기는 하네. 게임을 하는 사람들은 모두 다 아는 게임이지. 판온을 아는 사람에게 '김태현', '이세연'물어보면 다 알 거야. 그렇지만 판온을 모르는 사람에게 물어보면?"

"이세연은 알지만 김태현은 모르겠죠."

이세연은 판온 1때부터 꾸준히 쌓은 인지도로 공중파 방송도 출연을 하는 인기인이었다. 게임을 모르는 일반인들의 인지도는 차이가 날 수밖에 없는 것!

"나는 그 김태현이라는 친구도 저 정도는 됐으면 하네."

"그렇게까지 해야 할 이유가 있습니까?"

"이유야 있지. 우리 MBS가 현재 잘나가고 있기는 하지만 우리는 결국 게임 전문이야. 그에 비해 SBC 같은 곳은 워낙 덩치가 크잖나."

MBS는 특유의 수완으로 판온 관련 방송 대부분을 성공시키고 있었다. 그러나 SBC 같은 기존 대형 방송사의 덩치는 무시할 수 없었다.

"우리가 지금 잘나가고 있어도 언제 어떻게 될지 몰라. 게임 부분만 지키는 게 아니라 적극적으로 치고 나가야지. 게이머들만 보는 방송이 아니라 일반인들도 보게 하는 방송."

"어떻게 말입니까?"

"아이콘, 아이콘이 필요해. 일반인들도 보면 '아, 저 사람!' 하고 알 사람. 그런 아이콘이 있으면 우리가 게임 관련 방송이 아닌 새로운 방송을 시도해도 좀 가능성이 있지 않을까?"

"너무…… 앞서나가는 이야기 같습니다만."

"물론 지금이야 허황되고 가능성 없는 이야기지. 그렇지만 이렇게 가정해 보게. 김태현이 지금 이세연처럼, 아니, 이세연보다 더 인기 좋은 스타가 된다면? 그런 김태현이 있다면 어떤 시도를 할 수 있을 거 같나?"

꿀꺽-

배장욱은 무의식적으로 침을 삼켰다. 경험 많은 PD답게, 순식간에 여러 아이디어가 머리를 스치고 지나간 것이다.

이종국은 빙그레 웃으며 말했다.

"어때, 이제 좀 구미가 동하나?"

"솔직히 감탄했습니다, 선배님. 이런 생각을 하실 줄이야."

현실성이 있든 없든, 이 정도로 미래를 보고 있는 이종국의 시야에 배장욱은 감탄했다.

"뭘, 자네도 나이 들면 이 정도는 하게 될 거야."

"그렇지만, 현실적으로 문제가 좀 많아 보이는데요."

"말해보게."

"일단 지금 김태현은 계약한 회사가 없습니다. 이제까지는 그럴 필요가 없었거든요. 녹화한 게임 영상을 보내주면 우리가 편집해서 내보내는 형식이었으니 우리하고만 계약해도 됐습니다. 그렇지만 정식으로 방송을 뛰려면 든든한 회사가 필요합니다. 우리 방송국만 상대하지는 않을 거 아닙니까?"

"그래. 그래서 이미 SI 엔터 대표와 이야기를 끝내놨지. 그쪽은 쌍수를 들고 환영하더군."

배장욱의 입이 벌어졌다. 차원이 다른 이종국의 활동력!

"S, SI 엔터라면……."

중소 엔터테인먼트가 아닌, 이미 뛰어난 가수나 배우들을 데리고 있는 대형 엔터테인먼트 회사 중 하나였다. 뒤를 받쳐줄 회사로는 충분하다 못해 과분할 정도!

"SI 엔터가 그 정도로 김태현을 고평가한 겁니까?"

게임에서야 온갖 칭송을 다 듣지만, 방송계에서 아무것도 한 적 없는 태현을 고평가하는 건 이해가 가지 않았다.

"나하고 친하잖나. 내가 잘 말하기도 했지. 가능성이 보이는 원석이라고."

"그, 그래도 좀 신기하군요."

"하긴. 그 까다로운 대표가 이야기를 듣더니 좀 빠르게 수긍하기는 했지. 미리 알고 있던 거 아닐까?"

"그분이 게임도 관심이 있으셨습니까?"

"조카가 나오는 데 관심이 없지는 않았겠지. 어쨌든 회사는 됐나?"

"예, 예."

"또 남은 문제는?"

"그……."

배장욱은 말끝을 흐렸다. 어쩌면 이 문제가 가장 큰 문제 중 하나였다.

"김태현이 방송에 관심이 없습니다."

"……뭐라고?"

"게임 영상도 거의 손이 안 가니까 하는 거지, 제가 했던 제안들은 다 거절했었습니다."

예전에 배장욱이 태현에게 슬쩍 말을 꺼내본 적이 있었다. 다른 사람들의 게임 프로에 좀 나가볼 생각이 없냐고.

태현만 나가준다면 게임 쪽에서는 특급 게스트 아닌가.

그러나 태현은 냉정하게 거절했다. 귀찮아서!

"자네가 제대로 설명했나?"

"근데도 귀찮다고……."

이종국은 놀란 표정을 지었다. 다른 사람이라면 '감사합니다! 최선을 다해보겠습니다!'라고 반응했을 것이다.

이런 전폭적인 지원이라니.

젊은 게이머의 꿈 아닌가! 공중파로의 진출!

"집이 워낙 잘사니 아쉬운 게 없어서 그런 것 같습니다만……."

이종국은 배장욱의 말을 듣고 고개를 끄덕였다.

"그렇다면 방법이 있지."

"정말이십니까?!"

배장욱은 놀란 눈으로 이종국을 쳐다보았다.

역시 대선배의 경력은 어디 가지 않는구나!

이런 문제의 해결책도 갖고 있다니!

"그래. 자네가 가서 설득하게."

"……예??"

"자네가 가서 설득하게."

"아, 아니. 제 말을 안 듣는……."

"그렇다면 들어줄 때까지 설득하게."

잊고 있었다. 온화해 보이지만, 이종국 이 사람도 만만치 않게 열혈이라는 것을!

까라면 까라!

이렇게 된 이상 답은 하나밖에 없었다. 배장욱은 눈물을 삼키며 고개를 끄덕였다.

"알겠습니다……."

"그래. 잘 부탁하네!"

자리에서 일어서며 배장욱은 속으로 의문을 가졌다. 이종국은 태현의 뭘 보고 저렇게 확신하는 걸까? 그가 놓치고 있는 무언가를 보고 있는 것일까?

"흠흠, 그래서…… 그렇군."

"그렇습니다! 어이구, 정말 대단한 실력이십니다! 오스턴 왕가에서 일하셔도 될 것 같습니다!"

"미친 소리는 하지 말고."

태현은 오스턴 왕궁에는 한참 후에 갈 생각이었다.

그만큼 찔리는 게 많았던 것이다.

[대장장이 곤르도에게 <왕가의 오리하르콘 화살> 제작법을 직접 지도받습니다. 제작 시 대장장이 곤르도의 도움을 받을 수 있습니다. 현재 갖고 있는 주괴로 만들 수 있는 <왕가의 오리하르콘 화살>은 한 개 반입니다.]

"아니 뭔 한 개 반?!"

태현은 어이가 없었지만 일단은 만들 수 있는 만큼 만들려고 했다. 그러나 다른 사람들은 더 어이가 없었다.

던전의 6층을 깨자고 해놓고 대장장이 NPC와 앉아서 이것저것 만들고 있는 태현! 게다가 대장장이 곤르도의 <조립식 강력 용광로> 아이템까지 사용해서 자리를 깔고 있었다.

"야! 그걸 네가 왜 써!"

만약을 위해 아껴둔 소모 아이템, 조립식 강력 용광로!

사용하면 자리에 일시적으로 작은 용광로가 생겨났다.

장비 수리, 강화에 추가 버프를 주는 강력한 아이템! 그런 걸 태현이 써버리니 우드스탁 길드 입장에서는 어처구니가 없었다. 그러나 태현이 변명하기도 전에, 곤르도가 나섰다.

"김태현 백작님께서 여러분들을 위해 나섰는데 그게 무슨 무례입니까! 어서 사과하십시오!"

"……."

우드스탁 길드원들의 눈빛이 멍해졌다. 그렇게 연계 퀘스트를 고생고생해서 깨 가며 데려왔더니 뭐라고?

세상에 믿을 NPC 하나 없다!

"진정해, 곤르도. 걔네들이 뭘 알겠어."

"김태현 백작님!"

"이래서 대장장이들은 힘들다니까."

"맞는 말씀이십니다!"

호흡이 척척 맞는 둘!

"이거 만드는 거나 도와줘. 자."

"알겠습니다! 최선을 다하겠습니다!"

[<왕가의 오리하르콘 화살>을 제작합니다.]

[제작 시 실패할 수 있습니다.]

땅, 땅, 땅-

태현은 깜짝 놀라서 메시지창을 쳐다보았다. 막대한 행운 스탯 덕분에 저런 실패와는 거리가 멀었던 태현이었다.

저런 게 뜨다니!

망치를 휘두르던 태현의 몸이 긴장으로 굳어졌다.

'윽, 판온 1때 아픈 기억이…….'

판온 1때 대장장이로 했던 태현은 행운도 뭐도 없었다. 그때는 정말 만들다가 망하고 만들다가 망하고의 연속 반복!

지금은 행운 스탯이 있어서 그런 짓을 안 해도 됐다. 새삼스럽게 느껴지는 차이였다.

"김태현이 대장장이 스킬이 높다더니……."

"어느 정도지?"

"중급 정도는 찍지 않았을까?"

"야, 전투 계열 스킬 찍기도 바쁜데 대장장이 스킬을 중급 찍었을까?"

태현이 가차 없이 망치를 두드리는 모습을 보자 우드스탁 길드원들은 자기들끼리 떠들었다. 이 상황이 어이없기는 해도, 태현 같은 랭커가 스킬을 쓰는 모습을 실제로 보는 건 드문 기회였던 것이다.

[<왕가의 오리하르콘 화살> 제작에 성공합니다. 중급 대장장이 기술 스킬이 고급 대장장이 기술 스킬로 변합니다.]

[칭호: 경지에 오른 기계공학 대장장이를 얻었습니다.]

[중급 <날카롭게 갈기> 스킬이 고급 <날카롭게 갈기> 스킬로 변합니다.]

…….

[라제단 대장장이의 비전 스킬, <불안정한 강화> 스킬을 얻었습니다.]

[레벨 업 하셨습니다.]

[명성이 크게 오릅니다.]

'됐다!'

태현은 주먹을 불끈 쥐었다. 산이 정확히 맞아떨어진 것이다. 오리하르콘 화살을 만든다면 거의 끝에 오른 중급 대장장이 기술 스킬을 고급까지 올릴 수 있으리라는 계산!

덕분에 레벨 업까지 성공했다.

레벨 : 77

직업 : 아키서스의 화신

정말 간신히 70대 후반까지 찍은 레벨. 남들은 100을 돌파하고 100 후반을 넘보고 있는 상황에서, 아직도 70 후반이라는 걸 생각하면 가끔 울컥할 때가 있었다.

어쨌든 고급 대장장이 기술 스킬로 인해 추가 보너스까지.

엄청난 성공이라고 볼 수 있었다.

'그런데…… 왜 비전 스킬이 <불안정한 강화>지?'

라제단 대장장이. <장비 위조>나 <장비 강제 착용>이나 <불안정한 장비 제작> 같은 이상하고 독특한 대장장이 스킬을 사용하는 대장장이 직업!

태현은 이 직업의 스킬을 몇 개 얻어서 잘 쓰고 있었다. 물론 그렇다고 비전 스킬 보상을 이런 종류로 받고 싶은 건 아니었다.

기껏 얻는 비전 스킬인데, 다른 좋은 것도 많지 않은가! 고급 마법검 제작부터 시작해서 온갖 게 있는데 왜 하필 라제단 대장장이 스킬?

<불안정한 강화>

'불안정' 속성이 달린 장비를 강화할 수 있습니다. '불안정' 속성이 달린 장비가 강화될 경우 일정 시간이 지나면 파괴됩니다.

태현의 얼굴이 × 씹은 얼굴로 변했다.

이게 뭔 극단적인 스킬이란 말인가.

'이거 쓸 수 있나?'

아마 <불안정한 장비 제작>도 그렇고, 라제단 대장장이의 특징이 이 '불안정' 속성 같은데…….

태현의 속마음도 모르고, 대장장이 곤르도는 손뼉을 치며 환호했다.

"김태현 백작님! 고급 대장장이 기술이라니, 정말 대단하십니다!"

우드스탁 길드원들의 고개가 홱 돌아갔다.

방금 뭐라고?

"고급???"

"잘못 들은 거 아니지?"

"아니, 분명 고급이라고 했는데……."

지금 대장장이 플레이어 중 랭킹 상위권의 플레이어들이 고급 대장장이 기술 스킬을 갖고 있었다. 전투 계열 직업을 가진 태현이 그런 대장장이 플레이어들과 같은 급의 대장장이 기술 스킬을 갖고 있는 것!

우드스탁 길드원들은 충격받은 얼굴로 태현을 쳐다보았다.

"정말 고급이라고?"

"내가 고급이면 안 되냐?"

"아, 아니. 안 되는 건 아닌데…… 진짜 어떻게 한 거냐?"

우드스탁 길마는 자존심도 버리고 은근슬쩍 다가가서 캐묻기 시작했다. 그냥 넘어가기에는 너무 궁금한 것이다.

대체 어떤 직업이길래 저런 스킬 트리를 찍는 거지?

"간단해."

"……?"

"열심히 만들고 열심히 쓰면 되지."

국영수 위주로 열심히 공부해라 같은 소리를 들은 기분!

우드스탁 길마가 따지려는 순간 태현이 말을 막았다.

"그보다 이제 곧 던전 돌아야 하는데 다들 장비 좀 맡겨봐라. 내가 추가로 버프 좀 해줄게."

"곤르도가 이미 했는데?"

"두 명이서 하면 더 좋잖아. 재가 쓰는 버프 스킬이랑 내가 쓰는 버프 스킬이랑 다를 거고."

"그렇긴 하네."

우드스탁 길마는 순순히 장비들을 앞에 내려놓기 시작했

다. 두 대장장이한테 버프를 받으면 좋기도 하고, 태현이 어떤 류의 버프 스킬을 받는지 궁금했기 때문이었다.

그러나 멀리서 그걸 보고 있던 케인은 경악하는 표정을 지었다.

'저, 저거!'

"야, 너희들도 와서 받아라."

"네!"

파워 워리어 길드원들은 쫄래쫄래 와서 줄을 섰다. 그걸 본 케인은 은근슬쩍 옆으로 거리를 벌렸다.

"케인 씨는 줄 안 서십니까?"

"나, 나는 배가 아파서……."

"행운? 이건 뭔 효과지?"

"처음 보는 버프인데?"

태현의 버프 스킬을 받은 우드스탁 길드원들은 고개를 갸웃거렸다. 이제까지 만나왔던 대장장이들과는 전혀 다른 버프 스킬이었던 것이다.

케인은 우드스탁 길마의 등을 두드렸다.

"힘내라, 짜식."

우드스탁 길마는 불쾌하다는 듯이 케인의 손을 쳐냈다. 그로서는 도저히 영문을 알 수 없는 케인의 행동!

그러는 동안 태현은 모두 작업을 끝냈다. 사실 케인의 오해와 달리 태현은 별다른 짓을 하지 않았다. 어차피 여기 있는 인원들은 여차하면 '인간 폭탄'으로 만들 수 있었으니까!

게다가 그들과 벌써부터 사이가 틀어질 필요는 없었다. 나중을 생각한다면 아직은 좀 친하게 지내도 됐다. 그들의 장비를 받은 건 스킬 경험치도 쌓고, 우드스탁 정도 되는 길드는 어떤 장비를 쓰나 궁금해서였다.

'괜찮은 거 쓰네. 물리 방어보다 마법 방어 우선시에, HP 회복 옵션보다 MP 회복 옵션…….'

대형 길드의 길드원들은 보통 공식을 따랐다.

가장 잘나가는, 정석적인 방법!

이것만 봐도 다른 대형 길드원들이 어떤 식의 옵션을 달고 다닐지 대충 예상이 갔다.

"가자!"

기나긴 준비를 끝내고, 우드스탁 길드원들과 파워 워리어 길드원들은 던전을 공략할 준비를 마쳤다. 태현 옆에 선 우드스탁 길마는 던전 6층에 대해 설명하기 시작했다.

"여기 6층에 나오는 놈들은 〈저주받은 도굴꾼 전사〉하고 〈저주받은 도굴꾼 주술사〉야. 이 전사 놈 중에 활 들고 있는 놈들이 특히 위험한데, 대미지가 장난이 아니거든. 5명보다 적게 나오면 쉽게 처리할 수 있지만 5명보다 넘게 나오면 골치가 아파져. 일단 탱커가 앞에 서서 어그로를 끌어야 하는데, 이게 아무리 탱커라도 쟤네 화살 세 방 맞으면 위험하거든? 두 방 안에 딜을 퍼부어서 화살 공격을 끊어야……."

우드스탁 길마는 아주 자세하게 설명을 늘어놓았다.

이 6층을 깨기 위해 오랫동안 준비했다는 게 거짓말이 아니라는 것처럼, 그의 분석과 공략은 구체적이고 정확했다.

"……하니까 절대로 조심해야 하고 서투른 짓은 하면 안 돼……."

"아. 적이다."

퍽!

저 멀리 통로에서 도굴꾼 전사들이 보이자 바로 머스킷을 꺼내 들어 선빵을 날리는 태현!

"야, 이 ×××야!!"

우드스탁 길마의 비명을 무시하고 태현은 적들에게 달려들었다.

적은 모두 여섯 명. 두 명은 활을 들고 있고, 나머지 넷은 칼을 들고 있었다.

우드스탁 길드원들이 고전을 하고 있는 걸 보면 적들의 레벨은 100 초반, 아니, 중반에 가깝다고 봐야 했다.

그러나 상관없었다.

'궁수부터 처리하자!'

-용용아, 오른쪽에 퍼부어라!

그림자 잠수 스킬을 사용한 다음 바로 뛰어올라 궁수 앞에 도착한 태현. 이미 공격력은 행운의 일격 중첩을 사용해서 뻥튀기를 시켜놓은 상태였다.

거기에 사제 플레이어들의 버프까지 받은 상태.

컨디션은 최상이라고 봐야 했다.

[치명타가 터졌습니다!]

"크아악!"

도굴꾼 전사가 비틀거리며 물러섰다. 뒤에 있던 동료가 당한 걸 깨닫자 다른 전사들이 재빨리 돌아섰다.

"침입자들이 어디서!"

"죽여 버리겠다!"

[도굴꾼의 악의 서린 저주가 시전됩니다.이동속도, HP 회복 속도, MP 회복 속도가 모두 내려갑니다.]

[도굴꾼에게 입는 대미지가 증가합니다. 신성 권능 스킬로 저주에 저항하는 데 성공합니다.]

도굴꾼들은 휘어진 곡도를 들고 달려들었다. 너풀거리는 갈색 천 갑옷은 낡아 보였지만 그렇다고 방심할 수는 없었다. 언제나 레벨은 깡패였으니까!

온갖 현질한 장비를 입은 레벨 1보다, 속옷만 입고 돌아다니는 레벨 100짜리 플레이어가 더 무서운 법!

태현은 재빨리 대응했다.

<소형 번개 폭탄>. 대미지는 다른 폭탄류보다 적은 편이지만 마비, 스턴 효과가 더 길었다.

태현이 직접 아탈리 왕궁의 창고에서 뜯어낸 재료로 만들

었으니 효과는 확실!

파지직!

[저주받은 도굴꾼 전사가 스턴 상태에 빠집니다.]

그렇게 오래가지는 않지만, 몇 초면 충분했다. 몇 초의 시간이라면 태현에게는 한 명을 쓰러뜨리고 다음 놈까지 쓰러뜨리기 충분한 시간!

-콰아아아!

용용이가 활을 든 도굴꾼을 양 발톱으로 붙잡고 강력하게 번개를 퍼붓고 있었다.

-주인이여. 잡았다! 빨리 처리해라!

"그래. 잡고 있어!"

푹찍!

[치명타가 터졌습니다!]

뒤에서 위험한 공격을 날릴 수 있는 궁수들은 먼저 처리한다. 그다음에 남은 전사들을 하나씩 처리해 나간다.

간단해 보여도 실제로 하는 건 절대로 간단하지 않았다. 그런데 태현은 아이템 몇 개와 스킬만으로 해내고 있었다.

꿀꺽-

우드스탁 길마는 침을 삼켰다. 김태현에 대한 이야기는 많이 들었어도 이렇게 직접 보니 장난이 아니었다. 주변에서 풍기는 분위기부터가 달랐던 것.

'대단하다!'

우드스탁 길마도 랭커는 많이 만나봤고, 그도 거의 랭커와 비슷한 수준이라고 생각했지만, 실제 태현을 보니 그런 생각은 사라졌다.

'쑤닝 놈이 그렇게 털린 이유를 알 거 같군…….'

쑤닝과는 차원이 다른 품격!

이후로도 태현은 과감하게(우드스탁 길마의 기준으로는 무식하게) 행동했다. 그럴 때마다 우드스탁 길드가 이제까지 치밀하게 조사해서 쌓아 올린 공략법은 의미가 없어졌다. 문제는 태현이 곤란에 처하지도 않고 아주 잘 처리한다는 것!

-저놈 뭐냐 진짜?

-한번만 걸려서 망해라!

처음에는 '와 대단하다', '저래서 자신 있게 나선 건가' 하던 우드스탁 길드원들도 태도가 달라졌다.

제발 한 번만 실수를 해서 망신을 당해다오!

태현이 실수를 하면 그들한테도 좋을 건 없었지만, 그만큼 태현이 상식을 벗어나고 있었던 것이다. 그러는 사이 태현은 또 한 번 도굴꾼 전사 무리를 쓰러뜨리고 있었다.

파아앗!

쓰러진 도굴꾼 전사 중 하나가 〈죽은 척하기〉스킬을 사용한 다음 재빨리 태현에게 덤벼든 것이다.

물론 태현은 당황하지 않았다.

쾅!

옆에 있던 케인을 끌어당겨서 가볍게 막아낸 것이다.

케인은 이제 당황하지도 않고 자연스럽게 막아냈다. 이제 이런 상황에는 너무 익숙해졌다!

그걸 본 우드스탁 길드원들은 탄성을 내뱉었다.

"아……."

"아깝……."

그들의 말을 들은 태현이 고개를 돌렸다.

"응? 뭐라고?"

"아, 정말 대단하시구나! 라고 하려고 했습니다."

"아깝다! 더 쉽게 처리할 수 있었는데 라고 하려고 했습니다!"

곧바로 태도를 바꾸는 길드원들! 태현이 날뛰는 걸 눈앞에서 직접 보니, 더더욱 싸움을 걸 생각이 들지 않았다.

바깥의 김태산과 오크들보다 더 무서운 게 이놈!

그나마 지금은 같은 편이라는 게 다행이었다.

-아오, 저 얄미운 놈! 한 번만 넘어졌으면 좋겠다! 아까 함정은 대체 뭐냐? 김태현 저놈은 왜 안 맞는 거지?

-김태현 회피율이 높다고 들었는데요.

-아무리 높아도 그렇지 저게 말이 되냐!

아까 전, 그들은 함정이 가득한 통로를 지났다. 저번 시도 때 피를 본 우드스탁 길드원들은 매우 조심스럽게 접근하려고 했다. 그러나 태현은 성큼성큼 가운데로 걸어갔다.

당연히 함정은 전부 작동! 온갖 공격이 날아오는데 태현은 멀쩡하게 함정을 통과해서 지나가 버렸다.

거기서 끝나지 않았다. 화살부터 시작해서 옆에 설치된 부품까지 뜯어서 챙겨 나가는 여유를 보여준 것이다.

뒤에서 보고 있던 우드스탁 길드원들이 기가 막힐 수밖에 없었다.

대체 저놈은 뭐냐!

-아무리 김태현이라도 다음에는 막힐 수밖에 없을 거다. 우리도 저번에 저기서 막혀서 돌아왔으니까.

-맞아! 분명 다음에는 골렘이 있었지!

-막혀서 우리한테 도움을 요청할 거다. 그때 얼굴을 한번 보자고!

-너무 기대됩니다!

다른 길드원들의 대화를 듣고 있던 길드원 중 한 명은 속으로 생각했다.

'근데 김태현이 활약하면 어쨌든 좋은 거 아닌가?'

맞는 말이었지만 이들에게는 통하지 않는 말!

CHAPTER 6

쿠르릉-

[도굴꾼들의 수호 골렘이 잠에서 깨어납니다. 골렘을 상대할 때에는 주의하십시오. 골렘의 주먹에 맞을 경우 크게 다칠 수 있습니다.]

"……!"

새 방에 들어가자 뜨는 메시지창. 저렇게 주의하라는 메시지창이 뜬다는 건 그만큼 상대가 강하다는 뜻이었다.

태현은 고개를 돌려 우드스탁 길마를 쳐다보았다.

우드스탁 길마는 무언가 기대하는 눈빛으로 태현을 바라보았다.

-쟤 왜 나를 저렇게 쳐다보냐?

-이제까지 못 깼는데, 태현 님이 있으니까 깰 수 있을 것 같아서 그러는 거 아닐까요?

-그런 거치고는 뭔가 눈빛이 기분 나쁜데?

-태현 님은 언제나 다른 사람 눈빛 기분 나쁘다고 하시잖…….

-시꺼.

태현은 귓속말을 끊고 앞으로 시선을 돌렸다. 직사각형의 거대한 방의 옆면에서 골렘이 걸어 나오고 있었다.

태현은 문득 궁금해져서 물었다.

"그러고 보니 이 던전은 무슨 던전이냐?"

"교단의 유적지 던전으로 알고 있는데……."

"무슨 교단?"

"그거까지는 잘 모르겠는데. 그게 필요한가?"

"던전을 공략하려면 그 던전이 어떤 던전인지 알아야 하지 않나?"

"그런 게 왜 필요해? 그냥 그 던전을 공략하는 방법만 알면 되지. 굳이 배경까지 찾을 필요 있나?"

우드스탁 길마의 말을 듣고 태현은 고개를 저었다.

저런 식으로 하니까 아직까지 못 깨고 있는 거지!

전형적인 대형 길드의 방식이었다. 던전을 조사하기보다는 그냥 플레이어들 숫자로 밀어붙이는 방식.

어찌 됐든 계속 시도를 하다 보면 던전은 깨지게 되어 있었다. 물론 태현은 그런 것보다 좀 더 세련된 방식을 좋아했다. 던전에 대한 배경을 미리 알아내고, 그 던전에서 얻어낼 수 있는 건 다 얻어내는 방식!

"그런 식으로 하니까 못 깨지. 사전 조사는 중요하다고."

"……네가 할 소리냐?"

우드스탁 길마는 당당하게 말하는 태현의 모습에 할 말을 잃었다. 지금 공략법 말해주는 걸 하나도 안 듣고 혼자서 깨고 있는 게 누군데!

"몬스터 공략법 사전 조사 말고, 던전에 뭐가 있는지 같은 사전 조사 말이야. 멍청한 놈아. 몬스터 공략법 같은 건 쓸데없이 자세하게 조사하면서……."

태현의 말에 우드스탁 길마는 얼굴을 일그러뜨렸다.

그들이 피땀 흘려 노력한 걸 감히 저렇게 말하다니!

"그러면 네가 한번 해봐라!"

"안 그래도 할 생각이었다."

태현은 저 멀리서 움직이기 시작한 골렘을 눈을 가늘게 뜨고 노려보았다. 일단 나오기는 했지만 먼저 공격은 하지 않고 있었다.

'아마 접근하면 공격을 하는 거 같은데…….'

보아하니 우드스탁 길마는 여기서 골렘을 공략하는 데 실패하고 뒤로 돌아간 것 같았다.

옆에서 '그러면 네가 한번 해봐라!' 이러는 걸 보니 뻔한 모습!

태현은 케인을 불렀다.

"케인."

"왜?"

"저거 여기 앞으로 데리고 와라."

5m는 가뿐히 넘길 것 같은 거대한 골렘을 앞으로 데리고 오라니. 케인은 당황해서 태현을 쳐다보았다.

"그, 그냥 우드스탁 길드원들도 같이 움직이면 되지 않냐? 걔네들도 탱커 있어! 탱커 나만 있는 거 아니야!"

"굳이 걔네들까지 부를 필요 있나? 너라면 혼자서 할 수 있잖아."

"아니, 자신 없……."

"오오!"

"역시……!"

태현의 말을 들은 파워 워리어 길드원들이 감탄한 눈빛으로 케인을 쳐다보았다. 덕분에 케인은 '자신 없는데'라는 말을 하지 못하고 멈춰야 했다.

"실력을 보여주세요!"

"파이팅! 파이팅! 케인!"

순수하고 밝은 눈동자로 기대하는 파워 워리어 길드원들!

'이 자식들 일부러 이러는 건 아니겠지?'

어찌 되었든 여기서 물러설 수는 없었다. 케인은 한숨을 쉬고 앞으로 걸어 나갔다. 어쨌든 태현도 뒤에 있으니, 만약의 상황이 터지면 좀 구해주겠지!

'적당히 간 보다가 안 되면 바로 뒤로 튀어야겠다.'

"간다!"

그 비장한 모습에 우드스탁 길드원들도 수군거렸다.

"혼자서?"

"말도 안 돼."

"대단하군, 케인. 말은 많이 들었는데 이 정도일 줄이야."

"역시 김태현과 영혼의 듀오인 이유가 있어. 실력이 걸맞으니까 가능한 거겠지."

케인의 어깨가 들썩거렸다. 어째 점점 더 부담되는 상황!

적당히 간 보다가 튀려는 생각이었는데, 도망치기 부담되는 상황이 되어가고 있었다.

"케인. 뭐 하냐? 빨리 불러와."

"에에이! 간다!"

케인은 혼자 앞으로 달려 나갔다. 발판에 발을 디디는 순간, 골렘이 눈을 번쩍 뜨더니 달려 나오기 시작했다.

-침입자! 배제!

쾅! 쾅! 콰쾅!

케인은 이리 뛰고 저리 뛰며 공격을 피했다. 탱커지만 이 정도 회피는 할 수 있었다. 굳이 저 공격을 몸으로 받아내고 싶지는 않았던 것이다.

"야! 이놈아! 따라와라!"

케인은 골렘을 도발하고 뒤로 움직이려고 했다. 태현과 다른 길드원들이 있는 곳으로 끌어들이기 위해서!

그러나 골렘은 움직임을 멈추더니, 바닥을 내리찍었다.

붕-

[도굴꾼들의 수호 골렘이 <대지 뒤흔들기> 스킬을 사용했습니다. 방향 감각을 잃습니다.]

땅이 미친 듯이 요동치더니, 주변에 대한 감각이 사라졌다. 어디가 앞이고 어디가 뒤인지 파악하기 힘든 상황!

"으어억?!"

케인은 비명을 지르며 스킬을 사용했다.

상하좌우를 판단할 수 없을 때에는 일단 버텨야 산다!

꽝!!

다행히 그 판단은 정확히 맞아떨어졌다.

케인의 위로 거인의 주먹이 떨어져 내린 것이다.

"컥!"

방패에서 느껴지는 묵직한 충격에 케인은 신음을 흘렸다.

[거대한 충격을 받았습니다. 장비의 내구도가 하락합니다. 스턴 상태에 빠집니다.]

[아키서스에 대한 믿음으로 스턴 상태에서 벗어납니다.]

[행운 부여 스킬로 특수한 효과가 일어납니다.]

'어?'

태현이 싸우기 전에 걸어준 버프 중 하나. 〈행운 부여〉.

장비에 걸어주는 무작위 버프 스킬이었는데…….

[근거리 순간이동을 시전합니다.]

"으아악! 안 돼!"
몸이 갑자기 허공으로 붕 뜨는 기분!
아직 디버프 상태가 풀리지도 않은 상황에서 공중으로 순간이동하다니. 케인은 이딴 버프를 걸어준 태현을 저주했다.
"김태현 이 자식은 왜 이딴 걸 걸어준 거야!"
쉭- 탁!
구해준 건 용용이였다. 위기에 빠진 걸 보고 빠르게 날아가 허공에 순간이동한 케인을 붙잡고 빠져나온 것이다.
골렘은 영역 밖으로 벗어나자 굳이 쫓아오지 않았다.
뚝-
그 즉시 동작을 멈추고 기다리는 골렘!
"헉, 헉, 헉……."
"너 나 욕했지?"
"욕 안 하게 생겼냐! 저딴 버프를 걸어줬는데!"
"너 그거 덕분에 산 거 모르냐?"
"윽……."
태현의 말이 맞기는 했다. 앞을 보니 아까 그 상태에서 저기 계속 있었다면 골렘한테 제대로 두들겨 맞았을 것이다.
몇 대 맞았다고 HP가 절반 넘게 깎여 있는 상황!

"애초에 네가 무리한 걸 시켰잖아!"

케인은 다른 사람들에게 들리지 않도록 작게 말했다.

최소한의 자존심! 그렇게 작게 말하면서도, 태현한테는 '나 화났다!'는 걸 알려주기 위해 최대한 사납게 말했다.

그걸 본 이다비는 속으로 감탄했다.

'정말 쪼잔하게 대단해!'

남들한테 안 들리게 작게 말하면서 최대한 화난 목소리로 말하기! 어떻게 저렇게 쪼잔하게 대단한 테크닉을 구사한단 말인가.

"내가 무리한 걸 시켰다고?"

"그래! 나 혼자 저기로 뛰어들어서 저걸 어떻게 유인해 오냐! 광역기부터 시작해서 온갖 걸 다 쓰는데!"

"……케인, 내가 말한 건…… 그냥 앞으로 가서 <노예의 쇠사슬> 쓰란 뜻이었다."

케인은 어안이 벙벙한 얼굴로 태현을 쳐다보았다. 5m를 넘는 거대한 덩치 때문에, 골렘에게 쇠사슬을 쓸 생각은 아예 떠올리지 못한 것이다. 케인은 급격하게 민망해졌다.

"그, 그러려고 했어! 그러려고 했다고!"

"그래. 믿어줄 테니까 가서 해라."

돌아서서 앞으로 걸어가는 케인의 뒷모습이 왠지 모르게 초라해 보였다.

둘의 대화를 지켜보던 우드스탁 길마는 중얼거렸다.

"대단하군, 대단해. 영혼의 듀오라는 게 틀린 말이 아니야."

"예?"

"봐라. 저 둘은 골렘을 상대하는 데 완전히 정보가 없었어. 그래서 먼저 케인을 들여보낸 거다. 정보를 얻기 위해서. 케인이 저기서 휘젓는 동안 김태현은 뒤에서 어떻게 공략할지 알아내려고 한 거겠지. 봐라. 바로 케인을 빼내잖나. 미리 준비하지 않았으면 불가능한 거지."

"그런 거군요!"

물론 그런 게 아니었다.

그냥 케인이 죽을 것 같아서 급히 빼내온 것이었다.

"그러면 지금 저 둘이 이야기하는 건……."

"다음에는 어떻게 해야 할지 이야기를 하고 있는 거겠지."

"케인이 화를 내는 거 같은데요?"

"강하게 의견을 표출하는 게 분명해."

"그, 그런가요?"

"원래 의견 교환은 저렇게 하는 거다."

"그…… 렇군요."

"어쨌든 힘들 거다. 정보를 좀 얻었어도 저 골렘을 어떻게 깨고 넘어갈지는 떠오르지 않겠지. 좀 있으면 김태현도 포기하고 우리한테 부탁할 거다. 같이 머리를 맞대고 저 골렘을 쓰러뜨릴 방법을 찾자고! 기대되는군!"

우드스탁 길마의 말에 길드원들은 고개를 끄덕였다.

태현이 포기하고 고개를 숙이는 모습이라니.

생각만 해도 기대되는 모습!

'……그런데 우리 뭔가 잘못 생각하고 있는 거 같은데.'

태현이 성공하기를 바라야 하는데 어쩌다 보니 실패하기를 바라고 있었다.

"케인이 다시 걸어가는데요?"

"정보를 한 번 더 얻어내려고 가는 거 같군."

"그렇…… 어?"

휘리릭- 챠륵!

"쇠사슬이다!"

"콤보 스킬!"

골렘에게 쇠사슬이 날아가 감기자, 그걸 알아본 우드스탁 길드원들이 환호했다.

"저 기술은 투기장에서 나왔던 바로 그 기술이잖아!"

"랭커를 한 방에 보내 버린 그 기술!"

우드스탁 길마는 황당하다는 표정을 지었다. 옆에서 아는 거 나왔다고 환호하는 길드원들이 어이가 없었던 것이다.

길마의 표정을 눈치챈 길드원들이 조용히 입을 다물었다.

그사이 케인은 골렘을 앞으로 끌고 왔다. 무게가 얼마나 무겁던, 덩치가 얼마나 크던, 끌어당기는 강력한 스킬!

"끌고 왔다!"

"잘했다."

그리고 이제 태현의 차례였다. 손에는 검이 아닌 망치가 들려 있었다.

활활 타오르는 망치!

뛰어오른 태현이 골렘의 머리 부분을 향해 정확히 망치를 내려찍었다.

부우우웅-

묵직한 소리가 들리더니.

쾅!!

굉음과 함께, 골렘이 앞으로 쓰러지기 시작했다.

[도굴꾼들의 수호 골렘이 영원히 쓰러집니다.]

뒤에서 떠들던 우드스탁 길드원들이 멍청한 표정으로 태현을 쳐다보았다. 방금 무슨 일이 일어난 거지?

"이, 이게 뭔……."

그들이 당황하는 사이, 파워 워리어 길드원들은 기뻐하기 시작했다.

"레벨 업 했다!"

"나도!"

몬스터를 쓰러뜨리면 기여한 만큼 경험치를 나눠 가졌다. 거의 아무것도 안 한 파워 워리어 길드원들이 레벨 업 할 정도라면, 경험치가 어마어마한 수준!

다른 던전이었다면 보스 몬스터를 맡았을 골렘이었다.

"앗, 저도 레벨 업 했어요!"

이다비가 기쁜 목소리로 태현에게 말했다. 태현은 떨떠름한 표정으로 대답했다.

"잘, 잘됐네."

태현은 레벨 업을 못 했지만, 아까 레벨 업을 했기 때문이라고 생각했다. 주변에 2, 3씩 오른 사람들도 있었지만 그건 기분 탓이겠지!

우드스탁 길드원들을 돌아보니, 우드스탁 길드원들이 우울한 얼굴로 주섬주섬 아이템들을 늘어놓고 있었다.

"뭐 하냐?"

"이거 골렘 잡으려고 준비해 온 아이템들인데…… 무게 많이 차지해서 여기에 두고 움직이려고요……."

어쩐지 움직임이 좀 둔한 길드원들이 몇 명 있다 했다. 저번에 막힌 골렘을 상대하기 위해 만반의 준비를 해왔던 것!

어쨌든 골렘을 쓰러뜨린 파티는 나머지 던전의 구역으로 이동했다. 그러나 도굴꾼들 무리가 계속 출몰하는 것 말고는 별다른 보스 몬스터가 보이지 않았다. 기껏해야 함정이 전부!

"엇, 여기 벽에 문자 새겨져 있는데요?"

파워 워리어 길드원 중 한 명이 벽에 새겨진 문자를 발견한 것이다.

"읽을 수 있냐?"

"네. 제가 스킬 갖고 있어서……."

"그런 스킬을 갖고 있어?"

"특이하네."

우드스탁 길드원들은 별 희한한 놈 다 보겠다는 눈빛으로

그를 쳐다보았다. 효율적인 스킬을 우선시하는 그들로서는 저런 문자 해독 스킬은 왜 배우는지 알 수 없는 스킬!

"그래서 뭐라고 쓰여 있는데?"

"이 앞에는 타르카 신의 보물이 잠들어 있으니 자격이 없는 자는 들어서지 말 것이다 라고 적혀 있는데요."

"타르카 신이면……."

"아, 뭐야. 꽝이잖아."

우드스탁 길마가 아쉽다는 듯이 투덜거렸다. 6층을 깨면 뭐가 나올지 많이 기대했는데, 김이 샌 것이다.

"타르카 신이면 그 뭐냐, 교활한 흉내쟁이 신이잖아? 관련 스킬도 화술이고."

우드스탁 길마는 입맛을 쩍쩍 다셨다. 앞에 있는 보상도 아마 화술 관련 스킬일 가능성이 컸다. 타르카 신은 믿는 플레이어도 얼마 없는 데다가 관련 스킬도 화술이니, 비싸게 팔기는 거의 틀렸다고 봐야 했다.

"하필 왜 저런 게 걸려 가지고……."

"화술이 뭐 어때서?"

"화술 같은 스킬을 누가 익혀? 상인이면 모를까. 상인도 일정 이상으로는 안 익히잖아. 그 시간에 감정을 익히면 익혔지."

우드스탁 길마는 눈앞에 화술을 고급까지 찍은 플레이어가 있다고는 생각지 못했다. 태현은 굳이 화술 스킬이 얼마나 좋은지 말하지 않았다. 남들이 안 쓰면 좋으니까!

'화술 스킬이 있으면 게임이 얼마나 편해지는지 모르는군.'

대신 은근히 물었다.

"그래서 보상 안 챙길 거야?"

"아니…… 챙기긴 해야지. 여기까지 왔는데. 던전 클리어도 해야 하고."

던전을 최초로 끝까지 깨면 나오는 추가 보상. 우드스탁 길마는 저 안의 아이템보다 그 경험치 보상을 더 원하는 것 같았다. 이미 기대가 없어진 얼굴!

"별 쓸모없는 거면 내가 가져도 되냐?"

"……일단 보고. 보고서 쓸모없는 거면."

우드스탁 길마는 순간 경계하는 표정을 지었다.

혹시 좋은 아이템이라도 나올까 봐 경계하는 모습!

그러나 태현은 별로 신경 쓰지 않았다.

"같이 보고 나눠야지. 당연한 소리를 하고 있어."

어차피 저놈은 봐도 뭐가 좋은 건지 모를 테니까!

[타르카 신의 의지가 담긴 방에 들어왔습니다.]

[명성, 신성이 오릅니다.]

우드스탁 길마는 두근거리는 표정으로 안으로 걸어 들어갔다. 그리고 가운데에 있는 관을 열었다.

과연 어떤 보상이 들어 있을까?

[아이템을 얻었습니다.]

나온 건 스크롤 하나! 혹시 좋은 스크롤이 아닐까 싶어 확인해 본 우드스탁 길마의 얼굴이 일그러졌다.

타르카 신의 권능이 담긴 스크롤:

타르카 신의 권능이 담겨 있는 스크롤이다. 사용할 경우 타르카 신의 권능 중 하나를 얻을 수 있다.

"에이 씨……."

권능 스킬은 그 신 관련된 직업을 믿는 사람만이 얻을 수 있었다. 여기서 타르카 신을 믿는 플레이어는 없었다.

무용지물!

팔려고 해도 워낙 타르카 신을 믿는 플레이어가 적다 보니 팔릴지 의문이었다.

"이걸 어따 쓰라고……."

"권능 스킬이잖아. 좋지 않냐?"

"뭐라는 거야. 배우지도 못하고 팔아봤자 제값도 못 받는데."

"잘 팔면 되지."

"아. 말도 안 되는 소리 좀 그만해!"

우드스탁 길마는 투덜거리며 스크롤을 태현한테 건넸다. 경쟁할 생각이 들지 않을 정도로 실망한 것이다.

"길마님, 그냥 줘도 됩니까? 그래도 6층 보상인데……."

"저거 팔아봤자 우리가 쓴 포션 값도 안 나온다. 차라리 주고 생색이나 내는 게 낫지."

길드원들의 물음에 길마는 냉정하게 대답했다.

그래서 길마는 보지 못했다. 태현의 입꼬리가 슬쩍 올라갔다가 다시 내려가는 것을!

'날로 먹었다!'

우드스탁 길마의 판단이 틀린 건 아니었다. 원래 교단의 권능 스킬은 그 교단 관련된 사람이 아니라면 의미가 없었으니까. 아무리 좋더라도 배우지 못하면 의미가 없는 것이다.

물론 태현은 이야기가 달랐다.

'나가자마자 바로 사용해야겠군.'

지금 사용하면 효과 때문에 우드스탁 길드원들이 눈치를 챌 수도 있었다.

"그런데 김태현. 이제 거의 던전을 다 깼는데, 그다음에는 어떻게 할 거지? 우리를 내보내 준다고 하지 않았나?"

"그래. 그랬었지."

"어떻게? 역시 최강지존무쌍 길드 놈들과 싸워서?"

우드스탁 길마는 살짝 기대하고 있었다. 태현 정도의 전투력이라면 위에서 몇 명이 대기하고 있어도 나름 승산이 있지 않을까?

"아니, 몰래 도망칠 건데."

우드스탁 길드원들은 실망한 표정을 지었다.

천하의 김태현이 도망친다는 방법을 쓰다니!

"아니, 왜 도망을 쳐?"

"맞아! 네 실력이면 다 쓰러뜨리고 갈 수 있잖아!"

땍땍대며 쏟아지는 항의!

우드스탁 길드원들은 최강지존무쌍 길드원들에게 맺힌 게 많았다. 밖에서 같은 길드원들을 쓸어버리고 애써 가꿔온 요새를 꿀꺽 점령해 버렸으니 당연한 것!

물론 태현이 그런 당연한 마음을 신경 써줄 정도로 친절한 사람이 아니었다.

"이것들이 나한테 뭐 맡겨놨냐? 같이 던전 한 번 돌았다고 친구라도 된 줄 아나 본데?"

바로 싸늘해지는 목소리!

그 태도에 우드스탁 길드원들은 움찔했다. 같이 던전을 도느라 잊고 있었지만, 생각해 보니 저놈은 '그' 김태현이었다. 투기장 도시에서 쑤닝 길드를 포함한 다른 길드 여럿을 작살 내버린 PK의 화신!

그때 영상은 아직도 PK 좋아하는 플레이어들의 교본처럼 돌아다니고 있었다.

"내가 너희들 도와주면 '아이고 감사합니다' 하면서 고개 숙이고 있지는 못할망정 옆에서 징징거려? 나한테 맡겨놓은 거 있냐? 물에 빠진 놈 구해놨더니 아주 보따리까지 내놓으라고 그러네. 내가 던전 공략할 때는 하나도 안 도와준 놈들이……."

"그, 그건 우리가 도와주려고 했는데 네가 멋대로 움직인……."

"뭐라고?"

"아, 아무것도 아니야."

태현과 눈이 마주친 길드원은 조용히 입을 다물었다. 괜히 혼자 나서 봤자 본전도 못 얻을 것 같은 분위기였던 것.

물론 길드원의 말이 맞았다. 태현이 솔선수범해서 던전 공략에 앞장선 건 오로지 경험치 때문이었으니까.

6층의 보상을 최대치로 누리겠다!

그렇게 해도 태현이 레벨 업을 할까 말까였으니 당연한 일이었다. 문제는 지금 그 말을 할 배짱이 있는 길드원들은 아무도 없다는 것이었다.

심지어 우드스탁 길마까지 시선을 돌리고 있는 상황!

"내가 도와주면 얌전히 '감사합니다~' 하고 받아들여라. 응? 이것저것 토 달지 말고."

지금 태현에게서는 판온 1을 할 때 태현의 분위기가 풍기고 있었다.

"우와…… 장난 아니다."

"살벌한 거 봐. 원래 이럽니까?"

파워 워리어 길드원들은 작게 수군거렸다. 아까까지는 사람 좋게 웃던 태현이 정색하니 정말 무서웠다.

그러나 케인은 별로 놀란 것 같지 않았다.

"뭘 이런 걸 갖고 놀라고 그러냐."

"역시! 태현 님한테 매번 욕을 먹는다는 게 거짓말이 아니었군요! 저 정도는 별로 놀랍지도 않은 거야!"

"누가 그딴 소리를 해?! 이다비냐!? 이다비지?!"

케인이 발끈하는 동안 우드스탁 길마는 싸늘해진 분위기를 달래려고 노력하고 있었다.

"하하, 뭔가 오해가 있었던 거 같은데……."

자신도 모르게 우드스탁 길마는 많이 비굴해진 모습이었다. 던전에서 보여준 압도적인 힘 때문!

당당한 척하려고 해도 이미 태현이 싸우는 걸 본 몸은 마음대로 움직여지지 않았다.

"무슨 오해? 너희들이 나하고 친구일 거라고 생각한 오해?"

"아니. 그건…… 우리는 같이 던전을 깼잖아! 안 그래? 그 정도면 이미 친구지?"

"음. 뭐 그럴 수도 있겠지."

케인과 이다비가 태현의 말에 화들짝 놀랐다.

'도망가!'

'도망가, 멍청아!'

태현학이 있다면 전문가라고 할 수 있을 정도로, 케인은 태현을 상대하는 법에 익숙해져 있었다.

지금 저 말은 위험 징조!

'네 말에 동의한다'='널 살살 달래서 네 전생의 재산까지 빼먹겠다'와 똑같은 뜻!

그러나 우드스탁 길마는 둘의 친절에도 불구하고 전혀 눈치를 채지 못하고 있었다.

"그렇지! 그 정도면 친구잖아!"

오히려 태현의 반응에 기뻐하는 모습!

'아. 끝났다.'

'불쌍한 놈.'
"우리 정도면 친구인 거지!"
"그래?"
"그렇다니까!"
"그래. 난 잘 모르겠지만 네가 친구라니 뭐 친구인가 보지. 그러면 친구야. 설마 친구를 공격하는 걸 돕지는 않겠지?"
"어…… 어?"
"뭘 어야. 네가 들어간 대형 길드 연합 말하는 거잖아."
"어……."
우드스탁 길마는 말문이 막혀서 어버버거렸다. 이 상황에서 태현이 길드 연합 이야기를 꺼낼 거라고는 생각지도 못한 것이다.
"뭐야. 친구라고 하지 않았어? 나한테 거짓말을 한 건가?"
왠지 모르게 태현의 목소리에서 살기가 느껴졌다. 우드스탁 길마는 급히 말했다.
"친구지!"
"그러면 친구를 공격하는 걸 돕지는 않겠지?"
"그…… 렇지!"
"오히려 친구를 공격하려는 놈들은 같이 패야겠지? 쑤닝 같은 놈들 말이야."
"쑤닝은 괜찮지! 같이 밟자고!"
안 도와준 것에 대한 원한! 쑤닝을 공격하는 것은 오히려 찬성이었다.
"쑤닝뿐만 아니라 친구를 공격하려는데 가만히 지켜만 본 놈들도 같이 패야겠지?"

"아, 아니, 그건 좀…… 그냥 가만히 있었던……."

태현은 지금 대형 길드 연합의 전원을 적으로 돌리라고 말하고 있었다. 말 한마디 잘못했다가 강제로 배신자가 되게 생긴 상황!

"친구라며."

"그, 그게…… 그렇긴 한데……."

"친구야? 아냐?"

태현이 롱소드를 탁탁 두드렸다. 아까 태현이 딜을 넣는 걸 본 우드스탁 길마는 꿀꺽 침을 삼켰다.

"친구…… 입니다……."

무의식적으로 나오는 존댓말!

"그렇지. 잘 아네. 그러면 앞으로 친구를 지켜줄 거지?"

"그, 그래……."

"그래. 그래. 나도 친구가 생겨서 기쁘네. 난 친구인 줄도 몰랐는데 말이야. 친구라니까 뭐 친구인 거겠지. 안 그래? 친구? 하하하!"

"하, 하하, 하하하……."

우드스탁 길마는 혼이 빠진 얼굴로 고개를 끄덕였다. 상황 좀 수습해 보려고 했다가 뭔가 더 큰 혹이 생긴 느낌이었다.

"그러면 슬슬 올라가 볼까?"

"잠, 잠깐만. 우리는 친구니까 그래도 좀…… 도망치는 것보다는…… 최강지존무쌍 길드를 몰아낼 방법이 없을까?"

"뭐? 너는 지금 친구보고 아버지를 공격하라는 거냐? 어떻게 그렇게 사악할 수가 있냐? 네가 그러고도 친구냐?"

치사하게 정색하는 태현이었다.

'자기는 맨날 보면 공격하면서!'

'진짜 뻔뻔하다!'

"뭔가 이상하다."

김태산은 인상을 찡그리고서 던전의 입구를 쳐다보았다. 일반 플레이어들은 눈치를 보면서 한둘씩 나오고 있었지만 우드스탁 길드원들은 하나도 보이지 않았다.

던전을 돌파하던 최강지존무쌍 길드의 아저씨들은 우드스탁 길드원들이 6층으로 빠졌다는 걸 깨달았고, 그 즉시 물러섰다.

우드스탁 길마를 포함한 공략 파티는 길드의 최강 전력. 괜히 던전의 최심부로 들어가 상대방에게 유리한 싸움을 할 필요는 없었던 것이다. 이렇게 기다리다 보면 불리한 놈들이 알아서 나올 줄 알았는데…….

"나올 때가 벌써 지났는데."

"조금 더 기다려보는 게 어떻습니까?"

"그놈이라면 벌써 나왔을 거야. 아직까지 거기서 버티고 있을 리가 없는데."

"설마 던전을 깨는 거 아닐까요?"

"크하핫! 우리가 여기를 점령했는데 그 와중에 던전을 공략할 정도의 배짱이라면 그놈이 애초에 우리 사냥터에 와서 공격하고 튀지도 않았겠지. 바로 전면전으로 갔을걸?"

김태산은 우드스탁 길마를 얕잡아보고 있었다. 전면전은 어떻게 될지 모르니 걸지 못하고, 남의 사냥터에 가서 깽판 정도만 치는 얄팍한 속셈.

'이 정도로는 전면전까지는 안 가겠지~'라는 속마음이 뻔히 보였다.

자기네는 덩치가 있고, 다른 연합 길드도 있었으니까.

그러나 김태산은 그런 계산 밖에 있는 남자였다.

누군가가 선빵을 갈긴다면? 전면전!

누군가가 견제를 하고 도망친다면? 전면전!

누군가가 도발을 한다면? 전면전!

계산이고 손해고 연합이고 동맹이고 승산이고 뭐고 다 필요 없었다. 시비를 걸어오면 최선을 다해 박살 낸다!

"그렇지만 지금까지 안 나온다는 건…… 뭔가 이상하긴 하군. 던전에 다른 탈출구가 있는 게 아닐까?"

"사전에 수집한 정보에는 없었습니다만."

"우리가 모은 정보는 5층까지였잖아. 6층에는 출구가 있을지도 모르지."

부릉, 부르릉, 부르르릉-

던전 안에서 뭔가 부르릉대는 소리가 들린 것 같았다.

판타지 온라인에서는 상당히 듣기 힘든 특이한 소리!

"저거 뭔 소리냐?"

"어, 저거 들어본 적 있는 거 같은데요."
"어디서?"
"드워프 도시에서 드워프들이 타고 다니는 기계 자동차가 저런……."
"그게 왜 던전 안에서……."
콰콰쾅!
그 소리와 함께 안에서 누군가가 튀어나왔다.
물론 태현, 케인, 이다비가 이끄는 오토바이와…….
뒤에 매달은 수레에 타고 있는 우드스탁 길드원들!
정말 생각지도 못한 모습에 아저씨들의 반응이 늦었다.
퍽!

[붉은색으로 칠한 날아다니는 오토바이에 정통으로 부딪혔습니다. 강렬한 충격을 받습니다.]
[잠시 동안 움직일 수 없습니다.]
[칭호: 최초의 교통사고를 얻었습니다.]

"컥!"
"아차!"
태현은 잘 컨트롤해서 피해 가려고 했었다. 그런데 김태산이 갑자기 움직이는 바람에 치어버린 것이다. 누워서 쿨럭이는 김태산이 '아차'라는 목소리를 듣고 눈썹을 찌푸렸다.
"잠깐, 이 목소리는……."

“잘못 들으신 것 같습니다.”

“너 인마!!”

“하하! 가자!”

김태산의 분노가 쏟아지기 전에, 태현은 오토바이의 출력을 최대로 올렸다. 어지간한 탈 것은 상대도 안 되는 빠른 속력!

그들은 순식간에 던전 입구에서 빠져나와 요새 입구까지 통과했다. 워낙 강렬한 모습에 앞을 막아서는 플레이어들은 없었다.

“으아, 으아, 으아아아! 흔들려! 흔들린다고!”

[덜컹거리는 수레 위에 앉아 있습니다. 체력이 감소합니다. 멀미 상태에 빠집니다. 명중률이 하락합니다.]

“운전, 좀, 잘해, 봐!”

“어쩔 수 없어. 조용히 하고 쫓아오는 놈들 공격이나 해.”

“여기서, 어떻게, 맞추라고!”

던전 안에서, 태현은 오토바이 뒤에 매달 수레를 급조했다. 수레라고 해도 약한 수레가 아니었다. 질 좋은 A급 강철을(우드스탁 길드가 갖고 있는) 통째로 사용해서 튼튼하게 만들고, 겉에는 주변 공격을 막을 수 있게 창날을 박아놓았다. 안에 탄 길드원들이 공격을 하면 추격을 방해할 수 있는 전투용 수레!

오토바이를 몰던 이다비가 갑자기 생각나서 물었다.

“어, 그런데 마차를 만들면 훨씬 낫지 않았을까요? 어차피 쟤네 재료로 만드는 건데?”

"아. 마차는 제작법 필요하더라. 수레는 그냥 만들 수 있는데."
"……대장장이 기술 스킬이 고급인데 마차 제작법이…… 없다고요?"
"아니, 살다 보면 없을 수도 있지. 왜 그런 눈으로 쳐다봐?"
극단적인 방향으로 편중된 태현의 대장장이 기술 스킬!
"김태현, 너 인마! 죽을래!!"
"윽!"

[오크의 전투 함성을 들었습니다. 전 스탯이 일시적으로 하락합니다. 저항에 성공합니다.]

들판에 쩌렁쩌렁하게 울리는 오크의 고함!
태현이야 가볍게 저항에 성공했지만, 이다비나 다른 플레이어들을 보니 타격을 입은 모양이었다.
"저 양반은 또 그사이에 레벨을 올리셨나?"
"감히 하늘 같은 아버지를 치고 가?!"
"아, 원래 피해가려고 했는데 아버지가 거기 들어오신 거거든요?"
"그걸 말이라고 하냐! 너 당장 내려, 인마! 거기 서!"
둘의 대화 내용은 장난 같았지만, 추격하는 기세는 보통이 아니었다. 살벌하게 쫓아오는 오크들!
최강지존무쌍 길드의 탈것은 말이 아니었다.
푸른 전투 늑대!

길들이기 힘든, 테이밍 직업을 가진 플레이어들이 몇 달이고 공을 들여야 하나를 길들일 수 있는 전투 탈것!

그런 탈것을, 오크 아저씨들은 전원이 타고 있었다.

현질의 힘!

그걸 알아챈 이다비가 안타까운 눈으로 늑대들을 쳐다보았다.

저걸 공격해야 하다니. 돈으로 따지면 얼마란 말인가!

"너 지금 이상한 생각 하는 거 아니지?"

"아, 아니거든요?"

이다비는 급히 화제를 돌렸다.

"그보다 아버지하고 이렇게 게임에서 싸우시면 집에서 안 불편해요?"

"응? 맨날 싸워서 이제 별로……."

"그보다 아버지가 어떻게 눈치채셨는지 모르겠네."

"가족의 감이죠."

"흠, 확실히 아버지가 그런 감이 좀 뛰어나긴 하지."

"가족이니까요."

"내가 순댓국집에서 뒷담 까니까 바로 내가 한 걸 알아차리시더라."

"……."

"아버지가 먼저 했거든?"

"그, 그게 중요한 게 아닌 것 같은데…… 정말 그래도 되는 거 맞아요?"

"아, 괜찮아. 괜찮아. 어차피 저 정도는 삐짐 단계로 보면 1단계 정도거든."

"1…… 1단계?"

"1단계는 내가 아버지를 게임에서 골려 먹거나, 스파링에서 안 봐주고 이기거나, 그러면 나오는 삐짐 단계지."

"그러면 어떻게 되는데요?"

"밥을 먹을 때 내 앞에 놓인 반찬을 가져가신다거나, 스파링할 때 나를 안 부르고 친구분 체육관에서 선수를 부르거나, 내가 씻을 때 밖에서 불을 끄시거나 하시지."

'……쪼잔해!!'

이다비는 환상이 깨지는 것을 느꼈다. 뭐 저런 부자가 있단 말인가!

"2단계는 뭔지 물어봐도 되나요?"

"2단계는 방송에 나와서 전국적으로 놀려먹거나, 아버지 단골집에서 뒷담을 하다 걸렸을 경우 발동되는 단계인데."

태현과 이다비가 운전을 하며 떠드는 걸 본 길드원들은 궁금해졌다. 과연 저 둘은 무슨 이야기를 하는데 저렇게 진지하게 떠드는 걸까!

"지금 상황을 빠져나갈 방법을 고민하고 있는 거겠지?"

"그러고 있을 게 분명해!"

행복회로를 풀가동하는 우드스탁 길드원들!

그러거나 말거나 태현은 한가롭게 이야기를 계속했다.

"그럴 경우에는 아버지가 좀 직접적인 복수에 나서지. 내가 싫어하는 일들을 찾아서 나한테 시키거나 하거든."

“주로 어떤 일들이요?”

“예전에는 자기 게임 계정 대신 하라고 했었는데, 내가 하도 잘하니까 이제는 그런 거 안 시키고 그때그때 고민하시는 거 같아. 저번에는 방송에 나오시더라고. 원래 그런 거 안 좋아하시는 분인데…….”

이다비도 기억하고 있었다. 태현을 험담하려고 나왔다가 졸지에 훈훈한 부자(父子) 사이로 이미지를 만들게 된 김태산을!

그다음부터 김태산은 방송에 나오지 않고 있었다. 높은 시청률을 기록했기에 방송국에서는 ‘한 번 더 나와주시죠’라며 이것저것 제안을 해왔지만, 김태산은 부끄러워서 거절했다.

“그, 그렇군요. 설마 3단계도 있나요?”

“3단계는 정말 삐지실 때인데, 내가 가라는 대학은 안 가고 다른 대학을 갔을 때 겪어봤지. 이럴 때 아버지는 치사하게 어머니를 동원하시는데…….”

쉭-! 쾅!

[목표를 쫓아다니는 마법 투창을 회피하는 데 성공합니다. 운전 스킬이 크게 오릅니다.]

“아니, 뭘 이런 걸 던지시고 그래요?”

“시끄러, 인마!”

수레 옆으로 빗겨 지나가는 투창. 강력한 스킬이 걸려 있어서 박히는 순간 대폭발을 일으켰다.

"이놈이 감히 아버지가 하는 일에 훼방을 놓아?!"

"음, 딱히 그러려고 한 건 아니었는데……."

둘의 대화를 듣던 오크 아저씨들이 끼어들었다.

"이번에는 태현이 네가 잘못했어!"

"맞아! 형님께서 얼마나 섭섭하시겠니!"

듣는 사람이 민망해지는 참견!

앞에서 쫓던 김태산이 호통을 내질렀다.

"모두 조용히 해!"

"모두들 조용히 하란다!"

"형님께서 조용히 하시란다!"

"형님께서 태현이하고 혼자서 말싸움하고 싶다고 하시니까 모두 조용히 하란다!"

김태산은 얼굴을 감싸 쥐었다.

이 눈치 없고 도움 안 되는 징글징글한 놈들!

둘이 쓸데없는 소리를 하며 추격전을 벌이는 동안, 오스턴 왕국의 평야에서는 다른 일이 벌어지고 있었다.

"뭐? 우드스탁 길마 놈이 빠져나왔다고? 용케 빠져나왔군."

"최강지존무쌍 길드와 추격전을 벌이고 있답니다."

"그래? 내버려 둬. 그 재수 없는 놈은 당해봐야 정신을 차리지."

쑤닝은 아직도 원한을 갖고 있었다.

어디 한번 당해봐라!

연합이라고 해도 그들은 서로 경쟁자였다. 상대가 세력을 잃는다면 그만큼 이득이었다.

"그, 그런데 그게……."

"……?"

"김태현하고 같이 도망치고 있다는 정보가 들어와서……."

"그게 뭔 개소리야!"

쑤닝은 벌떡 자리에서 일어섰다. 잘못된 정보가 분명했다. 우드스탁 길마가 김태현하고 같이 도망치고 있다니!

"그게 말이 돼?!"

아무리 생각해도 여러 가지로 말이 안 되는 말! 일단 김태현 그놈이 우드스탁 길마를 도와준다는 게 말이 안 됐다. 두 번째로 김태현이 도와준다고 해도 그걸 우드스탁 길마가 덥석 받아들일 리 없었다.

'머리가 있는 이상, 수상하게 생각을 해야지!'

그러나 연달아서 정보가 들어왔다. 들판에 있던 플레이어들이 신나는 추격전을 벌이는 영상을 찍어서 올리자, 쑤닝은 더 이상 부정할 수가 없었다.

우드스탁 길마가 김태현하고 같이 있는 것이다!

겉모습이야 변장했지만 저렇게 오토바이를 만들 수준의 기계공학 플레이어도 얼마 없었고, 김태산이 김태현의 이름을 외치며 달리는 것도 영상에 잡혔다.

게다가 동영상을 본 쑤닝 본인도 느끼고 있었다.

저런 짓을 할 놈은 김태현밖에 없다고!

-미쳤냐!? 김태현하고 같이 손을 잡다니!

-안 미쳤는데?

-너 이 자식! 김태현이 널 속이는 거야! 멍청한 놈아! 당장 그놈을 공격해!

-개소리하고 있네. 그래서 김태현은 날 도와주고 넌 거기서 짖고 있냐?

쑤닝은 순간 말문이 막혔다.

확실히 우드스탁 길마의 말은 틀린 곳이 없었다. 쑤닝은 결국 안 도와주고, 도와주러 온 건 태현이었으니까!

그러나 태현의 검은 속셈에 몇 번이고 당한 쑤닝에게 우드스탁 길마는 답답해 보일 뿐이었다.

-이 멍청한 놈아! 그게 속임수라고! 김태현이 그냥 도와주는 거 같냐!

-아, 그러시겠지. 도와주는 게 속임수고 안 도와주는 건 날 위한 거냐? 개소리는 거기까지만 해라. 쑤닝. 예전부터 알고 있었지만 이걸로 확실해지는군. 네가 김태현한테 먼저 시비를 털었다가 져서 이러는 거지?

-뭔 ×× 같은 소리야!? 너 미쳤냐!?

-미친 건 네가 미친 거겠지. 김태현한테 진 거 때문에 아주 미쳐 버렸군. 어쨌든 쑤닝, 이번에 도와주지 않은 것처럼 앞으로도 네 도움 따위는 필요 없다. 당연히 김태현하고 같이 다니는데 네 말 따위를 들을 필요도 없지. 꺼져!

띠링-

마지막 귓속말과 함께, 우드스탁 길마가 쑤닝을 차단했다는 메시지창이 떴다.

쑤닝은 부들부들 떨었다. 화가 나는 건 이 상황 자체였다. 이렇게 된 이상 우드스탁 길마는 어떤 설득도 듣지 않을 테니까!

그 같아도 그럴 것이다. 한 명은 도와달라는데 매몰차게 거절하고, 한 명은 찾아와서 도와줬으니 옆에서 무슨 말을 하더라도 후자가 예뻐 보일 것은 당연하지 않은가!

"개 같은! 우드스탁 길드 놈들을 도와줬어야 했어!"

"진정하십시오. 우리를 돕지 않은 놈들을 도울 수는 없지 않았습니까?"

"그건 그렇지. 그렇지만 그 김태현 놈이 그사이 우드스탁 길마하고 붙어먹었단 말이다! 이 더럽게 잔머리 잘 굴리는 치사한 놈! 프리카 대륙에서 투기장 대회나 뛰고 있는 줄 알았는데……!"

쑤닝은 이를 박박 갈았다. 남들이 투기장 대회다, 세계 최고 고수를 가린다, 이러는 동안 쑤닝은 힘을 키우는 것에 집중했다. 아무래도 투기장 대회를 하다 보면, 원래 캐릭터의 성장은 느려지게 되어 있었으니까.

태현도 그 대회에 나간다는 걸 알고 아주 잘 됐다고 생각하고 있었는데, 갑자기 여기 나타나다니.

"일단 길드 연합에 말하시는 게 어떨까요?"

"길드 연합에?"

"예. 우드스탁 길마가 김태현하고 붙은 건 확실하잖습니까. 증거도 많으니. 궁지에 몰 수 있을 겁니다."

"그래…… 그건 그렇지."

쑤닝은 고개를 끄덕였다. 분한 건 분한 것이고, 지금 해야 할 일은 지금 해야 할 일이었다.

지금 해야 할 일은 우드스탁 길마를 공격하는 것! 태현과 붙은 이상 그도 적일 뿐이었다.

그러나 이미 그 정도는 태현도 예측하고 있었다.

-우드스탁 길마가 김태현하고 붙었다! 배신이다!

-그게 왜 배신이지? 김태현이 나를 도와준다고 해서 도움을 받은 것뿐인데?

-뭐, 뭐라고? 우리 연합이 생길 때 일이 기억 안 나나? 김태현한테 당해서…….

-그건 네 사정이고. 여기 길드 중에 김태현한테 안 당한 길드가 더 많은 거 모르나? 뭐, 그러면 물어보지. 여기 길마 중에서 김태현과 붙은 나를 용서 못 하고 선전포고를 할 사람 있습니까?

-흠흠, 뭐 그런 것까지…….

-맞아. 도움 정도 받을 수 있지.

-이번 일은 쑤닝이 좀 예민한 거 같은데. 우드스탁 길마가 이해해 줘. 쑤닝이 좀 호되게 당했잖아.

-하하. 이해합니다.

길마들의 말을 보고 쑤닝의 입이 떡 벌어졌다.

이, 이 새끼들이……!

"정, 정말 대단한데? 네 말대로 될 줄이야."

"아, 그렇다니까. 너 도와주기 싫어서 미적거린 놈들이 너 공격하려고 움직일 거 같냐? 그런 건 쑤닝이나 할 짓이고. 다들 자기 영역 관리하느라 바쁘다고. 영지 관리가 그렇게 다른 곳에 힘쓸 정도로 만만한 게 아니거든."

다른 길드들은 지금 한 조각을 떼어 잡은 영지를 관리하는 데에 열중하고 있었다. 이런 상황에서 다른 길드를 도와주는 것도, 다른 길드와 싸움을 만드는 것도 원하지 않았다. 특히 그 길드에 태현이 붙었다면 더더욱!

당연히 쑤닝의 제안을 받아줄 길드는 없었다.

"그런데 그러면……."

"……?"

"저 뒤에 오크들은 어떻게 떨어뜨려 낼 생각이지?"

그랬다. 태현과 우드스탁 길마가 여론전을 펼치고 있는 동안에도, 오크 아저씨들은 아직도 쫓아오고 있었던 것이다.

한 시간 넘게 쫓아오고 있는 근성!

"아니, 나는 저 오크들이 먼저 나가떨어질 줄 알았거든?"

기계공학 탈것의 가장 큰 장점 중 하나는, 생물형 탈것보다

지구력이 엄청나게 뛰어나다는 것이었다.

이런 추격전에서는 압도적인 장점!

그런데 저 늑대들은 대체 뭘 먹었길래 지치는 기색을 보이지 않았다.

"안 나가떨어진다! 저게 얼마짜리 늑대인 줄 아나!"

"아, 그랬냐? 그래서 이다비가 그런 눈빛으로 쳐다봤군. 음…… 뭐 안 되면 싸워야지."

"그런데 여기가 어디인 줄은 아나?"

"오스턴 왕국이잖아. 응? 어디서 많이 본 것 같은 언덕인데. 색이 좀 다르다는 거 빼고는."

"여기 네가 사디크 화염을 끈 곳이잖아……."

우드스탁 길마가 어이없다는 듯이 말했다. 남들은 한 번 깨면 한 몇 년은 자랑할 대형 퀘스트를 깨놓고서도 정작 자기 자신은 기억 못 하는 모습이라니!

"아, 그곳이었나? 하도 넓은 곳에 불이 나가지고…… 그때 내가 좀 정신이 없기도 했고. 오스턴 왕국에 와서 좋은 꼴을 본 적이 별로 없다니까."

사디크의 화염이 펼쳐졌던 초원이라니.

태현은 갑자기 감상에 젖었다. 왕자들끼리 싸움 붙이고 오스턴 왕국의 도시에서 얼마나 쏙쏙 잘 빼먹었던가!

"그거 딱히 그렇게 애틋한 표정을 지어야 할 기억은 아닌 것 같은데요."

"남의 기억에 왜 참견이야?"

"그야 저기서 우리를 많이 노려보니까요."

태현은 고개를 들었다. 평화로웠던 평원은 어두운 자줏빛으로 변해 있었다. 처음에는 그게 사디크의 화염이 스치고 지나가서 그런 줄 알았는데…….

-크르릉……!

-신성한 힘이 느껴진다…… 특히 저주받은 신성한 힘이……!

언덕 위에 네 발로 걷는 거대한 개처럼 생긴 악마들이 빠르게 달리는 태현 파티를 보고 으르렁거렸다.

태현은 그걸 보고 손바닥을 쳤다.

"오스턴 왕국에 악마들이 자꾸 나타난다더니 저거였군!"

-크왕!

태현의 말과 함께 악마들까지 위에서 달려들기 시작했다.

"막아! 처리해!"

우드스탁 길마가 외치자 길드원들은 허겁지겁 수레 안에서 무기를 꺼내기 시작했다.

성수에, 축복 관련된 소모품들을 꺼내는 길드원들!

아무리 봐도 악마들과의 싸움에 익숙한 모습이었다.

"너희들은 왜 이렇게 태연하냐?"

"여기 악마가 나타난 게 오늘인 줄 아십니까? 꽤 됐다고요!"

우드스탁 길드원은 태연한 태현의 모습에 짜증 섞인 목소리로 대답했다. 자기는 가슴 떨려 죽겠는데 뭐 저런 태연한 모습이란 말인가!

"음, 내 잘못은 아니겠지?"

"태현 님 잘못 맞는 거 같은데요."

마계에서 있었던 일들을 기억하는 이다비와 케인이었기에 태현을 의심스러운 눈빛으로 쳐다보았다.

'아무리 봐도 이건 네가 오스턴 왕국을 말해서 일어난 퀘스트 같다!'

그러나 태현은 굴복하지 않았다.

"아니, 악마는 언제 어디에서나 나타날 수 있다고. 대륙 어디에서 갑자기 나타날지 모르는 게 악마잖아. 돌발 퀘스트도 그래서 생기는 거고. 저번 아발랍 시 기억 안 나? 거기 총독도 악마였잖아. 딱히 내 탓은 아니라니까?"

"일단 그런 악마들은 돌발 퀘스트로 끝나는데 여기 오스턴 왕국 주변 악마들은 돌발 퀘스트로 안 끝났고요, 주기적으로 마계로 차원문이 열리고요, 그리고 가장 큰 건 저기 악마들이 태현 님한테만 달려오고 있어요."

이다비의 말에 태현은 고개를 돌렸다. 개 형태의 악마들이 눈에 불을 켜고 태현을 향해 달려오고 있었다. 우드스탁 길드원들은 아직 눈치를 채지 못하고 있었지만 이대로 계속 싸우다 보면 이상하게 생각할 것이다.

왜 저 악마들은 김태현만 쫓는 거지? 다른 플레이어들도 있는데?

"나 때문이 아니라 아키서스 때문일 거야. 케인을 한 번 던져보면 알 수 있을 텐데."

"뭔 개소리야?!"

다른 오토바이를 몰던 케인이 화들짝 놀라서 말했다.

여기서 던져진다면 무조건 집중 공격! 뒤에서 쫓아오는 오크들과 악마들이 사이좋게 공격을 해올 것이다.

"진정하세요. 태현 님이 농담을…… 농담이 아니군요?"

"음. 사실 반쯤 진지하게 말한 건데 저렇게 반응하니까 대답하기 뭐하군. 어쨌든 아직 나쁜 상황 같지는 않은데?"

우드스탁 길드원들이 악마들에게 견제 공격을 퍼붓는 동안, 뒤에서 쫓아오던 오크 아저씨들은 속도를 줄이고 있었다.

그들도 악마가 나타난 걸 발견한 것이다.

"속력 줄여! 악마다!"

"아오, 이 오스턴 왕국은 진짜 저주받은 땅이라니까! 내가 예전에 형님한테 부동산 사기당한 땅도 이 정도로 개떡 같지는 않았다!"

"너는 왜 또 그 이야기를 하고 그래? 내가 그러고 싶어서 그랬냐? 그래서 물어줬잖아!"

"물어줬어도 제 마음의 상처는 그대로 남았습니다!"

"둘 다 시끄러워 이것들아!"

데리고 왔더니 예전 일들로 아웅다웅하는 아저씨들의 모습에 김태산이 열 받은 목소리로 말했다. 오스턴 왕국에서 돌아다니는 그들은 악마들의 위험성을 아주 잘 알고 있었다.

하나하나가 보통 필드의 몬스터보다 몇 배는 강한 수준!

게다가 한두 마리 보인다고 방심을 하면 안 됐다. 싸움이 벌어지면 순식간에 주변에서 다른 악마들이 끼어드는 것이다.

보통 몬스터와 달리 차원문이 열리고 마계에서 튀어나오는 악마였기에 가능한 일!

오스턴 왕국에서 악마가 나타난 지 꽤 됐는데도 불구하고 아직도 악마들에게 죽어 나가는 플레이어들이 꽤 있으니, 얼마나 강하고 위험한지 알 수 있었다.

"봐. 저쪽도 속도 줄이잖아."

"그렇지만 아직 안심할 때는 아닌 것 같아요."

이다비의 말에 태현은 고개를 돌렸다. 뒤에서 쫓아오는 오크 아저씨들, 왼쪽 언덕 위에서 나타난 악마들.

또 뭐가 있나?

오른쪽 언덕 위에서 많이 본 남자의 얼굴이 있었다.

"……누구였더라?"

"쑤닝, 쑤닝! 인마! 그렇게 엿을 먹여놓고 까먹냐?!"

케인이 기가 막혀서 외쳤다.

"아. 맞다. 쑤닝."

쑤닝이 길드원들을 데리고 쫓아 나온 것이다.

우드스탁 길마가 그걸 보고 이를 갈며 외쳤다.

"쑤닝! 이게 뭐 하는 짓이냐!"

"배신한 놈을 처리하러 왔을 뿐이다."

"배신은 무슨! 너한테나 배신이겠지. 다른 길마들은 아무 말도 하지 않았다!"

"말만 안 했을 뿐 속으로는 네놈을 배신자라고 생각했을 거다. 김태현하고 붙어먹다니!"

쑤닝의 비난에 태현이 귀를 후비적거리며 말했다.

"거, 안 도와준 놈이 말이 너무 심하네."

"닥쳐라! 이 자식!"

쑤닝은 방방 뛰었다.

사실, 오늘 이 공격은 쑤닝에게 이익이 없었다. 우드스탁 길드원들을 잡아서 아이템을 얻을 수야 있겠지만, 그보다는 잃는 게 더 많은 것이다. 그럼에도 불구하고 여기에 길드원들을 이끌고 나타난 건 단 하나! 바로 태현을 향한 원한 때문이었다.

"저놈도 아주 징글징글한 놈이네."

"어, 어떻게 하지? 어떻게 하지?"

"글쎄. 난 사실 다른 놈들이 안 끼어들 거라고 생각하고 여기로 온 거였거든."

태현은 달려드는 악마 사냥개를 향해 머스킷을 한 방 먹여줬다. 〈행운 부여〉 스킬 덕분에 추가로 신성 대미지가 들어갔다.

파지직! 파지지지직!

용용이가 덩치를 부풀리며 주변에 벼락을 쏟아내기 시작했다. 그러자 악마 사냥개들이 앓는 소리를 내며 주춤했다.

-주인이여, 시간을 벌었다!

'음. 뭐 그러라고 한 적은 없지만 잘했다.'

"그러게 쑤닝하고 좀 친하게 지내지 그랬어."

"저놈이 온 건 너 때문이라고!!"

책임을 그한테 돌리는 태현의 모습에 우드스탁 길마는 가슴을 치며 외쳤다.

"원래 따돌린 다음에 어디로 가려고 했었지?"

"일단 친구가 점령한 요새로 갈 생각이었지."

손해가 겁나서 우드스탁 길마를 도와주러 오지는 않았지만, 추적을 따돌리고 온다면 안으로 들어오게는 해줄 것이다.

그러나 태현은 못 믿겠다는 눈빛으로 쳐다보았다.

"그 친구, 진짜 친구 맞지? 너 혼자만 친구로 생각하는 그런 거 아니지?"

"아, 아니거든?!"

"그런 놈이 도와주러 안 오냐? 확실하게 확인해. 거기까지 갔는데 걔가 문 닫으면 나는 안 죽겠지만 네 길드원들은 여럿 죽을걸."

"그런…… 잠깐만. 여기는 네가 데리고 온 길드원들도 있잖아."

"쟤네는 죽어도 상관없어."

파워 워리어 길드원들은 태현이 무슨 말을 하는지도 모르고 헤헤 웃고 있었다.

그 모습에 우드스탁 길마는 속으로 생각했다.

'이런 피도 눈물도 없는 놈……!'

태현이야 어지간한 포위가 있어도 몸을 빼고 도망칠 자신이 있었다. 케인이나 이다비까지 포함해서!

"아까 물어봤다. 오기만 하면 들여보낸다고 했어. 저 무식한 오크 새끼들하고 쑤닝 놈도 미치지 않고서야 저 인원으로 갑자기 요새 공성전을 하지는 않을 거 아니야!"

"그러면 따돌리는 걸 포기하고 네 친구 요새로 바로 가야 하나? 어디로 가야 하지?"

"……저기."

우드스탁 길마가 가리킨 곳은 쑤닝 길드원들이 자리를 잡고 있는 곳이었다.

태현은 그걸 보고 감탄했다. 우드스탁 길마를 도와줄 만한 길드를 미리 알아내서, 그쪽으로 가지 못하도록 막은 것이다.

"이야, 쑤닝. 많이 성장했네."

"지금 칭찬할 때냐!"

"뭐 어떡하겠어. 저기로는 못 가겠네."

태현은 볼을 긁적거리며 생각에 잠겼다. 사실, 이 요새에 찾아온 건 오리하르콘 화살의 제조법을 얻어내기 위해서였다. 목적은 달성한 상황!

우드스탁 길드를 도와준 건 6층 던전의 보상이 탐났을 뿐. 보상도 다 챙겼으니 튀어도 별 상관이 없었다. 수레를 떼어버리고 이다비, 케인만 데리고 날라 버리면…….

태현이 그런 흉악한 고민을 하고 있는지도 모르고, 우드스탁 길드원들은 간절한 눈빛으로 태현을 쳐다보았다.

김태현이라면 해결할 방법이 있을 거야!

고민하는 사이, 언덕에 모인 악마들의 숫자가 늘어났다. 악마 사냥개들뿐만 아니라 야생 악마 전사들까지 추가되고 있었다. 그 흉흉한 모습에 최강지존무쌍 길드와 쑤닝 길드 모두 표정을 찡그렸다.

"저거 저렇게 많이 모이면 귀찮은데."

"괜히 자극하지 말아야겠다. 더 많아지면 몬스터 습격 퀘스트까지 뜨겠네."
초조해하는 건 우드스탁 길마도 마찬가지였다.
"야, 야! 그냥 빨리 튀자! 저 두 놈도 지켜만 보고 있잖아! 여기서 괜히 있다가 습격 퀘스트까지 뜨면 어쩌려고!"
"저 인간들이 지켜보는 건 우리가 가만히 있어서거든? 우리가 움직이면 쟤네들이 퍽이나 가만히 있겠다. 그보다 습격 퀘스트는 뭐냐?"
몬스터 습격 퀘스트. 오스턴 왕국에 악마들이 나타나고 나서부터 생긴 돌발 퀘스트 중 하나였다. 규모가 좀 클 뿐!
필드에 갑자기 나타나서 돌아다니던 악마들이 하나둘씩 뭉치고, 그런 상태에서 안 잡히고 계속 숫자가 늘어나면…….
주변 플레이어들에게 메시지창이 떴다. 악마들의 숫자가 많이 늘어나서 군세가 되어주변을 습격하러 온다고!
이때 처리를 못 하면 주변 요새, 마을, 도시, 성을 차례대로 습격해 댔다. 때문에 이런 퀘스트가 뜨면 주변 길드나 플레이어들은 기를 쓰고 사냥에 나섰다. 어떻게든 빨리 끝내는 게 이득이었으니까!
긴 설명을 다 들은 태현은 무릎을 쳤다.
"그런 좋은 퀘스트가!"
"뭐? 너 제대로 들은 거 맞냐? 여기 계속 있다가는 악마가 늘어나서……."
"가자!"
태현은 오토바이를 다시 밟았다. 네 방향 중 비어 있는 곳이 아닌, 악마들이 있는 곳으로!

"야, 야! 저기 악마들 있어!"

"보인다! 적당히 견제만 해!"

우드스탁 길드원들은 대체 태현이 왜 이러나 싶었지만 일단 하라는 대로 했다. 갖고 있는 아이템들을 사용해서 악마들에게 공격!

각종 신성 속성이 담긴 공격이 날아오자 악마들은 거친 소리를 내며 피했다. 덕분에 포위망에 구멍이 뚫렸다.

"에이! 비켜!"

케인은 오토바이를 탄 상태에서 검을 휘둘렀다. 곡예에 가까운 묘기였지만 케인은 정확히 명중시켰다. 공격을 맞은 악마가 비명을 지르며 쓰러졌다.

"대단해!"

"역시 케인 님!"

"케인! 케인! 케인!"

길드원들이 케인의 이름을 부르며 환호하자 케인이 살짝 기쁜 표정을 지었다. 참 오랜만에 듣는 칭찬!

"케인 이 자식아! 악마를 잡으면 어떻게 해!"

"잡, 잡아야 하는 거 아냐?"

"잡지 말고 견제만 하라니까!"

그렇게 태현이 포위망에 있던 악마들을 데리고 뚫고 나가는 동안, 다른 추격자들도 쫓을 준비를 했다.

"쫓아! 쫓아!! 반드시 쫓으라고! 어차피 저 자식들은 갈 곳도 없어! 쫓다 보면 잡는다!"

쑤닝은 목에 핏대를 세우며 출발했다. 그 와중에도 우드스탁 길드가 갈 만한 요새의 방향을 막으며 쫓는 걸 보니, 정말 대단한 집념이었다. 그러나 김태산은 멈칫했다.

"……잠깐만. 뭔가 이상하지 않냐?"

"네?"

"태현이 저놈이 왜 저기로 튀었지? 저기 빈 곳으로 튀는 게 낫지 않나? 굳이 악마들한테 얻어맞으면서……."

"우리도 악마들을 상대하게 하려고 그런 거 아닐까요?"

"아냐. 오토바이 속력이라면 그냥 더 빠르게 뚫고 나가는 게 나. 태현이놈이 그걸 모를 리가 없는데……."

김태산은 직감을 믿었다. 아들놈이 뭔가를 꾸미고 있었다!

"으으음…… 으으음……."

김태산은 갈등했다. 불안했지만 놓치고 싶지 않다!

그걸 깨달은 양성규가 옆에서 말했다.

"형님, 저기 쑤닝 놈들도 끼어들었는데 그냥 여기까지만 하시죠. 원래 계획대로 하는 게 좋습니다."

"하지만 태현이 저놈은……."

"태현이는 따로 혼을 내시면 되잖습니까."

"그렇지?"

가려운 곳을 긁어주는 양성규의 말에 김태산은 손을 들었다.

"우리는 이만 돌아간다!"

우드스탁 길드의 요새를 꿀꺽 삼켰으니 원하는 건 이미 얻은 셈. 김태산과 오크 아저씨들은 늑대의 머리를 돌렸다.

"응? 안 쫓아오시나?"

태현은 뒤에서 김태산이 안 쫓아오는 걸 깨닫고 고개를 갸웃거렸다.

"뭐, 차라리 잘됐네. 이거까지 당하셨으면 진짜 2단계 갔을지도 모르는데."

"지금 그렇게 한가하게 말하실 때가 아니에요!"

"괜찮아, 괜찮아. 다 거리 봐가면서 하고 있다고."

태현은 뒤에서 점점 늘어나는 악마들을 확인하며 말했다.

"여차하면 케인을 던져줘도 되고, 아직 여유 있으니까 걱정하지 마."

"지금 제가 생각하는 그거 하시려는 거 아니죠? 아니라고 해주세요!"

"아마 네가 생각하는 거 맞을걸."

몬스터 몰이! 몬스터들을 한 번에 잡지 않고 주의를 끌어서 계속 따라다니게 한다.

그리고 이제 이걸 싫어하는 놈한테 끌고 가면……! 상대방은 갑자기 나타난 몬스터 대군을 상대해야 하는 것이다.

그러나 사실, 이 몬스터 몰이를 하는 사람이 판온에는 별로 없었다. 여러 가지 문제점이 있었던 것이다. 먼저 자기가 몬스터 몰이를 하다 죽을 수 있다는 게 큰 단점이었다.

상대방을 죽일 수 있을 정도의 몬스터 대군이라면, 자칫 따라잡힐 경우 제대로 망하는 것!

그러나 태현에게는 새로 만든 탈것이 있었다. 태현은 빠른 이동속도와 강력한 지구력을 가진 오토바이 탈것의 특성을 이해하고 있었다. 즉, 몬스터 몰이에 최적화된 것!

'여기 평원에 나온 악마들 보면 충분히 할 수 있다!'

두 번째 문제점은 몬스터 몰이를 할 상황이 잘 나오지 않는다는 점이었다. 몬스터 몰이를 하려면 필드도 좀 넓고, 몬스터들이 느리고 많이 나와야 하고…….

필요한 조건이 많았다. 마지막 문제점은 그렇게까지 해서 몬스터를 몰아다 줘도 효과가 별로 크지 않다는 것이었다.

강력한 몬스터들을 많이 모아서 상대방에게 데리고 가다 보면, 상대방은 벌써 눈치채게 마련!

어지간하면 도망칠 수 있는 것이다. 그렇다고 만만한 몬스터들을 데리고 가면 상대방이 오히려 사냥해 버릴 수도 있고…….

누군가를 방해하거나 괴롭히고 싶다면, 그냥 PVP에 자신 있는 플레이어들이 파티를 맺고 공격하는 게 가장 효과적이었다. 안 쓰이는 방법에는 안 쓰이는 이유가 있는 법!

그러나 태현은 판온 1 때부터 이 방법을 선호했다. 혼자서 단체를 상대하려면 이런 방법이 필수였던 것이다.

상대 길드가 들어간 던전에 몰래 들어가서 지형지물 바꿔서 도망칠 길을 막은 다음 몬스터 드랍해 버리기! 보스 몬스터 공략하느라 치열할 상황에 뒤에서 몬스터 몰아서 가져다주기! 길드들끼리 붙을 때 몬스터 끌고 와서 드랍해 버리기!

남들이 싫어하는 짓이란 짓은 다 했었던 태현이었다. 판온 1 태현의 이름만 들어도 경기를 일으키는 플레이어들이 괜히 있는 게 아니었다.

'아. 추억 돋네.'

태현은 평원 주변에 나타난 악마가 보이면 일단 뭐든 한 대 치고 보았다. 안 맞을 거리면 다가가서 놈의 주의를 끌었다. 다행히 태현이 눈빛만 보내줘도 악마는 발작하며 덤벼들었다.

[악마가 당신의 기운을 느낍니다. 당신을 죽이기 위해 덤벼듭니다.]

-아키서스! 아키서스!! 아키서스!!

정말 원수 부르듯이 울부짖는 그 이름!

"지금 저 악마 전사가 아키서스 이름 부르지 않았나요?"

"착각이겠지."

어느새 뒤를 쫓아오는 악마들은 군세 수준으로 늘어나 있었다. 그쯤 되자 주변에 있던 전원에게 퀘스트창이 떴다.

〈악마 군세를 토벌하라-오스턴 왕국 돌발 퀘스트〉

차원문을 뚫고 오스턴 왕국에 나타나기 시작한 악마들!

그 악마들이 왜 나타나기 시작했는지는 알 수 없다. 그러나 한 가지 확실한 게 있다면 악마들과는 공존할 수 없다는 것이다. 악마 군세가 더 커지기 전에 토벌하라. 빨리 토벌하지 않으면 상황은 어떻게 악화될지 알 수 없으니.

보상: ?, ???

뒤를 쫓던 쑤닝 길드도 그걸 보고 당황스러워했다.

"저놈들 뭐 하는 거냐? 왜 일부러 악마들을 더 끌고 오는 거지?"

"저희가 쫓아오지 못하도록 저러는 거 아닙니까?"

"정신 나간 놈이 아니라면 어떤 놈이 저런 짓을 해?!"

쫓아오지 못하도록 막으려고 악마 군세를 만들어서 쫓아오게 한다니. 정신 나간 놈도 저런 짓은 하지 않을 것이다.

쑤닝은 초조해지기 시작했다. 원래 계획은 쫓기고 있던 김태현 놈과 우드스탁 길드를 습격해 커다란 피해를 입히는 것이었다. 김태현을 잡으리라는 기대는 하지도 않았다.

'여기서 잡는 건 무리겠지. 놈이 도망칠 테니까.'

어쨌든 간에 쑤닝은 태현을 고평가하고 있었던 것이다.

아무리 재수 없고 싫어도 실력은 진짜! 이 자리에서 김태현의 편을 든 우드스탁 길마와 길드원들을 공격한다.

그것만으로 충분했다. 다른 연합 길드들도 이걸 본다면 나중에라도 김태현과 손을 잡을 생각은 들지 않을 테니까.

그런데…… 태현이 요상한 짓을 하기 시작한 것이다.

쑤닝으로서는 당황스러울 수밖에 없었다.

'대체 왜 저러는 거지?'

"우드스탁 길마가 갈 수 있는 길은 막고 있지?"

"네! 저놈들이 아무리 빨리 움직여도 우리가 먼저 막을 수 있습니다!"

우드스탁 길마가 갈 만한 요새나 마을은 미리 파악해 둔 상태.

그러나 시간이 지나도 거기로 갈 낌새는 조금도 보이지 않았다.

쑤닝은 침을 삼켰다. 오히려 저렇게 나오니 더 수상해 보였다. 분명 저렇게 주의를 돌리다가 어느 순간 파고들 것이다! 그렇게 생각하며 기다렸다.

"놈이 방향을 틀었습니다!"

"드디어! 이제 한계가 왔겠지! 어디로 가냐?"

"놈이 가는 방향에 있는 곳은…… 어? 카달타 성입니다!"

"카달타 성?"

쑤닝은 처음에는 바로 이해하지 못했다.

어디서 많이 들어본 이름.

당연했다. 쑤닝 길드가 점령한 곳이었으니까!

수많은 사건이 있었고(성문을 열고 나갔다가 태현 파티에게 성을 일시적으로 뺏겼던 걸 포함해서) 고생도 많이 했지만, 지금은 궤도에 오른 영지였다.

"어, 어? 카달타 성? 게네들이 왜 거기로 가?"

"어…… 그게……."

자리에 있던 모두가 깨달았다. 그러나 차마 입 밖으로 내지는 못했다. 진실을 받아들일 수 없었던 것!

"저 ××-×××-×××들이?!!"

쑤닝이 비명을 질렀다.

To Be Continued